CB030322

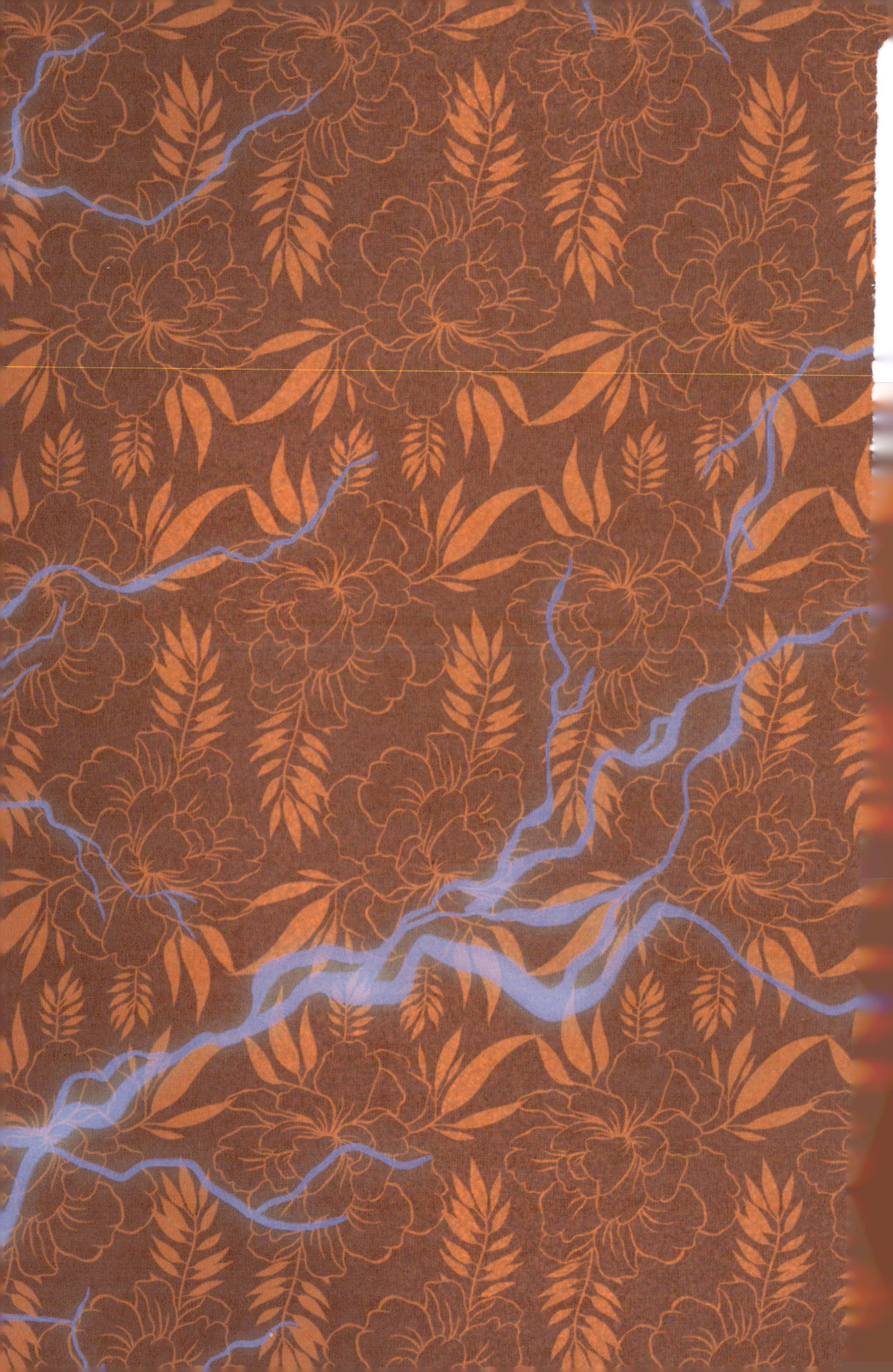

A VINGANÇA DOS DEUSES

Coordenadora editorial	*Francine C. Silva*
Tradução	*Lina Machado*
Preparação	*Daniela Toledo*
Revisão	*Silvia Yumi FK* *Vanessa Omura*
Ilustração e capa	*Marcela Lois*
Projeto gráfico e diagramação	*Bárbara Rodrigues*
Impressão	*COAN*

Dados Internacionais de Catalogação na Publicação (CIP)
Angélica Ilacqua CRB-8/7057

L996v Lynn, Hannah

A vingança dos deuses / Hannah Lynn ; tradução de Lina Machado. — São Paulo : Excelsior, 2024.

352 p. (*Mulheres Gregas*, vol 2)

ISBN 978-65-85849-44-9

Título original: A *Spartan's Sorrow* (*Grecian Women*, vol. 2)

1. Literatura britânica 2. Mitologia grega I. Título II. Machado, Lina III. Série

24-1427 CDD 823

HANNAH LYNN

A VINGANÇA DOS DEUSES

São Paulo
2024

EXCELSIOR
BOOK ONE

Para mulheres grandiosas em todos os lugares.

Casa de Pélope

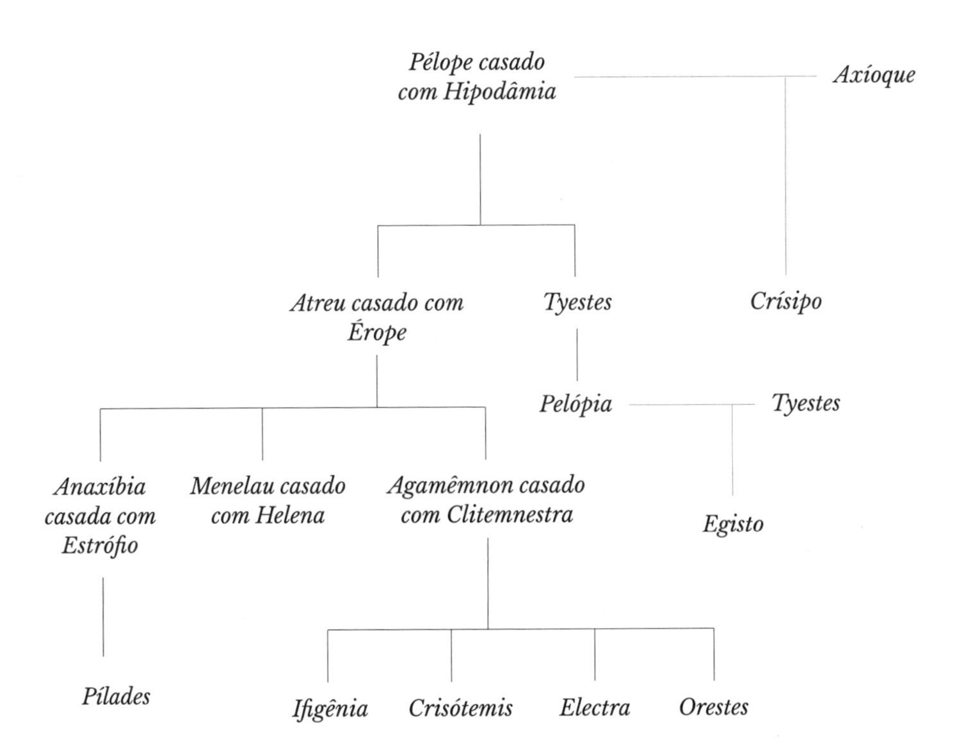

PREFÁCIO

As histórias da Grécia Antiga são, às vezes, tão complicadas quanto os intrincados padrões das teias de Aracne. Tantos fios, tantos caminhos. Ao longe, o tecido parece forte e firme, porém, quando olhamos mais de perto, é possível ver que as fibras estão tão retorcidas e danificadas que fica difícil dizer onde termina um e onde começa o próximo fio cintilante. Puxar também não ajuda; apenas causa mais rupturas. Mais confusão. A única verdadeira escolha que lhe resta é a de se decidir por um fio e se agarrar a ele. Segurar essa fibra com firmeza e ter fé de que o caminho escolhido é aquele que lhe guiará através do centro da teia, até sair do outro lado.

PARTE I

CAPÍTULO 1

O suor escorria pela espinha de Agamêmnon, enquanto ele subia aos tropeços o caminho rochoso. A jornada levara mais tempo do que ele tinha esperado. Não havia nuvens para amenizar o calor ou diminuir o ardor do Sol, e a terra seca se desfazia sob seus pés, obrigando-o a fazer vários desvios. Mais de uma vez, ele teve dificuldade para manter o equilíbrio e foi forçado a engatinhar na poeira entre os insetos rastejantes, até que o terreno se tornasse mais seguro. Até mesmo o Rei dos Reis não era páreo para um terreno como aquele.

Antes de deixar Áulis para fazer a jornada, dissera a seus homens que voltaria no início da tarde. Agora, perguntava a si mesmo se conseguiria voltar para eles ao anoitecer. Não que isso tivesse importância. Sem a orientação do vidente, os navios não iriam a lugar algum, e a poderosa armada que ele havia reunido permaneceria no porto de Áulis, longe da costa troiana.

Por semanas, sua frota permaneceu imóvel como barquinhos de papel em um lago de vidro, sem nenhum sinal do vento de que precisavam para atravessar o mar Egeu e lutar pelo retorno de Helena para seu irmão Menelau. Sacrifícios haviam sido oferecidos em nome de cada um dos deuses: cabras, ovelhas e peixes suficientes para alimentar uma aldeia inteira. Contudo, nada parecia satisfazê-los. E assim, ele e sua frota esperavam, centenas de navios, como algas encalhadas.

Tropeçando de novo, Agamêmnon amaldiçoou a si mesmo e a situação em que se encontrava. Ele não era apenas irmão de Menelau, mas as esposas de ambos, Clitemnestra e Helena, eram irmãs. Seus homens deveriam ter sido os primeiros a desembarcar nas areias de Troia para arrancar Helena das garras do descarado e arrogante Páris. No entanto, a menos que ele conseguisse recuperar o favor dos deuses, não iriam a lugar algum. Sendo assim, essa jornada exasperante por terras áridas era inevitável. Era o único caminho para chegar ao vidente Calcas.

O velho era o maior profeta da Grécia, quiçá do mundo, portanto, não era de admirar que ele se mantivesse afastado. Já se foram os dias em que ele circulava entre o povo comum, ou mesmo ocupava uma posição em um templo próximo das cidades. Um homem com tais dons merecia um certo nível de privacidade, embora isso não tornasse a árdua jornada mais agradável. A cada poucos passos, o rei escorregava na terra quebradiça, a pele endurecida de seus pés já estava rachada e sangrando. No cenário ideal, ele teria trazido escravos para carregar comida e água, e talvez até ele mesmo. Contudo, havia sido rei por tempo suficiente para saber que era possível impressionar algumas pessoas com tais exibições de riqueza e poder, mas outras não eram impressionáveis, e Calcas definitivamente pertencia ao segundo grupo.

Por fim, uma pequena casa surgiu à beira de uma colina. Um trecho de grama reluzia um pouco mais verde ali, e as paredes brancas pareciam limpas e radiantes, como se tivessem sido pintadas recentemente durante aquele verão. Enquanto descansava por um momento, podia jurar que sentiu o aroma de pão assado flutuando até ele em uma brisa quente. Se era real ou não, não importava, pois, com energia renovada, ele se apressou até a habitação.

Imundo, cansado e com os olhos ardendo por causa da poeira, encontrou o vidente sentado de pernas cruzadas sob uma figueira, com olhar voltado para o alto na direção de um pequeno bando de pássaros, que esvoaçava no céu acima. O jardim era simples, com frutas que sobrecarregavam muitas das árvores, e Agamêmnon ficou tentado a se servir de um pêssego ou de uma ameixa para aplacar sua sede, mas resistiu ao impulso e se aproximou do vidente. O manto de Calcas estava pendurado em seu braço e arrastava na terra a seus pés. Agamêmnon ficou satisfeito por não ter trazido seus escravos no fim das contas. Não haveria cerimônia ali. Nenhuma vestimenta formal ou altares com oferendas. Nem mesmo queima de incenso. Apenas um homem simples, dotado pelos deuses da capacidade de ler os sinais que eles enviavam.

– Saudações, grande Calcas. – Deu um passo à frente, cobrindo o velho com a própria sombra. Movendo-se um pouco para o lado, pigarreou. – Perdoe o incômodo.

– Não é incômodo. – Os olhos dele permaneciam voltados para o céu enquanto falava. – Sei por que veio. Deseja saber por que os ventos não aceitam levá-lo até Troia, qual deus ofendeu e como pode se redimir.

Era uma habilidade que tanto impressionava quanto irritava o rei. Dado que o vidente já sabia de sua necessidade, não poderia ter mandado uma mensagem até Áulis para dizer o que deveriam fazer? O velho precisaria deixar seu casebre em algum momento, pelo menos para reabastecer seus estoques de óleo e grãos. Ele poderia facilmente ter repassado a informação nesse momento. Talvez os deuses desejassem um pouco de sofrimento primeiro. Isso era provável. Dado como os insetos o atacaram a cada passo do caminho, considerou esse sacrifício mais que pago. Agora, tudo o que precisava saber era que tipo de animal deveria matar e em que altar deveria colocá-lo.

– Você é um caçador, não é? – Pela primeira vez, os olhos de Calcas deixaram o céu e se voltaram para Agamêmnon. – Você caça todos os tipos de criaturas.

– Sou um rei – respondeu ele. – Todos os monarcas devem ser capazes de subjugar o resto do reino animal. Mas, sim, sou melhor do que a média com arco e flecha.

– É mesmo?

– Bem, pelo menos é o que aqueles que desejam cair nas minhas graças me dizem. – Sorriu, irônico, para si mesmo. Estava desempenhando bem o papel. Demonstrando alguma humildade. O fato era que desafiaria qualquer homem em seu navio a derrotá-lo em uma caçada, incluindo Aquiles. Sim, o guerreiro era forte e destemido, mas ainda não era páreo para ele. Não havia um animal em terra que não pudesse rastrear e matar, se quisesse. Antes de tentarem zarpar, ele desfrutou de uma última caçada, na floresta de Áulis. Lá havia abatido um cervo que tinha sido tão rápido, tão ágil, que ele duvidava que até a própria Ártemis conseguisse abatê-lo. Um fato que disse a seu grupo de caça com orgulho.

– Lembra-se do cervo que matou? – As palavras do vidente invadiram seus pensamentos como se os estivesse lendo. – Aquele animal era sagrado para a Deusa Ártemis.

As palavras o atingiram como gelo e o calor do dia foi substituído por um frio cortante que percorreu toda a espinha de Agamêmnon.

– Não é possível! – sussurrou ele. Mas os olhos do velho diziam tudo. Pela primeira vez em décadas, o medo floresceu no peito do rei. – Foi um engano. Eu não sabia.

– Não duvido disso.

– Então, o que devo fazer? – perguntou ele, tentando esconder o tremor em sua voz, enquanto começava a suar frio.

Caso não apaziguasse a Deusa, era provável que seus navios jamais navegassem. Contudo, a punição por matar um animal sagrado não seria insubstancial.

– Um banquete? Um sacrifício? – ofereceu ele. – Posso fazer as duas coisas. Matarei cem animais, quinhentos, em homenagem a ela. Diga-me, o que devo fazer? Como busco o perdão dela?

Sem uma palavra, o olhar do velho voltou para o céu. A menor das brisas fez sua barba ondular, enquanto dúzias de pássaros alçavam voo mais uma vez, circulando em direção ao sol. Um gosto amargo queimou na garganta de Agamêmnon enquanto esperava para saber de quanto de sua riqueza teria que abrir mão. O olhar de Calcas retornou para ele.

– Você é um homem dos deuses, Agamêmnon. Nada menos do que o Rei dos Reis.

– Diga-me, o que é necessário?

– Já enfrentou situações difíceis antes, como recuperar a coroa de seu pai de seu tio traiçoeiro.

– Eu sei isso. Sei o que fiz. – Sua garganta estava tão seca que ele mal conseguia engolir. Videntes deveriam falar sobre o futuro, pensou ele, não trazer à tona o passado. – O que devo fazer?

Os olhos do velho retornaram para o céu, onde um pássaro solitário pairava um pouco ao longe. Ao redor dele, pássaros maiores começaram a voar e circular.

– Ela deseja apenas um sacrifício – declarou ele. – Uma única morte em seu altar no templo de Áulis.

Agamêmnon assentiu depressa.

– Claro, o que a deusa desejar. Voltarei agora. Farei isso ainda esta noite.

Apenas uma morte. Isso era direto o suficiente. Ele só precisava saber de qual animal. Inclinou a cabeça em sinal de respeito ao vidente. Mas quando a levantou de novo, o velho agarrou sua mão.

– Não é um animal que ela exige – revelou o velho, com uma voz que poderia ter mil anos de idade. – É uma criança. Sua filha mais bela, Ifigênia.

CAPÍTULO 2

A luz do entardecer se demorava no pátio em tons suaves de tangerina e rosa-claro. Era o maior em um palácio cheio de espaços abertos e sempre fora o favorito de Clitemnestra. A mais velha e o mais novo de seus filhos, Ifigênia e Orestes, estavam sentados em um monte de almofadas que haviam colocado sob uma tília, alimentando coelhos que pulavam ao redor de seus pés. No dia anterior havia sido rãs do lago, no dia seguinte, poderiam ser cabras ou pintinhos ou qualquer outra coisa que conseguissem colocar as mãos. Dois cães estavam deitados ali perto, mastigando restos de comida que as crianças lhes tinham dado. Às vezes, ela pensava que eles prefeririam viver em uma fazenda, cercados de animais, a morar no palácio da grande cidadela de Micenas, mas isso nunca aconteceria. Ela os manteria ali, ao seu lado, enquanto fosse humanamente possível.

A risada das crianças flutuava na brisa, tão doce quanto qualquer música que já tinha escutado. Inspirando o ar quente, ela se recostou na cadeira e ficou observando-as brincar. Rainha de Micenas, um título grandioso, mas que vinha com mais algemas do que qualquer um poderia imaginar. Era muito diferente de sua vida em Esparta como uma princesa guerreira – plácida, mundana até. Ou tão mundana quanto possível, quando um véu constante de medo ofuscava cada movimento. Desde seu casamento com Agamêmnon, sua vida foi dividida. A face pública e a privada.

Na intimidade, ela se encolhia diante do marido, estremecendo ao vê-lo, sabendo que teria que obedecer a todas as ordens dele. Ela abafava os próprios gritos, escondia os hematomas e tentava agir como se a Clitemnestra que seus súditos viam fosse a real. Seu rosto público era a Rainha Consorte que sorria em todas as ocasiões e se vestia com primor com trajes elaborados, que teriam sido execrados em sua antiga vida em Esparta.

Mesmo depois de todos esses anos, ela descobria que seus pensamentos retornavam para sua terra natal; para o som de metal que se chocava contra metal, acompanhando o coro noturno das cigarras, o cheiro de suor impregnado no ar. Recordava-se das lutas que vencera quando menina, quando, com apenas quatorze anos, sua esgrima era boa o bastante para derrotar metade dos meninos de sua idade, se não mais. Tinham tanto orgulho dela. Seu pai, sua família – e Tântalo. Com grande tristeza, lembrava-se de dois pares de olhos castanhos nos quais podia se perder. Ela tinha sido tão feliz. E então *ele* apareceu.

– Orestes, você está fazendo carinho nele com força demais. Precisa ter mais cuidado. Veja. Assim. É melhor. – Ifigênia pegou a mão do irmãozinho e a guiou com delicadeza pelas costas do coelho.

Com dois anos, Orestes já se mostrava muito mais parecido com as irmãs mais velhas, Ifigênia e Crisótemis, do que com Electra. A paciência, sensibilidade e a consideração do menino eram muito diferentes da filha mais nova de Clitemnestra, que encarava cada tarefa como uma batalha em potencial e ela fazia assim praticamente desde que nascera.

A rainha já havia se envolvido em mais disputas com Electra, de oito anos, do que com Ifigênia, que era sete anos mais velha. A atitude de Electra era atacar primeiro, talvez pedir desculpas depois, mas apenas se não houver alternativa. Ifigênia e Crisótemis eram o oposto. Ainda assim, ela se preocupava com todos à sua maneira e eram eles que faziam sua vida em Micenas valer a pena. Foram a única coisa que a impediu de cair no abismo escuro que Agamêmnon havia criado com sua lança, tantos anos antes. Valorizava cada um deles, não importando as brigas que ocorressem.

Do outro lado do pátio, Electra se juntou aos irmãos e estava tentando alimentar os coelhos com o longo caule de um dente-de-leão, mas cada passo que dava em direção a eles os fazia correr para debaixo dos arbustos.

– Precisa ser paciente, Electra – recomendou, levantando-se de seu assento e aproximando-se dos filhos. – Sente-se. Eles não virão até você se avançar neles.

– Eu não estou avançando neles. Estou tentando alimentá-los. Que tipo de animal foge quando damos comida a eles? Vai ser culpa deles se morrerem de fome.

Clitemnestra sorriu consigo mesma. Se algum de seus filhos pertencia a Esparta, era Electra.

– Aqui, sente-se comigo. – Ifigênia deu um tapinha na almofada no chão ao seu lado. – Este é o mais manso. Ele vai deixar você alimentá-lo.

Electra bufou, contrariada, quando se largou no chão, deixando de franzir um pouco a testa quando o coelho no colo da irmã esticou o pescoço para mordiscar a erva na mão dela. Quando a criatura enfim foi até ela para terminar a comida, Ifigênia pegou a lira e começou a tocar uma melodia. Enquanto as notas melodiavam, Clitemnestra fechou os olhos e deixou seus pensamentos vagarem. Em momentos como esse, com os filhos reunidos ao seu redor, ela sentia como se a alegria do que tinha pudesse superar todo o terror que sofrera e tentava se concentrar no que ele lhe havia dado, não no que havia tirado. Embora ela jamais fosse capaz de esquecer. Nem perdoar.

O tempo passou. Ela ficou ali, perdida nos sons das cordas e na tagarelice das crianças até que, quando a música finalmente parou, abriu os olhos para encontrar os braços de Orestes carregando três bolinhas de pelo.

– Coelhos cansados. Coelhos dormem na minha cama?

– Ah, Orestes.

– Por favor?

Dessa vez, ela deixou sua risada se soltar. Como futuro rei, era com ele que ela mais se preocupava. A natureza gentil seria bastante notável em uma garota, mas pensar em seu filho governando todo o reino com um coração tão gentil era o suficiente para deixá-la doente de preocupação. Poderiam se aproveitar da bondade dele. Ele poderia acabar sucumbindo a ameaças ou sendo manipulado por falsas amizades. Ou, pior ainda, seu coração se tornaria endurecido, até que aquela compaixão tivesse sido totalmente eliminada dele. Se tudo desse certo, com a orientação dela junto da conduta de Agamêmnon como exemplo de como não se portar, ele encontraria um caminho entre os dois extremos.

– Mãe? – chamou ele de novo, ainda sem uma resposta para sua pergunta. – Coelhos dormir na minha cama?

– O que acha que seu pai diria sobre isso? – respondeu ela com um largo sorriso.

– Ele não está aqui – respondeu Ifigênia com naturalidade. – A senhora é quem terá que dizer "não" a ele sobre isso. Mas não me importo. Podemos deixar os coelhos em nosso quarto durante a noite.

– Eu me importo – retrucou Electra.

– Bem, eu não tenho nada contra – comentou Crisótemis, enquanto levantava a cabeça de seu bordado e dava sua opinião. – Isso significa que são três contra um.

– Acho que isso significa que você vai ter o que quer, Orestes. – Clitemnestra sorriu.

Apesar do veredicto da maioria, foi muito mais desafiador do que qualquer um deles havia previsto levar os coelhinhos de sua casa no pátio até o aposento das crianças. O palácio estendia-se ao longo da cidadela e, embora tivessem ficado contentes em serem apanhadas e carregadas por curtas distâncias, as criaturas conseguiam escapar de suas mãos ao se contorcerem e tentaram fugir várias vezes, saltitando pelos corredores de mármore. Depois de muitos gritos de alegria – e vários outros de decepção –, Clitemnestra, com a ajuda de Ifigênia e Crisótemis, conseguiu levar meia dúzia das criaturinhas para o aposento das crianças. Enquanto Electra havia cedido e tentou ajudar, logo ficou claro que suas passadas pesadas e gritos de frustração eram mais um obstáculo para a causa deles, então, ela foi até a cozinha para buscar mais comida.

Quando enfim estavam todos na cama, o anoitecer já se abatia sobre eles. O som de latido de cachorros flutuava pelas janelas abertas. Clitemnestra passou de uma criança para outra, afastando seus cabelos e beijando-os gentilmente na testa, enquanto lhes desejava boa noite. Quando alcançou Ifigênia, a filha se sentou na cama.

– Tem alguma notícia do papai? – perguntou a menina. – Ouvi Orrin conversando com um dos guardas mais cedo. Ele disse que ainda não há ventos. Que os navios ainda não podem se mover.

– Você não precisa se preocupar com essas coisas – respondeu Clitemnestra, acariciando o cabelo da filha e prendendo as mechas soltas atrás das orelhas. Decidiu conversar com o chefe da guarda sobre discrição. Tais conversas não deveriam acontecer ao alcance dos ouvidos de seus filhos. – Os deuses trarão sua tia e seu pai para casa.

– Mas dez anos. Foi isso o que o guarda disse, que há uma profecia de que a guerra durará dez anos. Acha que é verdade? Orestes teria doze anos quando voltasse a ver o Pai, se acreditarmos nisso.

Ainda acariciando os cabelos dela, fixou o olhar na filha mais velha. Para um estranho, Electra era a mais bela de suas filhas, deslumbrante, na verdade. Marcante e chamativa. Mas a aparência dela estava se tornado mais severa com a idade, enquanto Ifigênia, ainda com apenas quinze anos, tinha uma suavidade que Clitemnestra nunca vira antes. Jamais ousaria falar em voz alta, mas imaginava se, um dia, rivalizaria até mesmo com Helena em beleza. O pensamento rasgou-a como uma faca. Beleza – o presente mais terrível que havia. Ser bela não impedia que as mãos de um homem batessem em você. Nem impedia que seus olhos – e o resto dele – vagassem quando ele se cansava da mesma pessoa na cama à noite. Pensar nas filhas passando até mesmo por uma fração do que tinha sofrido a deixava tonta de medo. Antes de Agamêmnon voltar da guerra, encontraria uma posição para Ifigênia em um dos templos de Ártemis. Assim, ela estaria segura. Ou tão segura quanto qualquer mulher poderia estar naquele mundo injusto.

– Mil rumores chegam a estas praias todos os dias – respondeu à pergunta da filha. – Se fossemos acreditar em todos eles, nunca sairíamos do palácio.

– Mas não são boatos, mãe. São profecias. Profecias dos deuses. As profecias de um vidente são tão verdadeiras quanto as palavras de Zeus.

– *Você* ouviu as palavras do vidente? Ou melhor ainda, do próprio Zeus?

A filha apertou os lábios, pensativa.

– Não vamos mais falar sobre isso. – Ela alisou o cobertor de uma menina já com idade suficiente para ter os próprios filhos. – Seu pai fará tudo conforme os deuses. Você sabe disso. Sem dúvida haverá um mensageiro aqui pela manhã, dizendo-me que já estão a meio caminho de Troia. Agora, durma. Amanhã você terá que ajudar seu irmão a limpar a bagunça que esses coelhos estão fazendo.

Um orgulho maternal cintilou nos olhos de Clitemnestra quando Ifigênia deitou a cabeça no travesseiro.

– Boa noite, mãe – disse a jovem.

– Boa noite, meu amor.

Com as crianças na cama, Clitemnestra voltou pelos corredores e saiu para a varanda, onde uma grande garrafa de vinho havia sido colocada em uma mesa ao lado de seu assento. Por perto havia uma bandeja com tâmaras e figos. Durante o dia, preferia os pátios, onde uma brisa fresca soprava sobre o piso de mármore, mas, em momentos como esse, sozinha, preferia sentar-se na varanda, à beira da fortaleza. Ali, ela olhava para as colinas e recordava.

Às vezes, se conseguisse acordá-los antes do nascer do sol, trazia as crianças para ali também. Quando eram bebês, ela os segurava junto ao peito e os alimentava enquanto admirava a vista. Sem servos ou ama por perto, ela podia cuidar deles como desejasse. Infelizmente, embora talvez fosse previsível, conforme cresciam, menos inclinados ficavam a acordar com ela, em especial durante os dias mais curtos dos meses mais frios. Além disso, mesmo quando pequena, Electra tinha uma queda pelo perigo, deliciando-se em se empoleirar na beira da muralha de calcário. Em mais de uma ocasião, temeu pela vida da filha. Então, agora passavam a maior parte do tempo em família juntos no pátio, onde havia espaço mais do que suficiente para as crianças correrem, sem que ela precisasse se preocupar com os perigos que poderiam recair sobre elas.

Ignorando a comida, serviu-se de uma pequena taça de vinho, que misturou com água, e recostou-se na cadeira com um suspiro. Dez anos. Ela também tinha ouvido os rumores da profecia, e de uma fonte muito mais confiável do que guardas fofoqueiros. Seria de fato possível? Ela de fato governaria Micenas por tanto tempo sozinha?

A ideia era agradável. Criada como filha de um rei, acostumou-se aos deveres de um governante desde criança. Houve até um tempo em que ela mesma fora uma rainha. Não apenas ornamental, mas uma verdadeira monarca, com a promessa de poder real. Mas aqueles dias foram curtos, e ela sabia que não deveria pensar no que poderia ter acontecido. Ainda assim, agora teria uma segunda chance. Quem diria que Micenas não poderia prosperar sem o temperamento explosivo de Agamêmnon? Claro, isso e sua crueldade foram o que conquistaram respeito para ele. Sem isso, ele jamais poderia ter deposto o tio e o primo para retomar o trono. Ele era poderoso e brutal. E se, por acaso ou pela mão dos deuses, ele não retornasse da guerra em Troia, qualquer lágrima que ela derramasse seria apenas pelas aparências.

Ela estava ocupada, pensando em novas maneiras de passar as horas da noite com o marido ausente – suas habilidades domésticas e de tecelagem continuavam fracas, apesar de todo o tempo que havia dedicado a elas – quando sua atenção foi atraída para um homem que esperava próximo à balaustrada.

– Orrin – disse ela, chamando-o para mais perto. – Algum problema?

De acordo com a história da cidadela, ele havia sido um dos guerreiros mais ferozes, porém agora seus músculos enfraqueceram com a idade e os ferimentos que recebia demoravam cada vez mais para cicatrizar. Agamêmnon o encarregara de proteger a família em sua ausência, em vez de levá-lo para Troia. Ela sabia, portanto, que a lealdade dele era primeiro para com Orestes e, no entanto, ao contrário de muitos dos homens da cidadela, ele sempre lhe mostrara um nível de respeito, que ela por sua vez retribuía. No final das contas, a verdadeira lealdade dele era para com Micenas. Para com seus cidadãos e sua cidadela. Embora nunca fosse falar em voz alta, ela sempre teve a impressão de que ele, na verdade, não se importava com quem se sentasse no trono, desde que as pessoas fossem cuidadas.

– Há um mensageiro, minha Rainha. Ele traz notícias do Rei e quer falar apenas com a senhora.

Ela engoliu o resto do vinho.

– Mande-o entrar. Mande-o para mim agora.

Sem a necessidade de maiores instruções, ele sumiu de volta para o corredor. Em apenas alguns minutos, voltou, acompanhado por um homem que parecia ter viajado sem descanso por vários dias. Sua capa estava coberta de poeira e a pele de seus lábios, seca e descamando, enquanto seus olhos estavam vermelhos, como se ele tivesse passado tempo demais sem descanso.

– Entre. Entre. – Ela fez sinal para que ele avançasse, enquanto enchia uma taça com água. – Beba, por favor. E sente-se. Depois me diga que notícias traz de meu marido. Os ventos finalmente sopraram e o levaram em sua jornada? – *Ou os mares viraram seu navio de uma vez por todas,* ela completou em uma esperança silenciosa.

Ela estendeu a taça. Ele hesitou, antes de aceitar e esvaziar rápido o conteúdo. A água fria devolveu um pouco de cor às faces dele e, quando ele pousou o recipiente vazio, ela o encheu de vinho até a metade.

– Não há ventos para zarpar de Áulis – informou ele – e é por isso que tive que vir até aqui por terra.

– Mas ele se encontrou com Calcas? – questionou ela. – Ele encontrou o vidente?

– Encontrou, minha rainha. Ele descobriu que é a Deusa Ártemis quem foi ofendida.

Uma brisa fresca a fez arrepiar.

– Como?

– Receio que não seja do meu conhecimento. O rei me falou, no entanto, que a Deusa decretou uma união abençoada que a apaziguará e devolverá os ventos ao mar.

– Uma união? – Confusão a fez franzir a testa. Deuses irados queriam sacrifícios e arrependimento, não uniões abençoadas. Contudo, a queixa da Deusa devia ser com um dos membros da tripulação e não com o próprio Agamêmnon. Talvez ela desejasse recompensá-lo pela inconveniência que ele havia sofrido.

– É sua filha, Ifigênia – revelou ele. – Deve enviá-la para Áulis.

– Enviá-la para Áulis?

Os olhos do mensageiro por fim se iluminaram, e uma expressão de admiração cruzou seu rosto.

– Em Áulis, sua filha vai se casar – explicou ele – com o grande guerreiro Aquiles.

CAPÍTULO 3

Enquanto comia e tomava mais vinho, o mensageiro contou-lhe tudo o que sabia. Deveriam partir o mais rápido possível. Ifigênia deveria usar as vestes cor de açafrão de Ártemis e um grande banquete seria realizado em nome dela quando chegassem a Áulis, após isso, o casamento com Aquiles aconteceria no templo. Então, supondo que a Deusa tivesse sido apaziguada o bastante para devolver os ventos, Ifigênia viajaria para Troia com Aquiles, como sua esposa. Lá ela ficaria, na segurança dos campos, até que a guerra terminasse. Onde ela moraria depois não havia sido discutido.

– Obrigada. E agradeço por sua jornada – declarou Clitemnestra, levantando-se. – Vou arrumar nossas coisas agora. E vou acordar as crianças quando terminar. Partiremos assim que o Sol raiar.

Uma sombra cruzou o rosto dele.

– Não quero desrespeitá-la, minha Rainha, mas o Rei disse que eu deveria levar Ifigênia para Áulis sozinha. Ele foi enfático quanto a isso.

– Não é possível! Casamentos são festas para toda a família. Ele não pode pensar que eu permitiria que minha filha mais velha fosse entregue a um homem sem a minha presença. Eu sou a mãe dela.

– Estou apenas repassando o que me foi dito – justificou-se ele. – Que sua filha Ifigênia deve viajar sozinha.

Voltando a tomar seu assento, ela pensou sobre o dilema. Um casamento com Aquiles não seria um evento pequeno. O fato de ela não estar lá só aumentaria os rumores de que Agamêmnon estava cansado da esposa e procurava uma nova. Uma mais jovem. Talvez ele já tivesse escolhido essa mulher para acompanhá-lo à festa. Sim, devia ser isso. A ideia fez seu rosto corar de raiva. Era o casamento de sua filha mais velha. Ela seria entregue a um homem que nem conhecia. Agamêmnon não podia pensar que isso aconteceria sem Clitemnestra. Maldito seja ele e sua vadiagem.

– As crianças – replicou ela, por fim. – Deve ter sido isso que ele quis dizer. Ifigênia não deve viajar para Áulis com os irmãos. Orestes é jovem demais e a viagem não será fácil. Sem dúvida, ele quer poupá-los do desconforto de tal viagem. – Viagem que ela sabia que as outras duas filhas suportariam com prazer. Embora tenha apenas doze anos, Crisótemis havia mencionado o desejo de se casar com um herói de guerra mais de uma vez. E Electra apenas detestava perder qualquer coisa. Mas fazia sentido deixá-los para trás. Levar Orestes, o futuro rei, para o mar aberto quando a Grécia já estava em guerra com Troia seria um risco desnecessário. Mas ela iria, quer ele gostasse ou não.

– Apenas eu acompanharei Ifigênia, então – continuou ela. – Irei com ela. O restante das crianças ficará aqui, na segurança da cidadela.

O mensageiro assentiu, mas pareceu um pouco desconfortável com a resposta dela.

– Claro, minha Rainha. Vou garantir que o capitão saiba que a senhora se juntará a nós. Partiremos para Áulis ao raiar do dia.

*

Estavam, como ela havia prometido, prontas à primeira hora da manhã. O pequeno grupo saiu a cavalo da cidadela na aurora cinzenta, os animais abriam caminho pelo terreno rochoso que conduzia à costa.

Ela demorou a dizer a Ifigênia para onde iam e por que, até que embarcassem no navio. A jovem respondeu com nada mais do que um aceno de cabeça. Apenas quando o porto desapareceu na distância, ela finalmente começou a questionar a mãe.

– O que sabe sobre ele? – perguntou ela. – Aquiles será um bom marido?

– Suspeito que sei pouco mais do que você, meu amor – respondeu Clitemnestra com a maior sinceridade possível. – Pouco mais do que as histórias de heróis que são contadas por toda a Grécia. Mas essas parecem ser favoráveis. Assim como essa união. Você é uma criança de Ártemis; disso eu tenho certeza. Você parece ver o mundo através dos olhos dela. Não acredito que ela teria pedido essas núpcias se não considerasse que seria um bom casamento.

O silêncio caiu sobre elas nesse momento, enquanto ambas observavam o mar, onde ondas de crista branca quebravam no casco do navio. A expectativa tomou conta de Clitemnestra, mas foi Ifigênia quem falou mais uma vez.

– As histórias falam que ele é bonito, não é?

– Falam.

– Mas ser bonito ou forte não significa que ele será um bom marido, não é?

– Não, não significa. – Ela abraçou a filha e apertou o mais forte que pôde. Como dera à luz uma criança tão sábia estava além de sua compreensão. E que é tão astuta em tão tenra idade. Seu coração doía ao pensar na separação, e deixou o abraço durar um pouco mais.

– Ouvi dizer que ele é gentil também – continuou decididamente. – Que ele é generoso com as pessoas ao seu redor e que não procura conflitos, embora sua reputação signifique que pode vir e encontrá-lo. Lembre-se, não é apenas a Deusa que acredita que esse casamento é bem equilibrado, seu pai também o conhece. Ele não concordaria com isso, se pensasse que a colocaria em perigo.

– Mesmo que ajude na guerra?

Recuando, colocou as mãos nos ombros da filha. Havia tanto que gostaria de falar para ela. Tantas coisas que queria que ela soubesse antes de partir. Seu peito se encheu de amor por essa perfeita, jovem mulher..

– Seu pai é um rei, e é trabalho dele proteger Micenas a todo custo. Mas ele é seu pai em primeiro lugar, o que significa que é trabalho dele protegê-la também. Esse é o dever dele para com todas vocês, crianças. Ele estará com você, lá em Troia, e jamais permitirá que algo lhe aconteça. Você tem minha palavra.

Clitemnestra evitava falar de Agamêmnon sempre que possível, pela dor que lhe subia ao peito à simples menção dele. Mas Ifigênia precisava de consolo e era seu dever como mãe tranquilizá-la.

– Acha que terei filhos? – perguntou Ifigênia depois de uma pausa.

– Espero muito que sim – respondeu ela. – Porque só assim você vai entender o quanto eu a amo.

– Acho que já entendo.

– Confie em mim, minha filha, você não entende.

À medida que o dia avançava, elas passaram as horas trocando recordações, sem saber quando poderiam voltar a fazer isso.

– Ainda penso naquele manto que a senhora fez para o Pai – comentou Ifigênia, lembrando-se de um incidente divertido. – Ainda não sei como a senhora conseguiu fazer aquilo.

Clitemnestra não precisava ser lembrada da vestimenta. A esgrima era-lhe tão natural quanto para qualquer filho de Esparta. O bordado, não.

– Aquilo foi de propósito. Eu só queria fazer todos vocês rirem – retrucou ela, ignorando o comentário com um sorriso.

– Não, foi não. A senhora costurou o pescoço! Como alguém seria capaz de fazer isso? Lembra-se de como Electra corria pela casa, usando aquela coisa por cima da cabeça?

– Claro. Sabe quantos vasos ela quebrou naquele dia? Só fiquei surpresa por ela não ter quebrado o pescoço também! – O sorriso afetuoso de sua filha enquanto ela se recordava do incidente trouxe lágrimas aos olhos de Clitemnestra.

– Garanti que ela estaria segura. Não se lembra? Eu a seguia por toda parte, pegando-a toda vez que ela tropeçava.

– É verdade. Agora, eu lembro – admitiu, as lágrimas transbordaram. Tinha se esquecido de como todas riram até suas barrigas doerem naquele dia. Orestes era apenas um bebê, engatinhando ao redor delas, mas até ele havia sido arrebatado pela euforia de toda a situação. Uma lembrança tão maravilhosa. Crianças no seu estado mais puro, encontrando alegria em apenas estarem umas com as outras. Isso e na costura desastrosa da mãe.

– Ainda o tem? – perguntou Ifigênia.

– Acho que sim. Talvez eu devesse procurá-lo. Ver se Electra usaria para nós de novo.

Ifigênia riu.

– Eu adoraria estar lá quando a senhora pedir para ela – comentou ela.

Quando o sol quente deu lugar a um crepúsculo mais fresco, elas desceram do convés para tentar dormirem um pouco, antes que o navio chegasse ao porto de Áulis. Afinal, o dia seguinte prometia ser cheio de emoção.

CAPÍTULO 4

A dupla estava dormindo quando o mensageiro veio lhes dizer que Áulis estava à vista. Vestiram-se às pressas e subiram ao convés.

– Essa é a frota do meu pai? – perguntou Ifigênia ao sair. A vista havia mudado de montanhas distantes e escarpadas para um horizonte de navios. Centenas e mais centenas deles, com as velas enroladas, flutuavam imóveis sob o céu da manhã como uma pintura. Não era de se admirar que Agamêmnon estivesse preocupado. Mesmo com outros ao seu lado, Menelau não teria esperança de trazer Helena de volta com tantos homens impedidos de se juntarem a ele.

– Sim. Chegaremos a Áulis em breve – respondeu Clitemnestra. – Seu pai estará esperando para nos levar para as comemorações. Vá rápido e troque-se.

As velas de seu próprio navio também ficaram inúteis agora, e a tripulação remou o resto do trajeto até a costa. A mudança era palpável. Não era apenas falta de vento, mas uma estranha calmaria. Era quase como se a Deusa estivesse controlando tudo nos arredores. Não havia nem sequer uma ondulação no mar.

Quando a filha reapareceu, usava um manto de açafrão cintilante. O tecido fluía em pregas perfeitas, enquanto o vestido de seda brilhava e reluzia à luz da manhã, um contraste vibrante contra seu cabelo recém-oleado. A única coisa que ofuscava a beleza do traje era a própria Ifigênia.

– Acha que tudo ficará bem? Acha que ele vai gostar de mim? Dou a impressão de que serei uma boa esposa?

Atordoada a ponto de não conseguir falar, ela sufocou as lágrimas que ameaçavam cair.

– Se ele não vir que você é a mulher mais linda do mundo, então é um tolo. E não se esqueça, este é o seu dia também, meu amor. Ele pode ser o herói, mas você é a recompensa dele. Aquela que a Deusa escolheu para ele. Jamais acredite que vale menos que ele, ou qualquer outro homem, porque pensar assim é o começo para que se torne realidade.

Os olhos de Ifigênia reluziram e Clitemnestra quase explodiu. Havia algo nela que era tão puro, era como se a própria luz do Sol convergisse para ela.

– Você sabe que sempre foi perfeita – falou, uma lágrima perdida finalmente escorreu.

– Mãe.

– É verdade. Você nunca resmungou. Nunca chorou à noite. Foi a criança mais gentil que já conheci.

– A senhora é obrigada a dizer isso, eu sou sua filha.

– Não. Digo porque é verdade. Você é o prêmio aqui, Ifigênia. Você.

As duas se uniram em mais um abraço carinhoso e, embora Clitemnestra desejasse que durasse mais, a jovem se separou dela, animada.

– Veja, mãe, lá está o pai. Ele está esperando, como a senhora disse que estaria.

Não demorou mais do que um momento para identificar Agamêmnon, parado no cais com uma multidão de soldados e servos reunidos ao seu redor. Seu olhar foi primeiro para o traje dele, um conjunto mais simples do que ela teria previsto. Contudo, a seda branca, com amuletos e pulseiras de ouro, fazia com que ele parecesse de fato um rei, porém um pai que não desejava ofuscar a filha diante da Deusa. Entretanto, além das roupas elegantes, havia sinais de estresse. Os ombros dele estavam um pouco curvados, e ele também havia perdido peso. Embora não pudesse ter certeza a distância, ela suspeitava que os cachos fechados tivessem ficado grisalhos pela preocupação com a falta de vento. Quando ele as viu paradas no navio, sua boca se ergueu em um sorriso de dentes amarelos, apenas para cair logo em seguida. Ela não foi a única a perceber.

– O pai está bem? – perguntou Ifigênia. – Ele parece preocupado.

Clitemnestra sentiu um nó no estômago.

– Ele vai ficar bem. É apenas o olhar de um homem ao perceber que vai entregar sua filhinha para outro, isso é tudo. – Então, esperando que estivesse certa, virou-se para a filha e apertou seus braços, antes de alisar o vestido. – Lembre-se, *você* é o prêmio – repetiu.

Da maneira mais imponente possível, elas desceram a prancha de desembarque.

A atenção de Agamêmnon foi direto para a esposa.

– Meu Rei – saudou ela.

– O que você está fazendo aqui? – grunhiu ele. – Eu disse ao mensageiro que ele deveria trazer a garota sozinha.

A *garota!* Ela cerrou os dentes e forçou um sorriso no rosto. Mesmo agora, com a honra de uma Deusa concedida à filha, ele ainda não conseguia vê-la pelo que ela valia. Ele sempre falhou em reconhecer qualquer uma delas, exceto Orestes. Ela engoliu em seco, controlando a raiva.

– Deixei as outras crianças em casa. Electra e Crisótemis estão sob ordens de manter Orestes longe de encrencas, aconteça o que acontecer. Acredite, elas ficaram decepcionadas. Você não pode ter imaginado que eu também perderia o casamento. Da minha filha mais velha. Com nada menos que Aquiles.

Os olhos dele vagaram entre elas.

– Você a vestiu com as cores de Ártemis. Isso é bom. Iremos para lá agora. – Sem outra palavra, ele deu as costas para elas.

Clitemnestra agarrou a mão de Ifigênia, segurando-a no lugar.

– O mensageiro disse que primeiro haveria um banquete e depois a cerimônia.

Com a mandíbula travada, ele se virou para encará-las.

– Então o mensageiro entendeu errado. Devo levá-la direto para o Templo de Ártemis.

– Por quê?

– Para rezar.

Ainda assim, ela se recusou a afrouxar o aperto sobre a filha.

– Está tudo bem, mãe. – Ifigênia se voltou para encará-la. – Posso ir rezar no templo. Acredito que é a coisa certa a fazer, dadas todas as bênçãos que ela me concederá.

– Vê. A garota entende.

Aquela palavra de novo. *Garota.* Como se ela não fosse de seu sangue. Como se ele não pudesse nem se dar ao trabalho de lembrar o nome da própria filha. Seu aperto aumentou.

– Falei bastante com o mensageiro – retrucou ela. – Ele se lembrou de tudo o que você disse a ele com grande clareza.

– Claramente este não é o caso.

– Não minta para mim, Agamêmnon!

A voz dela ressoou ao redor deles. Vários dos servos e soldados que estavam esperando se remexeram inquietos. Ela pode ter desempenhado bem o papel de esposa obediente todos esses anos, mas ainda era a filha do rei de Esparta e reconhecera as mentiras do marido desde o início. Ele não ia tirar essa criança dela até que contasse a verdade.

Um olhar de puro veneno cintilou nos olhos dele, porém ela retribuiu com um dos seus.

– Você não cumprimentou sua esposa. Mal me dirigiu duas palavras e agora quer levar Ifigênia a um templo, sem sequer dizer uma palavra sobre os preparativos do casamento. Mal consegue me olhar nos olhos, Agamêmnon. Qual é o problema? O que não está me contando?

O rancor ainda estava ali, mas agora estava obscurecido por algo que ela reconhecia muito bem. Culpa.

– Com os deuses como minhas testemunhas, vou colocá-la de volta naquele navio se você não me contar!

Um músculo agora se contraiu no rosto dele, enquanto o Rei cerrava os dentes. Os pelos esparsos de sua barba não escondiam mais a pele amarelada e marcada. Ela desprezava aquela barba, assim como odiava tudo o mais nele. Com um aceno de mão, os asseclas dele afastaram-se a uma curta distância. Ele deu um passo para o seu lado e baixou a boca até seu ouvido.

– Fui eu – sibilou ele. – Fui eu quem irritou a Deusa. Eu sou o único responsável por meus navios estarem boiando aqui, inúteis, como patos sem pernas em um lago. Foi eu que fez isso se abater sobre meus homens e sobre Menelau. Então, perdoe se pareço brusco com você, Clitemnestra. Lamento se minha forma de cumprimentá-la não foi como você imaginou com tanta fantasia nessa sua imaginação fértil, mas estou com muitas coisas ocupando minha mente. E, agora, minha prioridade é apaziguar a Deusa. Dado o quanto ela claramente pensa em nossa filha mais velha, achei que seria prudente rezar em seu templo, antes do início do banquete ou da cerimônia.

Uma pequena pontada de culpa se agitou dentro dela. O que quer que pensasse de Agamêmnon, ela se orgulhava da própria sabedoria.

De saber como se comportar da forma adequada em qualquer situação. Crescer em Esparta a ensinou isso. Tântalo lhe dera isso.

– Irei com vocês – afirmou, soltando a mão da filha. – Vamos rezar juntos. – Deu um passo à frente, apenas para descobrir que seu caminho estava bloqueado.

– Não – retrucou ele. – Ifigênia e eu faremos isso sozinhos.

CAPÍTULO 5

Mil emoções tomavam conta de Clitemnestra, enquanto ela vagava pelo movimentado mercado do porto. Em poucas horas, outra de seus filhos deixaria sua vida. Mas agora seria diferente. Ifigênia estava apenas se casando. Não estaria perdida de verdade. Não como Alesandro.

Pensar nele doía profundamente e ela se apressou para reprimir o sentimento, antes que qualquer outra lembrança surgisse para se juntar àquela. Passara tão bem nos últimos anos. Além disso, Ifigênia saberia em um instante se algo estivesse errado com a mãe e se recusava a deixar a própria dor ofuscar o dia do casamento da filha.

O mercado era uma colmeia de atividade e um banquete para os olhos. Uma miríade de bugigangas e tesouros, muitos dos quais não tinha visto em casa, em Micenas, brilhavam nas barracas. Seus olhos vagavam de joias para materiais fabulosos, de louças e até pássaros, coloridos e incapazes de voar, amarrados com barbante a postes de madeira. Teria que levar presentes para as crianças, pensou, enquanto continuava a perambular sobre os paralelepípedos. Não que elas precisassem de alguma coisa, mas nunca estava relacionado ao que elas precisavam.

Ainda pensando em presentes, ela foi até uma barraca que vendia adagas e pegou uma pequena faca. O cabo era incrustado com madrepérola e a lâmina gravada com um padrão simples de filigrana. Meninos apenas alguns anos mais velhos que Orestes usariam tal ferramenta para esfolar coelhos, embora ela suspeitasse que, mesmo daqui a cinco anos, ele ainda preferiria usá-la para cortar plantas para alimentá-los. Talvez fosse um presente mais adequado quando ele fosse mais velho. Deixando a faca onde estava, ela continuou seu passeio. A brisa era mais quente do que em casa e o ar tinha um sabor salgado. Uma mistura de diferentes sotaques zumbia ao seu redor, com homens e mulheres vestidos de diversas formas. Seria um lugar interessante para se viver, pensou ela, mesmo que por apenas um curto período de tempo.

Para Crisótemis, ela comprou um colar de granadas, engastado em prata. Os gostos de sua filha do meio eram muito diferentes dos dela, mas a regra geral era que, se algo brilhasse, ela gostaria daquilo. Ainda observando as joias e pulseiras, considerou o que comprar para Electra. Sua beleza vívida seria maravilhosamente complementada com uma pedra vibrante – uma esmeralda ou citrino talvez –, mas sempre que comprara joias para a filha mais nova, elas ficaram abandonadas no fundo de uma gaveta, ou então eram surrupiadas por Crisótemis, para acompanharem um traje ou outro. E assim, ela voltou para a barraca com as facas e escolheu uma para Electra.

Aromas de peixe salgado e carnes secas flutuavam ao seu redor, enquanto ela diminuía o passo, tentando absorver tudo. Havia certa liberdade em passear por um mercado estrangeiro, onde ninguém sabia quem ela era. Uma liberdade que vinha sem guardas por perto. Em Micenas, os comerciantes reduziam seus preços até estarem ridiculamente baixos, ou então apenas davam seus produtos para ela, caso expressasse o menor interesse em algo em suas barracas. Mas ali, enquanto Agamêmnon era uma figura bem conhecida, ela não era. Como tal, eles a tratavam como qualquer outro estrangeiro rico, aumentando seus preços até pelo menos o dobro do valor de algo, o que a fazia sorrir em vez de ofendê-la.

Enquanto vagava, seu foco voltou para o casamento, que agora ocorreria em apenas algumas horas. Dado que aconteceria em Áulis, parecia apropriado que ela usasse algo para prestar homenagem à cidade. E também havia Aquiles. Agamêmnon já deveria ter providenciado um presente de casamento adequado para o casal, mas dado o quão preocupado ele estava, o pensamento poderia ter escapado da mente dele. O que comprar para o maior guerreiro do mundo que estava prestes a se casar com uma das maiores belezas do mundo em uma união arranjada por uma Deusa? Por algum motivo, um vaso ou amuleto não parecia apropriado.

Ela estava verificando uma seleção de sedas, sentindo a delicadeza de uma particularmente bonita conforme passava por seus dedos, quando uma voz em uma barraca próxima chamou sua atenção.

– Não pode estar falando sério, Pátroclo. Eu não posso usar algo assim.

– Acho que combina com você.

– Você conhece ao menos um pouco sobre mim?

Pátroclo. O nome remexeu em algum lugar em sua memória. Abandonando os tecidos, Clitemnestra caminhou em direção ao par, o burburinho do mercado se tornou distante para ela quanto mais se aproximava. Os dois homens estavam compartilhando um sorriso melancólico. À primeira vista, eles pareciam ter quase a mesma idade; um pouco mais jovens do que ela, era provável. Ambos usavam roupas elegantes, ambos muito bronzeados pelas horas passadas ao sol, mas enquanto um dos homens era, pelo menos pelos padrões comuns, bastante atraente, o outro poderia ser um deus. Com o peito envolto em dobras de tecido marrom-escuro, ele era quinze centímetros mais alto que o amigo e faria a maioria dos homens de Esparta parecer nanicos em comparação. Ela não pôde deixar de admirar seu físico, do pescoço aos braços e até as panturrilhas, que ondulavam com músculos. Em sua cintura havia uma pequena lâmina embainhada, embora ela não pudesse conceber uma situação em que ele precisasse sacá-la. Não podia imaginar que mesmo o homem mais corajoso ousaria desafiá-lo.

– Aquiles? – chamou, interrompendo a conversa. O olhar entre os dois homens se rompeu e quando o mais alto dos homens, Aquiles, ela tinha certeza, ergueu a mão como se fosse dispensá-la, seus olhos avistaram as pedras preciosas em seus dedos e uma ruga se formou entre suas sobrancelhas.

– Eu a conheço? – perguntou ele, pondo as sandálias que tinha na mão de volta na mesa à sua frente.

– Sou Clitemnestra – respondeu ela.

A ruga permaneceu, aprofundando-se, enquanto ele tentava identificar o nome dela, mas seu companheiro não teve esse problema.

– Vossa Alteza – cumprimentou Pátroclo, curvando-se. – Não esperávamos vê-la.

– Claro. – Aquiles seguiu o exemplo. – Clitemnestra. A rainha de Agamêmnon. Concede-nos grande honra estando aqui.

Agora envergonhado por sua resposta tardia, ele manteve sua reverência profunda, até que ela estendeu a mão e acenou para ele se levantar, sorrindo recatadamente quando os olhos dele por fim encontraram os seus. Ela esperava que as maneiras dele não fossem uma encenação. Era difícil dizer, mas, no que dizia respeito às primeiras impressões, ela considerou essa uma boa. Pelo menos ele não estava passando as horas antes de seu casamento bebendo. Percebendo que um silêncio um tanto constrangedor havia se desenvolvido, ela sorriu mais uma vez.

– A rainha de Agamêmnon, sim, sou eu. Mas em breve serei mais do que isso para você, é claro.

– Será? – A ruga entre as sobrancelhas de Aquiles se refez. – Perdão. Não entendi. Virá conosco para Troia? Ouvi dizer que a senhora era uma espadachim temível quando era mais jovem.

– Não, não. Quem me dera. – Ela riu da gentileza dele. – Mas é hoje, não é, que você se casa com minha filha?

Um ronco de riso surgiu na garganta de Pátroclo, embora tenha sido abafado com tanta pressa que ela não o ouviu. Aquiles lançou um olhar para ele.

– Perdão, minha Rainha, acho que houve algum mal-entendido. Acredita que irei me casar com uma de suas filhas?

Ela piscou e balançou a cabeça. Ou a confusão dele era séria, ou ele era um dos atores mais talentosos que já conhecera.

– Agamêmnon enviou um mensageiro. Eu deveria trazer Ifigênia, minha filha mais velha, para cá. A união foi abençoada pela Deusa Ártemis. Ela a ordenou. Você vai se casar com minha filha hoje, e então os ventos voltarão.

A ruga ainda estava lá, mas agora havia mudado para preocupação, em vez de confusão.

– Perdão, mas se tal barganha tivesse sido negociada, tenho certeza de que saberia disso. Hoje? A senhora diz que eu vou me casar com ela hoje? Não, deve ter havido algum engano. Mesmo Agamêmnon não ousaria me comprometer com meu próprio noivado sem me consultar primeiro.

Embora ele parecesse certo, suas bochechas coradas sugeriam que ele não estava de todo convencido. Agamêmnon poderia facilmente fazer tal façanha e ambos sabiam disso. Foi Pátroclo quem falou em seguida.

– Vamos procurá-lo. Tenho certeza de que podemos esclarecer isso logo. Onde ele está agora? Sua filha está com ele? Ifigênia, não é? Ouvi os comentários mais favoráveis sobre ela. Sobre todos os seus filhos.

– Ele a levou ao templo.

As palavras mal saíram de seus lábios quando seu mundo começou a vacilar. O barulho do mercado desapareceu. O calor do dia evaporou. Nada restava além de um frio gelado que enchia suas veias. Estivera certa o tempo todo. Os deuses não se deliciavam com a felicidade humana. Não considerariam um casamento como expiação por uma ofensa. Deuses buscavam retribuição. E se foi Agamêmnon quem ofendeu a Deusa, como ele dissera, então era ele quem teria que pagar o preço.

– O Templo de Ártemis. – Ela ofegou. – Onde fica? *Onde?*

– O Templo de Ártemis? Fica bem no topo da colina. Nós a levaremos até lá.

Ele olhou de relance para Aquiles em busca de confirmação, mas Clitemnestra já estava correndo para lá.

– Saiam da frente! Saiam! – gritava ela para a multidão.

A aparição de Aquiles no mercado causou uma grande aglomeração em torno dos três. Com toda a sua força, ela empurrou uma pessoa e depois outra.

– Saiam! Saiam! – gritou ela novamente. – Saiam do meu caminho! – Seu coração estava disparado.

As lágrimas embaçavam sua visão. Por fim, ela escapou da multidão e saiu para o espaço aberto, mas ainda havia muito a percorrer. O templo ficava no topo da colina, como dissera Pátroclo. Ela podia vê-lo brilhar em branco, acima das árvores.

– Eu estou indo! Eu estou indo! – gritou ela. – Estou indo buscar você, Ifigênia!

Seus pés se moviam cada vez mais rápido enquanto ela se afastava. Não, disse a si mesma. Ele não faria. Não era possível. Ela deve ter entendido errado. Mas, no fundo de seu coração, ela sabia a verdade. Enquanto lutava para subir a encosta íngreme, seus músculos começaram a queimar. Malditas sejam suas pernas. Maldito seja seu corpo patético. Por que se permitiu ficar tão fora de forma? Seus músculos enfraqueceram e sua mente ficou ainda mais fraca, enquanto ela desperdiçou seus dias apenas sentada conversando, ou em sua tecelagem inútil. Como não previra isso? Como não lera os sinais?

– Estou indo, Ifigênia! – gritou novamente enquanto corria.

Havia prometido mil vezes aos filhos que os manteria seguros. Ela também havia prometido que Agamêmnon os protegeria. E agora ela havia entregado a filha para ser assassinada pelas mãos dele.

– Por favor, deuses! – gritou para o céu enquanto corria. – Ela é apenas uma criança! Por favor! Levem-me! Levem-me no lugar dela!

Ela tropeçou mais uma vez. Suas mãos sangravam, conforme ela agarrava as rochas e o cascalho. Atrás dela, podia ouvir as vozes de Aquiles e Pátroclo a chamando, pedindo-lhe que esperasse. Mas ela não o faria. Ainda podia chegar a tempo. Tinha que chegar. Não deixaria isso acontecer. De novo não.

Quando se aproximou da porta do templo, um homem saiu das sombras. Agamêmnon. E em suas mãos, uma faca, a lâmina brilhava em vermelho.

Uma dor rasgou seu coração, enquanto as mil cicatrizes que nunca tinham curado de verdade se reabriram em uma agonia ofuscante.

– Não! Não! – Ela esmurrou o peito dele.

– Eu falei para você esperar na cidade.

– Você a assassinou! Você assassinou nossa filha! Minha filha! Você fez isso comigo de novo! – Ela não sabia o que estava fazendo. Apenas estava ciente da agonia que ardia em cada parte de seu ser, enquanto tentava arranhar o marido. Ficou na ponta dos pés e cuspiu na cara dele.

Ele agarrou os braços dela, beliscando sua pele com crueldade.

– Você não tinha vida antes de mim, minha Rainha! – rosnou ele. – Lembre-se disso! Eu fiz o que tinha que ser feito!

– Não tinha vida? Você roubou minha vida! E você a roubou de mim de novo!

– Sua vadia ingrata!

As palavras caíram em ouvidos surdos, enquanto ela se contorcia de um lado para outro. Seus braços já estavam ficando machucados devido ao aperto feroz dele, enquanto os dedos infligiam os mesmos ferimentos que infligiram centenas de vezes antes. Mesmo assim, ela não cedeu. Com uma força quase sobre-humana, soltou-se e passou por ele.

Ali, no altar, estava a figura caída da filha.

– Ifigênia!

Lágrimas escorriam por seu rosto, enquanto ela subia na laje e puxava o corpo flácido em seus braços. Sua pele ainda estava quente ao toque e seus lábios ainda brilhavam rosados, mas as vestes cor de açafrão, que reluziram com tanta intensidade ao sol apenas uma hora antes, agora estavam manchadas de vermelho-escuro, enquanto seu sangue se esvaía.

– Minha querida. Minha querida, querida menina. Sinto muito. Sinto muito. Ele vai pagar por isso. Eu prometo. Ele vai pagar.

O momento parecia estar preso atrás de um vidro. Um espelho embaçado que oferecia apenas os reflexos mais sombrios. Como poderia viver com isso? Como poderia sobreviver a isso de novo? Apertou a filha com mais força, como se isso pudesse, de alguma forma, inundá-la com a sua própria força vital. Então, agarrada a ela, lembrou-se com clareza repentina da faca que comprara no mercado. Baixando Ifigênia gentilmente de volta para o altar, puxou a lâmina de sua bolsa. O metal brilhava à luz das velas. Nova, sem uso. Afiada o bastante para esfolar um animal. Seus olhos se voltaram para a porta, onde Agamêmnon estava parado, olhando para fora de costas para ela. Seu pulso disparou. Aquele era o momento. Seria a única chance que ela teria.

Firmando a faca nas mãos, ela desceu em silêncio do altar. Seu coração martelava no peito, enquanto ela disparava em direção ao marido. Apesar dos anos de ociosidade, seus músculos agora respondiam com rapidez, mas o ataque foi mal calculado. Ela ainda estava a um braço de distância quando ele se virou, com um olhar tão familiar. Não havia o menor lampejo de humanidade nos olhos dele, nem qualquer sutileza em seu movimento quando ele a esbofeteou com violência, acertando-a bem na mandíbula. Mesmo em sua juventude, ela teria dificuldade para manter o equilíbrio contra tal golpe. Agora, com o coração e a vontade totalmente partidos, ela desabou no chão, os olhos lacrimejavam com a dor física e mental. Zombando, ele olhou para ela, assim como tinha feito todos aqueles anos atrás.

– Enterre a garota – ordenou ele. – Os ventos voltaram. É hora de eu partir.

CAPÍTULO 6

Clitemnestra permaneceu no templo até que o sangue em suas mãos e no chão se coagulasse em um vermelho-escuro. Os olhos de Ifigênia estavam fechados e os lábios, curvados para cima, como se esboçassem um leve sorriso, embora toda a cor tivesse se esvaído deles agora. Sombras se formaram e se alongaram com o passar do tempo. O canto dos pássaros subia e descia, mas, para ela, o tempo havia acabado.

Ela não soube o que estava prestes a acontecer, disse Clitemnestra a si mesma. Agamêmnon deve ter concedido a ela essa misericórdia, com certeza. Ele era um caçador. Ele sabia como matar de forma limpa e rápida. A filha não deve ter percebido o que estava por vir.

A imagem se repetia em sua mente. A filha ajoelhada para rezar, cheia de pensamentos sobre o casamento prestes a acontecer, a noite de núpcias. Ela estaria em paz, alegre até, quando ele agisse. Aquele sorriso, que levantava os olhos dela e os fazia brilhar mais que Hélio, era tudo o que a mãe conseguia ver. Aquele lindo sorriso e então…

Quando o canto dos pássaros foi substituído pelo coro noturno das cigarras, uma brisa fria soprou entre pilares do templo, levantando o tecido de seu manto e resfriando o ar ao seu redor, mas ela não a sentiu. Ela não sentia nada.

Pegando um pano úmido, estava limpando o sangue do rosto da filha quando uma leve tosse chamou sua atenção. Levantando-se cambaleante, virou-se para ver uma jovem vestida quase da mesma forma que Ifigênia. Uma sacerdotisa.

– Vim para lhe dizer que podemos enterrá-la aqui, no terreno. – Ela manteve a cabeça baixa enquanto falava. – Ela habitará com a Deusa dessa maneira.

Levou um momento para que as palavras fizessem sentido.

– Com a Deusa? – Clitemnestra ergueu a cabeça. – Foi a Deusa quem fez isso com ela. A deusa e seu pai.

A sacerdotisa assentiu devagar.

– A Deusa é sábia. Suas decisões são de conhecimento divino. Nós, como mortais, não somos capazes de saber o sentido delas.

A Rainha, que estivera fria como gelo por horas, agora sentia um calor furioso crescer dentro de si.

– O sentido delas? – Ela deu um passo em direção à sacerdotisa. – Isso é um ato de barbárie! Não há sentido!

– A senhora precisa ter fé.

– Fé?

– Não cabe a nós questionar a Deusa.

– A Deusa é uma vadia egoísta!

A sacerdotisa se encolheu com a explosão, mas Clitemnestra não havia terminado. Marchou até a mulher, seu corpo agora queimava de fúria.

– A Deusa levou minha filha, que não fez nada de errado! Nada! Ela era inocente!

– E é por isso que é o maior presente. De todas as crianças, a deusa queria a sua.

– Bem, eu também a quero. Eu a quero de volta!

– A Deusa...

– Maldita seja sua Deusa.

A sacerdotisa empalideceu e ergueu os olhos, murmurando baixinho. Clitemnestra não se importava nem um pouco. Qualquer que fosse a ira que Ártemis sentiria contra ela, que importava? O que de pior poderia fazer contra ela agora? Com um sobressalto nauseante, entendeu. Claro que havia mais horrores que a Deusa poderia infligir. Ela havia levado uma filha, porém restavam mais três. Eles tinham que ser protegidos!

– Preciso ir para casa agora – declarou ela, voltando-se para o altar. Curvou-se para pegar o corpo de Ifigênia nos braços.

– O que está fazendo? – A sacerdotisa correu para o seu lado, empurrando-a para longe de sua filha morta. – Deve deixar a garota aqui. Ela foi um sacrifício para a Deusa.

– E a Deusa a tem agora. O que resta vem comigo.

A sacerdotisa balançou a cabeça, procurando por alguém que pudesse ajudá-la, mas ambas viram que não havia ninguém. Era provável que todos estivessem na bênção da frota pela qual Agamêmnon havia assassinado a própria filha.

– Iremos agora – declarou Clitemnestra.

A sacerdotisa agarrou uma ponta do manto de Ifigênia, prendendo-o ao altar.

– Não é assim que fazemos. Ela deve ficar aqui.

Recuando, examinou a garota com toda a paciência que pôde reunir. Quantos anos tinha, a Rainha se perguntou, e até onde estava disposta a ir para agradar sua Deusa? Talvez estivesse prestes a descobrir. Com os olhos fixos na moça, enfiou a mão na bolsa e retirou a faca mais uma vez.

– Apenas tente me impedir.

Uma expressão de medo passou pelo rosto da sacerdotisa. Clitemnestra deu um passo à frente.

– Eu não tenho nada contra você. Só quero minha filha.

A sacerdotisa abriu a boca, mas não emitiu nenhum som discernível. Um coro de vozes veio lá de fora. Vozes distantes, mas de pessoas perto o suficiente para ouvirem a jovem gritar agora, se ela quisesse. O medo passou de uma mulher para a outra.

– Por favor. Por favor. – Clitemnestra agarrou-lhe o braço. – Ela é minha filha. Ela é minha criança. A Deusa tem o sangue e a alma dela. Por favor, deixe-me levar o corpo dela para casa. Isso é tudo que me resta dela. Isso é tudo que tenho.

As vozes ficaram mais altas e o pânico aumentou dentro dela.

– Não quero machucar você, realmente não quero, mas não vou embora sem ela.

Ainda agarradas ao manto de Ifigênia, as mãos da sacerdotisa tremiam. Um grito e haveria mais derramamento de sangue no templo naquela noite. Clitemnestra preparou a faca, os nós dos dedos brilhavam, brancos. A sacerdotisa, agora com tanto medo que seu corpo inteiro tremia, por fim, abaixou o queixo em um gesto de concordância.

Quando Clitemnestra passou por ela e levantou Ifigênia nos braços, a jovem caiu de joelhos e chorou.

Lá fora, a Deusa cumpriu sua promessa. Um vento havia surgido com tamanha força que sacudia as folhas das árvores, fazendo-as dançar em espirais acima da cabeça dela. Um frio cortante vinha do mar e o Sol da tarde desaparecia no horizonte. A luz que diminuía a fez tropeçar, enquanto tentava encontrar o caminho. Ela não tinha nada para iluminar o caminho e nem mesmo podia usar as mãos para se apoiar, pois se agarrava ao corpo da filha. Estava nas mãos dos deuses se ela conseguiria descer a colina inteira.

Perscrutando as sombras, ela finalmente localizou o caminho. A adrenalina que a mantinha seguindo em frente havia evaporado e a exaustão tomara seu lugar. Foi então que percebeu o tamanho da tarefa que tinha pela frente. A trilha era tão estreita, tão sinuosa, que não era de admirar que tivesse lutado para manter o equilíbrio na subida. E, agora, precisaria voltar quase na escuridão, com os braços suportando o peso de sua filha morta. Enquanto contemplava sua situação, uma das mãos de Ifigênia caiu flácida ao seu lado, roçando seu braço ao fazê-lo. O frio da pele fez com que os músculos de Clitemnestra se contraíssem. Não abandonaria a filha. Ela a levaria para casa e a enterraria no círculo tumular, entre as árvores e os pássaros da cidadela que ela tanto amou. Poderia levar uma semana para descer a encosta, não importava; ela não desistiria agora.

Agarrando Ifigênia com todos as forças, desceu aos poucos a encosta. Quando o vento soprava mais forte, abaixava-se e esperava que passasse, antes de se levantar e continuar. Mais de uma vez seus músculos vacilaram e suas pernas tremeram, mas ela esperava o momento passar, então continuava. Um passo lento de cada vez. Um passo e depois outro. Era tudo o que podia fazer.

A Lua reluzia quando ela finalmente chegou à cidade. As barracas de bugigangas diurnas haviam sido substituídas por vendedores ambulantes que vendiam todo tipo de comida. Uma fumaça espessa, cheia de aromas de carnes salgadas e peixes grelhados, enchia o ar. Seu estômago roncou, mas ela não sentia fome. Olhos se voltaram para ela. As conversas pararam. Sussurros se elevaram e as pessoas se afastaram, arrastando-se para trás, abrindo um caminho para ela. Apenas naquele instante ela considerou como devia estar sua aparência, com sangue cobrindo suas roupas e mãos e o corpo flácido em seus braços. Os sussurros ficaram mais altos, os olhares, mais afiados, mas ninguém se aproximou dela. Nem ninguém por quem passou perguntou se ela precisava de ajuda. Em vez disso, afastaram-se dela, como se ela fosse algo a temer ou, pior ainda, ter pena. Pena por seu fracasso como mãe que não conseguiu salvar a filha. Bem, malditos sejam todos eles, pensou, enquanto encontrava cada olhar. Não sabiam nada sobre ela ou sua filha. Nada do que ela havia sido ou poderia ter se tornado. Enquanto caminhava pelas ruas de pedra, passando pelos vendedores ambulantes de Áulis, prometeu a si mesma uma coisa: nunca mais buscaria a ajuda de ninguém para manter seus filhos seguros.

*

Os dias se encurtaram. Aves migratórias passaram acima a caminho de climas mais quentes. O Sol nasceu e depois se pôs e em seguida voltou a nascer.

Não importava quantas vezes perguntassem, ela achava impossível responder às perguntas dos filhos com qualquer coisa que chegasse perto de fazer sentido para eles. Claro que eles sabiam que a irmã estava morta. Eles estiveram presentes no enterro, quando levaram o corpo dela para o círculo tumular de seus ancestrais, colocaram moedas em seus olhos e lhe desejaram uma passagem segura para o mundo inferior.

Não haveria ninguém lá que ela reconhecesse, pensou Clitemnestra, enquanto tentava afogar no vinho as imagens da filha morta. Os avós haviam passado pelo rio Estige, mas ela não os havia conhecido. E um irmão que nem sequer soubera que existia. Deveria ser o trabalho dos pais ir primeiro, dar as boas-vindas aos filhos ao próximo estágio da existência. Mas, por mais que pensasse em se juntar à filha, sabia que ainda tinha três filhos no mundo para proteger.

À medida que a primeira semana se arrastou até a seguinte, toda Micenas estava repleta de rumores sobre o que acontecera com Ifigênia em Áulis.

– Eles não devem deixar os terrenos do palácio – ordenou ela a Orrin, enquanto andava para cima e para baixo nos degraus da sala do trono. – Deve colocar guardas em todas as entradas. Eles não têm permissão para sair. Com ninguém. Entendido?

– Sim, Minha Rainha.

– E não devem se encontrar com ninguém, a menos que eu esteja com eles. Entendido? Ninguém!

– Entendido.

Nem todos os seus servos se mostrariam tão obedientes.

– Precisa contar para elas, Minha Rainha – declarou Laodâmia certa noite, enquanto preparava uma taça de vinho para sua senhora.

Duas semanas haviam se passado e as crianças ainda não tinham saído para a varanda sem a sua presença, com medo das palavras que pudessem ser trazidas pela brisa. Crisótemis e Electra estavam discutindo sobre alguma coisa do outro lado do pátio, enquanto Orestes saltitava no colo da mãe.

– Elas vão saber de uma forma ou de outra. É melhor que venha da senhora.

– Elas são jovens demais para saberem a verdade.

– Acredito que elas são grandes demais para ouvirem mentiras – retrucou Laodâmia. – É pela senhora que temo, Minha Rainha. Se ouvirem por outra via... – Deixou a frase pairando no ar. Clitemnestra tomou um gole de vinho. Sabia que era verdade. Os boatos tinham um jeito de se espremer pelas menores brechas até os lugares mais indesejáveis. Contudo, ela precisava de mais tempo.

– Esta noite não. Estou com dor de cabeça. Além disso, estou com eles. Não há chance de que ouçam alguma coisa.

– Amanhã então? Gostaria que eu preparasse um aposento para vocês?

– Veremos.

Colocando Orestes no chão ao seu lado, ela tomou mais um gole de vinho e esperou que a criada fosse embora. Laodâmia estivera lá desde o primeiro dia em que pisara no palácio e a Rainha confiava nela mais do que em qualquer outra pessoa em Micenas. No entanto, não era uma amizade e, caso precisasse ser lembrada disso, Clitemnestra estava pronta.

– Crisótemis, Electra, por que estão discutindo agora? Venham aqui, vocês duas.

Do outro lado do pátio, as meninas pararam de brigar e correram para se juntar à mãe.

– É culpa dela... – começou Electra, e um pequeno sorriso brincou nos lábios da Rainha. Pelo menos algumas coisas nunca mudavam.

Apesar de seu desejo de manter escondida a verdade sobre a morte de Ifigênia, o assunto surgiu durante a refeição. A chuva inesperada os forçou para uma das salas de jantar, onde travessas de prata e tigelas de cerâmica esmaltada estavam espalhadas ao longo de uma mesa com tampo de mármore. A alvenaria a surpreendeu quando ela chegou ali. Lajes de mármore e pilares de obsidiana. Tronos e colunatas de mármore. Tanto espaço e reflexos infinitos – nada surpreendente para alguém tão vaidoso quanto Agamêmnon. Ah, como ela tinha odiado! Agora, mal notava. Altas velas de cera de abelha foram acesas ao longo da mesa. Ela havia solicitado isso anos atrás. Descobrira que velas feitas de sebo exalavam um cheiro tão pungente que afetava seu apetite. Sim, havia algo agradável em uma boa vela e sua chama que dançava com delicadeza. Muito mais cativantes do que as lamparinas a óleo que ardiam todas as noites no restante da cidadela.

Perdida nas chamas âmbar, observou enquanto a cera derretida rolava por cada pilar esguio, pouco a pouco, até formar uma poça no suporte abaixo. Uma gota, depois outra, depois mais outra. Logo tudo estaria acabado. A cera restante poderia ser usada de novo, é claro, ser derretida e remoldada. Mas a vela original desapareceria para sempre.

– Ela foi um sacrifício – declarou de repente, interrompendo a conversa das crianças sem avisar, surpreendendo até a si mesma. – Ela foi um sacrifício à Deusa Ártemis, para que o vento voltasse e a frota pudesse zarpar para Troia.

As duas filhas se viraram para olhá-la. Crisótemis falou primeiro.

– Ifigênia?

– No templo. Ela foi sacrificada no templo.

A descrença as deixou em silêncio por um momento.

– Eu pensei... A senhora disse que houve um acidente.

– Não, não houve acidente.

– Mas... mas não faz sentido. Um sacrifício? Por quê?

Orestes continuou a brincar com a comida, alheio ao que se passava à sua volta.

Deixando cair o pão de sua mão, Crisótemis balançou a cabeça.

– Deveria haver alguma outra maneira. Temos animais. Deveríamos tê-los usado. Poderiam ter todos os animais.

– Os deuses não queriam animais – explodiu Electra, falando pela primeira vez. – Se quisessem cabras e ovelhas, eles as teriam pedido. Eles devem ter desejado Ifigênia.

Lágrimas agora escorriam por seu rosto, enquanto Crisótemis olhava para a mãe, implorando por uma resposta.

– Mas, sem dúvida, poderiam ter tentado outra forma?

– Não é assim que funciona. Se os deuses pedem algo, você faz. Não há escolha.

– Mas sem dúvida...

– Eles queriam Ifigênia – repetiu Electra.

– Fique quieta, Electra! – Crisótemis cobriu a boca, tentando abafar os soluços trêmulos. – Mãe, por favor, por quê? Por que eles precisam dela?

A Rainha encolheu-se em seu assento, com a garganta se apertando, enquanto desejava que a pergunta desaparecesse. Por quê? Não se perguntava a mesma coisa a cada instante desde aquele dia no templo? Que resposta poderia dar que elas mereciam? Não havia nenhuma. Ela pegou a taça e esvaziou o conteúdo depressa, antes que elas pudessem ver o quanto sua mão tremia.

– Devem terminar de comer agora – declarou, levantando-se. – Há uma tempestade a caminho.

*

De fato, uma tempestade caiu naquela noite. Ventos, barulhentos o suficiente para abafar até o choro de Clitemnestra, golpeavam as paredes do palácio. Homens e mulheres corriam ao redor do prédio, fechando todas as portas e portões que conseguiam. Ela não os ajudou. Não era papel de uma rainha fazê-lo. Em vez disso, ficou diante de sua janela aberta, desafiando o vendaval. Faixas de chuva caíam, ensopando seu manto e cabelo.

– O que devo fazer? – gritou. – Como devo encarar isso de novo?

Uma rajada de ar soprou com tanta violência que a jogou de costas no chão de pedra, apagando as lamparinas e mergulhando o cômodo em total escuridão. Ofegando contra a dor, forçou-se a ficar de pé.

– Por favor, por favor, digam-me o que fazer!

O raio foi tão puro, tão vívido, que era como se o próprio Zeus estivesse falando diretamente com ela. E quando a tempestade passou e ela acordou na manhã seguinte, sua cabeça estava mais clara do que jamais estivera. Sabia exatamente o que deveria fazer.

CAPÍTULO 7

Quatro anos haviam se passado desde que ela pegara o corpo da filha do altar no templo de Ártemis, e a guerra continuava. Quatro dos dez anos que haviam sido preditos. Enquanto a maioria das mulheres em Micenas ansiava pelo retorno de seus maridos, Clitemnestra aceitava a ausência do dela com gratidão enquanto governava sozinha.

Micenas estava prosperando. *Ela* estava prosperando em seu papel de rainha e guardiã, comandando a pólis e os políticos com uma graça e inteligência que muitos haviam duvidado ser possíveis. A cada ano, a fé deles nela crescia. Durante as provações de longos verões quentes e invernos rigorosos, ela demonstrou frugalidade, mas não avareza. Compaixão, mas não fraqueza. Um por um, ela foi conquistando o respeito até dos devotos mais leais de Agamêmnon. Contudo, por mais que desempenhasse seu papel e mantivesse as rodas de Micenas girando, seu foco não estava no reino, mas em seus filhos. Na saúde deles. Na felicidade deles. Na segurança deles.

– Precisa manter os pés afastados. – Ela aproximou-se da filha e ajustou seus ombros. – Já lhe disse antes, precisa se equilibrar melhor.

– Não preciso me equilibrar quando estou tecendo – Crisótemis queixou, movendo os pés um pouco, em uma vã tentativa de ficar mais estável. – Por que ainda estamos fazendo isso? Assim que a guerra acabar, irei me casar. Além disso, praticamos isso há anos e ninguém jamais tentou nos machucar.

– Isso é porque nunca temos permissão para deixar o palácio – observou Electra.

Clitemnestra ignorou o comentário. O sol da tarde estava um pouco acima do horizonte quando a família se reuniu para sua sessão noturna de treino. Como costumava acontecer, ela os levou para sua varanda. A luz alaranjada refletia no trigo que crescia nos pastos abaixo e também no mármore que os cercava. Essa era a rotina regular deles, tão certa quanto a ascensão de Hélio.

– Vamos, levante um pouco os cotovelos. – A Rainha continuou a guiar Crisótemis. – Segure a lâmina mais alto. Assim. Agora me ataque.

Empunhando a arma com desgosto, Crisótemis arrastou os pés pelo chão de um lado para o outro, então timidamente empurrou a adaga para frente, apenas para Clitemnestra derrubá-la no chão em um movimento rápido.

– Você precisa de um aperto mais forte – comentou ela.

– É o mais apertado que consigo.

– Não é verdade. Você só precisa continuar treinando. Já está melhor do que era.

– Como é possível que você ainda seja tão ruim? – perguntou Electra, erguendo o olhar de onde estava sentada, polindo a lâmina de uma espada. – Fazemos isso há quatro anos.

– Como você ainda é tão ruim na tecelagem? – Crisótemis sorriu com desdém, pegando sua faca. – Você tem feito isso por ainda mais tempo.

– Sim, mas eu sou ruim na tecelagem, porque não tento. Tecer é chato. Não consigo entender por que alguém iria querer perder tempo com isso. Você praticou isso de verdade e ainda é terrível.

– Bem, tenho certeza de que seu marido apreciará sua esgrima quando estiver presa no palácio dele, cuidando dos bebês dele o dia todo, todos os dias. Não entendo por que continuamos fazendo isso.

Clitemnestra abriu a boca para responder. Ela tinha dezenas de razões listadas em sua mente, todos os perigos do dia a dia enfrentados por uma mulher naquele mundo e todos que ela havia compartilhado com as filhas muitas vezes. Mas algo chamou sua atenção outra vez. Nas duas últimas rodadas de treinamento, notara uma figura sentada em uma pedra a distância, que parecia estar olhando na direção deles, mas não fez nenhum movimento para deixar o campo e tomar o caminho em direção à cidadela. Ele não tinha ovelhas ou cabras para vigiar, nem usava o traje normal de alguém que vagava pelas colinas.

– Você ainda está praticando, para que eu tenha a chance de rir de você todos os dias – continuou Electra a incitar a irmã.

– Meninas, por favor! – Clitemnestra desviou os olhos do homem, interrompendo a briga. – Já basta. Agora, Electra, é a sua vez. E abaixe essa coisa. O que eu lhe disse? Você precisa ser capaz de se defender a qualquer momento. Nem sempre terá uma espada à mão. Onde está aquela adaga que dei para você?

A contragosto, a garota largou a espada, levantou-se e puxou a lâmina que estava embainhada em sua cintura. A mesma que a mãe comprara para ela todos aqueles anos atrás. Por um tempo, Clitemnestra se arrependeu do presente. A visão só trazia lembranças e fazia seu coração ansiar de novo por Ifigênia. Contudo, a forma como Electra, que não era fácil de agradar, estimava a arma, era, na mente de Clitemnestra, a maneira como a filha expressava seu amor, sem usar palavras.

– Muito bem, agora seu objetivo é me atingir. Não se preocupe em me machucar. Não há necessidade de se conter.

A luz laranja se espalhou ao seu redor quando, por instinto, Electra começou a mover os pés em pequenos passos para o lado, mantendo o corpo abaixado. Desde a primeira sessão havia sido assim. A facilidade com que ela segurava uma arma, o foco que exibia. A herança espartana delas se mostrava muito mais nela do que em qualquer um dos irmãos.

– Que tal fazermos uma aposta? – ofereceu Electra; seus olhos ainda focados na mãe.

– Uma aposta, você diz?

Para uma menina de doze anos, ela era muito mais astuta do que qualquer uma das irmãs mais velhas naquela idade, mas Clitemnestra gostou do desafio.

– Que aposta você tem em mente?

Electra continuou a mover os pés, seu contato visual com a mãe se manteve.

– Orrin disse que irá para a costa amanhã, para o porto de Argos. Ele está guardando a carne e o vinho que enviaremos para Troia. – Ela saltou um pouco para a frente antes de se afastar de novo. – A viagem levará meio dia. Menos, talvez, se os homens forem rápidos no carregamento.

– Você ainda não disse qual é a aposta – comentou a Rainha.

Passando a língua sobre o lábio inferior, Electra estreitou os olhos.

– Permita-me ir com ele. Permita-me cavalgar com ele.

– Você cavalgou ontem.

– No cercado. Sempre no cercado. E sempre com a senhora e os guardas. Não posso galopar ali. Não posso pular ou ser livre.

– O cercado é onde posso mantê-la segura – respondeu Clitemnestra, passando a própria lâmina de uma das mãos para a outra e de volta.

– Mas eu estaria com Orrin. Não há homem em toda a Micenas com quem eu esteja mais segura. A senhora não pode nos manter trancados assim para sempre.

– Trancados? – Ela baixou a lâmina. – É assim que se chama quando se protege os filhos? – Ela observou a filha. Sim, o sangue espartano corria em suas veias, mas havia muito de Agamêmnon também. A teimosia. A recusa em ver o ponto de vista de outra pessoa. Não era de admirar que ela idolatrasse o pai. O fogo ardia em seus olhos agora. Caso não parecesse que ela fosse contemplar o pedido da filha, isso resultaria em um mau humor que ela sabia, por experiência, que poderia durar semanas. Que risco de fato havia em aceitar o desafio?

– Certo. Se você me desarmar ou me acertar, poderá cavalgar com Orrin.

Um sorriso se espalhou pelo rosto de Electra e ela apressou o passo.

– Vou informá-lo no momento em que eu terminar aqui.

A postura dela mudou ao se transformar de princesa em caçadora. Agora feroz e implacável, investiu uma vez, depois mais outra. Crisótemis e Orestes pararam o que estavam fazendo para observar o desenrolar da cena. Com os dentes cerrados, ela saltou para o lado, preparando-se para dar um terceiro golpe, mas sua mãe girou na ponta do pé e, antes que Electra tivesse tempo de descobrir o que estava acontecendo, a Rainha a segurou pelo pescoço.

– Você está se movendo cedo demais – comentou.

– Você nos disse para antecipar seus movimentos.

– Não estou dizendo *para não* antecipar. Estou dizendo para ser mais sutil. Você está se entregando.

Sua mão ainda estava em volta do pescoço de Electra, prendendo a filha junto ao peito. Ela afrouxou um pouco o aperto, que era tudo de que a garota precisava. Girando sob o cotovelo da mãe, Electra se virou e golpeou com a faca em sua barriga. A ponta da lâmina prendeu no tecido do manto, antes que Clitemnestra a empurrasse, com um chute direto no estômago. Incapaz de manter o equilíbrio, a garota foi para trás e caiu com um baque sobre o traseiro.

– Uma boa tentativa – declarou Clitemnestra, estendendo a mão para ajudá-la a se levantar. –Talvez na próxima vez.

– Eu acertei você!

– Não, você acertou meu manto.

Com o rosto vermelho e coberto de poeira, Electra encarou-a.

– Não é justo!

Percebendo que a garota não aceitaria sua ajuda, Clitemnestra puxou a mão e se virou.

– Eu disse para me desarmar ou me atacar. Sua faca ficou presa na minha roupa por um momento. Isso não é a mesma coisa.

– Não é justo! Era a aposta!

– Era. Uma que você perdeu.

– A senhora nunca me deixaria ir, não é? Vai nos manter assim, como prisioneiros, para sempre. – Levantando-se, ela atirou a faca no chão.

– Acho que, da próxima vez, você terá que me derrotar.

– Ou eu poderia simplesmente ir com Orrin de qualquer maneira!

A ameaça soou clara, fazendo com que a rainha parasse em seu caminho. Com a mandíbula travada e os olhos agora em chamas, virou-se para encarar a filha.

– Você é uma princesa, Electra. Eu sou a Rainha. Orrin não obedece a você. Ninguém obedece. Se quer ver o que acontece quando você vai contra a minha autoridade, então, por favor, tente. Experimentará como é uma verdadeira prisão!

A tensão crepitou entre elas, os olhos de Electra ainda flamejavam e seus dentes rangiam com tanta ferocidade que era audível. Por fim, ela virou as costas e subiu os degraus do palácio.

– Mal posso esperar até que meu pai volte – gritou ela, como um tiro de despedida quando alcançou o topo.

– Electra! – Crisótemis foi atrás da irmã. – Não pode falar assim com a nossa mãe! Espere! Volte!

E com isso, ambas se foram.

As palavras machucaram, porém Clitemnestra as permitiu pelo fato de que Electra não sabia a verdade. O pai que ela idolatrava, aquele a quem ela praticamente adorava como a um deus, era uma invenção de sua imaginação. Se elas entendessem, nunca sairiam do seu lado. De alguma forma, ela conseguiu esconder a verdade sobre o papel de Agamêmnon na morte da irmã delas ao longo dos anos. Dissera-lhes que ambos foram enganados pelas sacerdotisas de Ártemis para levar Ifigênia para elas. Que estavam orando juntos quando o ato foi cometido. Ele havia tentado impedir. Isso foi o que ela disse. Não por ele, jamais por ele, mas pelos filhos.

Sabendo que seria inútil seguir a filha zangada, ela se virou para o filho mais novo que, durante toda a sessão de treinamento, ficou sentado no chão, brincando com uma coleção de insetos que havia reunido.

– E você, meu querido? Deseja lutar com sua mãe esta noite?

– Pode ler para mim em vez disso? – perguntou ele.

O calor floresceu dentro dela. Querido e doce Orestes. Ele tinha ainda menos interesse pela ideia de lutar do que Crisótemis. Felizmente para ele, nascera com a vantagem de ser homem. Mas sua gentileza era o que ela mais amava nele e faria qualquer coisa para preservá-la o máximo possível. Não queria pressioná-lo demais.

– Venha então, vamos entrar. Talvez devêssemos pegar algo para sua irmã comer enquanto estivermos lá.

Enquanto ele se levantava, ela olhou para trás, para o morro, onde o homem ainda estava sentado, imóvel. Logo ficaria escuro. Lobos e cães selvagens rondariam os campos, mas ele parecia perfeitamente à vontade onde estava. Um tolo talvez?

– Mãe, a senhora vem?

Seus olhos permaneceram na figura por mais um momento.

– Sim. Sim, vou – respondeu ela e seguiu o filho escada acima.

Mas antes de entrar, virou-se mais uma vez e lançou um último olhar para ele.

– Quem é você? – perguntou.

CAPÍTULO 8

Por mais que desejasse o contrário, Clitemnestra sentia a perda da presença de Ifigênia por onde passava. Cada corredor, cada canto e recanto a trazia à mente. Os corredores largos, onde ela fingia ser uma fera e deixava os irmãos mais novos a perseguirem. A cozinha, onde mais de uma vez ela ficou coberta de farinha, enquanto ajudava os cozinheiros a prepararem o pão. E também na sala de estar, onde ela antes havia pegado uma lira e dedilhado uma melodia simples, depois ensaiou todos os dias até que suas canções fossem mais bonitas do que as de qualquer músico que Agamêmnon já havia contratado para entretê-los. Cada aposento parecia manter sua memória gravada em suas paredes, recusando-se a soltá-la de seu aperto. Alguns dias, ela achava que sentia seu cheiro em uma brisa ou saía correndo do quarto, certa de ter ouvido a voz da filha. Era o luto. Clitemnestra havia vivenciado isso o suficiente em sua vida para reconhecê-lo pelo que era, mas não o tornava mais fácil de suportar.

E não havia lugar no qual ela ansiasse tanto pela filha quanto nos jardins. Grandes pilares afilavam-se em frisos de pedra e marcavam os limites, enquanto a área interna era seccionada, com caramanchões e assentos suficientes para cinquenta pessoas desfrutarem de seus arredores. Mas as crianças gostavam mais das frutas que havia ali. Videiras penduradas em treliças sobre os sofás, oferecendo sombra e refresco no calor do verão, enquanto as ervas e flores exalavam aromas tão variados quanto alecrim e maracujá. Electra só colhia frutas para si ou, às vezes, também para Orestes. Ifigênia, no entanto, sempre atacava as videiras, equipada com uma cesta que enchia até a beirada, antes de oferecer o conteúdo a quem estivesse descansando por perto.

Agora, o espaço parecia estéril sem a filha a cantar para os pássaros ou a colher flores ao redor das fontes. Cada roseira, cada trecho de grama ou almofada fazia Clitemnestra se lembrar dela, e ela sentia os olhos arderem só de se aproximar da área. No entanto, aquele era o coração do palácio. Um lugar que ela sabia que não podia evitar, nem que fosse pelo bem dos filhos. E, sendo assim, ela arrumou um jeito de se distrair ali.

Embora a partida dos homens para Troia devesse ter tornado o lugar mais silencioso, o oposto acontecera. Tinha sido bastante fácil encontrar mulheres dispostas a passar algumas horas todas as noites sentadas no luxo do palácio, bebendo vinho e comendo a convite de Clitemnestra. A maioria das esposas agora estava mais livre do que jamais estiveram e sempre tinham muito sobre o que conversar. Ela conhecia algumas de seu círculo social anterior – festas que Agamêmnon havia realizado, principalmente para homenagear a si mesmo, ou banquetes organizados em nome de um deus ou outro. Assim que as crianças tivessem dormido, Laodâmia também aparecia com frequência para se sentar e conversar, embora Clitemnestra suspeitasse que a presença de sua serva ali era sobretudo para garantir que nada muito barulhento ocorresse que pudesse acordar as crianças de novo. E assim, as fofocas e risadas preenchiam um pouco o silêncio que, de outra forma, teria deixado seu coração e mente vagando. Ou, pelo menos, ela dizia a si mesma que preenchiam.

Naquela noite, depois de se afastar das mulheres, ela fez um gesto para a criada, que se levantou e se aproximou dela.

– Laodâmia, há um homem que eu vi vagando hoje, da minha varanda. Ele estava fora dos muros da cidadela. Acredito que ele estava observando a mim e às crianças.

– Um pastor local, Minha Rainha? – perguntou a serva, em voz baixa, afastando-se do resto das mulheres enquanto falava.

– Creio que não. Não o reconheci. Quase todos os maridos partiram para lutar, e agora são principalmente as mulheres que cuidam das ovelhas. Além disso, não havia nenhum animal com ele, pelo que pude ver.

– Então por que mais ele estaria lá?

– Não tenho certeza. Por isso que perguntei a você.

Laodâmia assentiu. Não devia ser mais do que cinco anos mais velha que sua senhora, mas em momentos como aquele parecia infinitamente mais sábia.

– Alertou Orrin, Minha Rainha?

– Não especificamente.

– Pode ser sábio. Mas vou manter os ouvidos atentos e informá-la se souber de alguma coisa.

– Obrigada. E poderia pedir aos guardas para colocar um homem extra de guarda do lado de fora do aposento das crianças esta noite, por favor? Tenho certeza de que não é nada, mas nunca se sabe.

– Claro. Farei isso agora.

– Eu agradeço. Pode trazer mais vinho para as mulheres quando voltar, se for necessário.

A serva olhou de volta com um sorriso que enrugou os cantos dos olhos, mas não chegava a cintilar neles. Era provável que, muitos anos antes, algo houvesse acontecido para fazer aquele brilho desaparecer, suspeitava Clitemnestra. A perda de um filho, talvez. Não era essa a maldição de toda ama de leite? Talvez elas tivessem mais em comum do que imaginara. Não importava. Jamais iria se intrometer.

Do outro lado do caramanchão, havia começado uma cantoria. A lira de Ifigênia estava agora nas mãos de outra jovem. A tensão tomou conta dela.

– Na verdade, acho que vou – declarou ela, pondo-se de pé. – Você fica aqui. O dia me cansou mais do que eu pensava. Deve ser melhor que eu vá para a cama agora. Vou cuidar das crianças primeiro.

– Tem certeza? Se estiver muito barulhento aqui, posso pedir que saiam. Pode ficar com o lugar só para a senhora, se preferir.

– Não, não. Fique. Por favor, fique. Aproveite sua noite. Há vinho o suficiente. Fique à vontade. Divirta-se aqui.

– Obrigada, Minha Rainha. Durma bem.

– Posso apenas rezar.

Dormir bem? Uma esperança vã, como Laodâmia bem sabia. Desde que chegara a Micenas, seu sono era repleto de pesadelos. E agora, quase duas décadas depois, aqueles mesmos pesadelos ainda a atormentavam. Não importava o quanto seu corpo estivesse cansado quando fechava os olhos, cenas de seu passado se desenrolavam em sua mente para assombrá-la.

Ela já tinha aprendido que não era possível ficar exausta a ponto de ter um sono tranquilo, mas ainda assim tentava, treinando todos os dias e não apenas com as crianças, mas também com um ou dois dos guardas do palácio. Às vezes, o próprio Orrin tirava uma pequena licença de seus deveres para permitir que ela praticasse com ele, mas havia pouca satisfação a ser obtida disso. Mesmo o habilidoso Orrin temia um deslize que pudesse lhe causar dor ou ferimento e, portanto, tratava-a com ainda mais moderação do que ela tratava as crianças. Eles nunca a testavam de fato, nunca a levavam ao seu limite de verdade.

Um de seus pesadelos mais recentes a colocava correndo colina acima rumo até o templo de Ártemis, enjoada, com uma sensação de impotência crescente à medida que cada passo enfraquecia seus músculos. A sensação de desespero, ao perceber que seu corpo não era capaz de fazer o que ela precisava e que não era forte o bastante para chegar até a filha a tempo, consumia tudo. Pela letargia que se permitira como Rainha, falhara para com Ifigênia. Não deixaria isso acontecer novamente. Então, pelas manhãs, passou a correr. Ia até a varanda para assistir ao nascer do Sol e, no momento em que o céu iluminava a terra o suficiente, saía correndo pela Porta dos Leões, passando pelo círculo tumular e contornando a cidadela. Às vezes, ela subia e descia a encosta da montanha, até que seus músculos ardessem e seu corpo pingasse de suor, e então ela se esforçava ainda mais. Nunca mais suas pernas ou pulmões a deixariam na mão. Nunca deixaria de alcançar uma criança necessitada.

A cada noite, seu corpo dolorido ansiava pelo descanso que sua mente não concedia.

No aposento das crianças, ela pegou um travesseiro e um cobertor sobressalentes da pilha e se deitou em frente à porta. Era muito menos confortável do que sua cama, mas aquele chão de pedra era o único lugar em todo o palácio onde ela dormia com mais tranquilidade. Qualquer um que desejasse alcançar seus filhos teria que passar por ela primeiro.

*

Clitemnestra, acordou de repente, seu pulso disparou de imediato. Como tinha previsto, o sono foi irregular e ela acordou pelo menos uma dúzia de vezes durante a noite. A aurora estava quase chegando quando enfim adormeceu de fato, conseguindo dormir apenas uma ou duas horas, antes que outro pesadelo a forçasse a sair de seu sono mais uma vez.

Do outro lado do quarto, as crianças estavam todas roncando, baixinho, e continuariam, ela suspeitava, por várias horas. Dobrando o cobertor, ela o devolveu com o travesseiro à pilha. Não adiantava tentar voltar a dormir agora. Melhor que saísse para sua corrida matinal, antes de enfrentar qualquer negócio que a esperasse na cidadela.

Aos poucos, mas muito mais devagar do que gostaria, ela recuperou um pouco de sua força espartana. Não foi fácil. A boa forma de sua juventude havia se dissipado, graças ao excesso de indulgência à mesa e atividades sedentárias. Quando tentou pela primeira vez, não conseguiu dar uma volta ao redor das muralhas da cidadela antes de cair de joelhos, ofegante. Mas aqueles dias estavam para trás agora. Quando queria parar, obrigava-se a continuar um pouco mais. Quando queria diminuir a velocidade, forçava-se a correr mais rápido. E quando queria voltar, apenas mudava de direção.

Naquela manhã, ela pegou uma trilha que serpenteava devagar pela encosta da montanha. Ao chegar ao fundo do vale, passou para um caminho diferente, no qual a subida era íngreme e implacável. Era uma das rotas favoritas dela, que fazia suas coxas queimarem e o suor escorrer por suas costas. A falta de árvores também significava que os guardas, que a seguiam por ordem de Orrin, podiam vigiá-la discretamente a distância. Não havia necessidade de eles correrem atrás dela, tirando sua concentração e invadindo a pouca privacidade que ela tinha. Às vezes, em corridas mais longas, eles corriam ao seu lado, às vezes conversando um pouco. Mas correr sozinha era muito melhor.

Quando suas pernas finalmente começavam a tremer de anoxia, uma sensação desagradável, mas que lhe causava uma satisfação sem fim, ela sentia satisfação por ter testado o próprio corpo o bastante naquela manhã e que deveria voltar para enfrentar as muitas tarefas que a esperavam.

Fontes termais pontilhavam a paisagem nos arredores. No final do inverno, elas transbordavam, criando rios caudalosos que corriam pelos vales, criando piscinas nas áreas mais baixas. No auge do verão, as pessoas se reuniam em massa ao redor dessas lagoas, para relaxar e fofocar, mas a distância do palácio impossibilitava uma visita rápida. Então, em vez disso, ela decidiu seguir para baixo da cidadela, para os grandes reservatórios, onde poderia se refrescar sob a rocha e saciar sua sede ao mesmo tempo. Essas cisternas eram uma façanha da engenharia, alimentadas por água bombeada do vizinho lago Kopais e mais uma razão pela qual Micenas era uma força a ser respeitada.

Quando enfim alcançou as muralhas da cidade, contornou a Porta dos Leões e pegou a escada em caracol que descia por baixo dos prédios. Mais tarde no dia, o local estaria lotado com homens e mulheres indo e vindo, enchendo suas urnas com o máximo de água que pudessem carregar. Mas, àquela hora, ela quase nunca via uma alma. Levantou a mão para um dos guardas a distância e ele acenou de volta em resposta, deixando seu posto em um passo vagaroso para se juntar a ela. Longe iam os dias em que eles andavam colados ao seu lado, em especial dentro da cidadela. Muitas vezes ela conseguia alcançar os reservatórios, saciar sua sede e estar a meio caminho de volta, antes que tivessem se juntado a ela.

Sabendo quanto tempo os guardas costumavam demorar para aparecer ao seu lado, Clitemnestra ficou surpresa quando a um quarto da descida ouviu passos ecoando atrás de si. Virando-se, viu a silhueta de um homem acima dela. Apenas por seu contorno, foi capaz de dizer que ele não era um de seus homens.

– Acho que não deveria me surpreender que uma princesa espartana, mesmo como rainha, preferisse passar suas manhãs subindo montanhas a ser servida com pão e mel na cama. Devo dizer que acho muito estimulante.

Ela semicerrou os olhos na penumbra, posicionando-se para ver melhor as feições dele. Apesar da sombra que caía sobre o rosto dele, uma agitação percorreu seu estômago quando ela reconheceu o estranho.

– Você tem me observado. A mim e a meus filhos. Quem é você?

Sua mão apalpou o cinto do manto. Ela não trouxera nada que pudesse servir de arma consigo. Nem mesmo uma simples adaga. Quantas vezes dissera a seus filhos que deveriam estar sempre preparados? No entanto, lá estava ela, encurralada, com nada mais do que um corpo exausto para se defender. Endireitou as costas, tentando esconder o medo crescente.

– Eu lhe fiz uma pergunta. Quem é você e por que tem observado a minha família?

Ele assentiu com a cabeça, com um pequeno brilho nos olhos.

– Peço desculpas, majestade. Perdoe minha impertinência. Estou apenas um pouco surpreso. Nunca vi Helena, mas acho impossível acreditar que os deuses pudessem permitir uma pessoa mais bela do que você andar pela terra.

Ela moveu a perna esquerda para a frente, em uma posição mais estável para atacá-lo. Atacaria o pescoço, usando a lateral da mão. E faria isso depressa, se ele não respondesse de forma satisfatória.

– Já fiz uma pergunta duas vezes. Posso garantir que não haverá uma terceira vez.

Com uma reverência apressada, ele abaixou a cabeça.

– Perdoe-me, por favor. Não a tenho seguido, majestade. Estava com sede, só isso, e é por isso que estou aqui.

– E ontem? Você estava me observando ontem.

– Sim, mas não de propósito. A vista daquela varanda em que você estava era a que eu mais apreciava em toda a Micenas.

– A varanda fica no palácio. Não faz parte da área comum da cidadela.

– Tenho plena consciência disso. – Os olhos dele se fixaram nos seus. Havia uma familiaridade neles, embora ela pudesse jurar por sua vida que jamais o tinha visto antes. Ele colocou uma mecha de cabelo atrás da orelha antes de continuar: – Meu nome é Egisto.

– Egisto. – Demorou menos de um piscar de olhos para que o nome causasse efeito. – Primo de Agamêmnon?

– Sim.

Uma nuvem flutuou na frente do sol, mergulhando a escada em uma sombra ainda maior.

– Então você é o homem que matou o pai do meu marido.

CAPÍTULO 9

Anos antes, Egisto matou seu tio, o rei Atreu, o mesmo homem que o criara como filho, e roubou a coroa para o próprio pai, Tiestes. Agamêmnon e o irmão, Menelau, escaparam para Esparta em busca de refúgio. Quando enfim retornaram, já crescidos e guerreiros formidáveis, recuperaram o trono de seu tio e primo traidores e fizeram com que eles fugissem de Micenas. Isso aconteceu apenas alguns meses antes do casamento de Agamêmnon e Clitemnestra.

A história terminou assim. Agamêmnon e Menelau tinham seus respectivos tronos, Agamêmnon em Micenas e Menelau em Esparta. O que quer que tivesse acontecido com Tiestes e Egisto raramente era discutido. Houve um tempo em que os irmãos tiveram sede de vingança – tão lenta e dolorosa quanto possível. Afinal, a lei dos deuses ditava que um filho sempre deveria vingar o assassinato de seu pai, e eles tinham a intenção de fazê-lo, mas o trabalho de governar aos poucos entorpeceu a sede de sangue e o desejo de vingança diminuiu.

Tiestes acabou morrendo de velhice enquanto estava exilado na cidade de Citera e Egisto aparentemente desaparecera.

Com o passar dos anos, as pessoas deixaram de mencionar o nome dele. Clitemnestra, entretanto, conhecia bem o marido. Era possível que ele estivesse apenas ganhando tempo, esperando o momento em que teria a aprovação e o apoio do maior número de pessoas, antes de realizar a tarefa.

– Como sei que você está dizendo a verdade? – perguntou ela, afastando-se dele, descendo a escada.

– Decidi que nenhum outro nome que eu pudesse lhe dizer faria Vossa Majestade menos favorável a mim do que meu verdadeiro nome. Sem dúvida, apenas um tolo inventaria algo assim?

– Existem muitos tolos neste mundo.

– Existem e, algumas vezes, eu mesmo fui um. Mas, acredite em mim, esta é a verdade.

– Então por que está aqui? Para roubar a coroa de novo, enquanto meu marido está em guerra? Presumo que esse seja o seu plano.

Sem dizer nada, ele lançou um olhar para além dela, para a longa escadaria que conduzia aos reservatórios abaixo. Um empurrão era tudo o que ele precisaria, ela percebeu. Um empurrão, e ela cairia até lá embaixo. Pareceria um acidente. E então ele estaria livre para saquear o palácio com quaisquer forças que tivesse de prontidão. Onde estavam os guardas? Por que estavam demorando tanto naquele dia? Talvez tivessem decidido esperar para dar mais privacidade a ela. Que dia para oferecer tal consideração. Ou talvez já estivessem mortos.

– Venho buscar nada além do perdão de seu marido – afirmou Egisto, voltando a se curvar.

– Então, planejou muito mal as coisas, pois é óbvio que escapou de sua atenção que ele e os outros homens se foram, e já há algum tempo.

Um rubor surgiu nas bochechas dele.

– Estou ciente disso, Minha Rainha Serei honesto. Esperava que, enquanto ele estivesse fora, eu pudesse ser útil aqui. Ganhar seu favor, para que ele veja que não sou mais uma ameaça para ele.

Não mais. O uso dessas palavras acrescentou uma nova dimensão à conversa. A escada já claustrofóbica parecia estar se fechando sobre ela. Se ela não aproveitasse a chance de partir naquele instante, talvez nunca mais tivesse outra. Firmando-se contra o tremor nas pernas, ela se moveu em direção ao matador de reis.

– Já terminei aqui – declarou.

Seu corpo tremia ao passar por ele. Ele cambaleou um pouco, sem se desequilibrar, mas pego de surpresa o suficiente para ela escapar. Sua respiração falhou, enquanto ela se apressava escada acima, a liberdade do ar livre a apenas uma curta distância agora. Ela mandaria Orrin de volta para lá imediatamente. Ia tirá-lo de suas terras antes do meio-dia. A luz do Sol a ofuscou quando, a apenas um degrau do topo, ele agarrou seu pulso. Ela se virou para enfrentar seu agressor, com olhos arregalados.

– Por favor, Minha Rainha, perdoe-me se a ofendi. Estou perdido há muito tempo e esperava que, talvez, conseguisse encontrar algo de mim aqui.

Ela olhou para a mão em seu pulso, pressionando sua pele. Com um movimento do braço, puxou-o do aperto dele.

– Fique longe de mim e da minha família – sibilou ela. – Fique longe de nosso palácio. Esta não é a sua casa agora. É minha. E se não o fizer, não hesitarei em terminar a tarefa que Agamêmnon e Menelau não conseguiram completar. E, acredite em mim, eu faria um trabalho muito mais completo do que qualquer homem.

Um aceno de cabeça se transformou em uma meia reverência.

– Agradeço sua generosidade, Minha Rainha.

– Não há generosidade aqui – retrucou ela. – Agora, vá embora!

Com os pés agora firmes acima do solo, ela esperou que ele se movesse, mas, por um longo tempo, ele apenas a encarou, seus olhos escuros suplicavam. Então, sem mais desculpas ou despedida, ele passou por ela e seguiu pelo caminho murado. Apenas quando ele ficou fora de vista, seus joelhos se dobraram e ela caiu no chão, ofegante.

– Minha Rainha! – Um guarda estava ao seu lado, seu passeio vagaroso desde o mirante se tornou uma corrida quando ele a viu cair. – O que aconteceu?

Ajoelhando-se, ela tentou diminuir a respiração irregular. Ele poderia tê-la machucado, até mesmo matado, e ainda assim, ela não sofreu nada além de um braço dolorido. Por quê?

– Eu… eu devo ter me esforçado demais.

A mentira saiu de sua boca antes que soubesse que iria dizê-la. Por que escolheu fazê-lo, ela não sabia.

– Estou bem agora – declarou, levantando-se e limpando a areia do manto. – Estou bem. Por favor, deixe-me sozinha.

Quando chegou ao palácio, foi direto para a torre sul. Com a cidadela empoleirada no topo de uma montanha, a vista do ponto mais alto era incomparável, estendendo-se até o mar em um dia claro. Se Egisto tivesse alguma tropa escondida nos vales, talvez conseguisse vê-las de lá. O que faria então, ela não tinha certeza.

Uma onda de nervosismo continuou a correr por ela. Egisto, um assassino, vagou pela cidadela sem ser questionado e, ainda assim, afastou-se dela quando ela mandou que ele o fizesse. Por que faria isso, quando matá-la tornaria a tomada de Micenas muito mais fácil? Ele tinha a vantagem lá na escada e, outra vez, quando agarrou seu braço, mas retirou-se e partiu. Por que um homem faria isso? Seria verdade que ele veio apenas para pedir perdão?

Ela afastou o pensamento. O número de guardas precisaria ser aumentado e ela também ordenaria patrulhas a pé. Ela não diria a Orrin o nome do intruso, apenas que havia sido abordada. Isso por si só já era o suficiente. O que quer que Egisto estivesse planejando, não teria sucesso.

De seu ponto de vista, as terras montanhosas de Micenas estendiam-se à sua frente, uma região nua e árida. O verão sempre foi a época do ano de que menos gostava. As encostas que, no resto do ano, podiam ser tão vibrantes e verdes, pareciam quebradiças e esturricadas, um mar de castanhos e ocres. O ar também piorava à medida que o calor piorava o fedor dos animais, as moscas zumbiam em enxames ao redor deles e de sua comida, e as plantas que não haviam sido colhidas, secavam. A primavera, o outono e até o inverno eram muito mais agradáveis aos olhos, para todos os sentidos apreciarem. Mas, por enquanto, ela não se importava com as peônias ou sideritis; só havia uma coisa que ela estava procurando e lá estava ele, indo embora, sozinho.

– Minha Rainha?

Assustada com outra presença na torre, ela se virou para encontrar Laodâmia na entrada.

– Perdoe-me, Minha Rainha, eu estava procurando pela senhora.

Seu estômago revirou, sua mente foi de imediato para o pior pensamento imaginável.

– As crianças? O que está errado? Onde elas estão?

– As crianças estão bem. Achei que gostaria de se preparar para o tribunal.

– Tribunal? Hoje?

– Sim. A assembleia se reunirá para começar em breve.

Um suspiro pesado saiu de seus lábios.

– Então sim, por favor, me ajude a me preparar.

*

– Deve pagar pelos animais que foram mortos – decretou Clitemnestra, depois de ouvir mais uma disputa. – Ou eles podem ser substituídos por animais do mesmo valor que os perdidos. Entendido?

– Sim, Minha Rainha. Obrigado, Minha Rainha.

– Mas e o fio? Todas as ovelhas dele já estão tosquiadas. As minhas não haviam sido ainda. Eu perdi isso também.

Ela inspirou uma lufada de ar.

– Então eles lhe darão lã também – disse ela. – A mesma quantidade. Agora, há mais alguma coisa a ser discutida?

Olhos dispararam ao redor da sala do trono. Levara mais de seis horas para lidar com as disputas do mês, embora ela considerasse o tempo bastante razoável, comparado aos muitos dias que perdera ali, calada ao lado de Agamêmnon. Pelo menos, agora, sua voz era ouvida e ela estava fazendo a diferença.

– Minha Rainha, há rumores de que os exércitos romperam as muralhas de Troia. É verdade? A guerra acabou?

Foi uma mulher quem falou. Elas não deveriam ter voz na câmara e vários dos velhos estremeceram, como se enojados com a audácia. Não havia como negar que não era a pergunta mais sábia a fazer, porém, sem os esforços das mulheres, os homens mais jovens não teriam nada em casa para o que retornar. Ela a olhou nos olhos enquanto falava.

– Não dê ouvidos a rumores – respondeu. – Eles mudam mais depressa do que o tempo e, posso garantir, nunca ouvi falar tal coisa. Até que vejamos o farol brilhando no monte Aracneu, devemos presumir que nossos papéis aqui nesta sala e no reino permanecem os mesmos e continuarão assim pelo tempo que for necessário. Entendido?

A mulher assentiu.

– Obrigada, Minha Rainha.

Quando tudo estava resolvido, o Conselho retirou-se para o salão de jantar para saborear a refeição que ela sempre oferecia e continuar a conversa, apenas para se calarem sempre que ela se aproximava. Malditos, pensava ela. Caso a guerra durasse apenas mais alguns anos, a maioria deles estaria morto quando Agamêmnon voltasse. Talvez ela devesse ajudar nisso – mandar a cozinha servir apenas os alimentos mais gordurosos e pesados toda vez que visitassem o palácio. Ainda assim, era uma situação melhor do que algumas rainhas enfrentavam com os maridos ausentes.

Ela ainda estava pensando nisso quando Electra apareceu de repente e veio correndo em sua direção.

– Mãe! – gritava a garota, passando por velhos que resmungavam para alcançá-la. – Mãe! Mãe!

– O que foi? – Clitemnestra dobrou os joelhos para sibilar para a filha. – O que está fazendo aqui? Sabe que este não é um lugar para você.

– É Orestes. Não conseguimos encontrá-lo. Ele sumiu!

CAPÍTULO 10

Ela não perdeu tempo com desculpas enquanto saía correndo do refeitório e entrava nos amplos corredores do palácio. Seu coração batia forte e o pânico confundia seus pensamentos.

– Quando o viu pela última vez? Quando esteve com ele pela última vez?

– Estávamos brincando de esconde-esconde. Ele tinha que se esconder de nós. Mas não conseguimos encontrá-lo. Procuramos em todos os lugares.

– Onde vocês procuraram?

– Em todos os lugares. Nos pátios. Na sala do trono.

– No seu quarto? Verificou o quarto?

– Eu... acho que sim. Acho que Crisótemis foi para lá.

O instinto tomou conta dela. Clitemnestra abriu a cortina do aposento das crianças. Esse sempre foi o lugar favorito dele. Afinal, com apenas seis anos, onde mais ele teria imaginação para se esconder?

– Orestes? Orestes? Onde você está? – As camas estavam intocadas. O quarto estava vazio. Ela afastou as cortinas, para o caso de ele estar escondido ali, mas quando tudo o que encontrou foram as paredes caiadas, seu medo voltou a aumentar.

– Minha Rainha, está tudo bem?

Ela se virou. De pé ali, com a testa franzida, estava Laodâmia.

– Orestes sumiu. Ele está desaparecido. Precisamos alertar os guardas. Chame-os imediatamente.

– Orestes?

– Egisto! – Seus olhos de repente se arregalaram de medo. Esse tinha sido o plano dele o tempo todo. Distraí-la com uma história triste, depois entrar sorrateiro e sequestrar seu filho. – Ele o levou. Mas para onde eles iriam?

Ela andava de um lado para o outro, tentando decidir qual deveria ser seu próximo passo. Mas isso era apenas perda de tempo. Precisava encontrá-los antes que fosse tarde demais. Não permitiria que isso acontecesse outra vez.

– Quando? – Laodâmia empalideceu. – Quando aconteceu?

– Não sei. Mas ele sumiu.

Guardas se reuniram em torno delas agora. Homens de Orrin.

– Pegue meu cavalo! Eu os encontrarei!

– Minha Rainha, verificou a cozinha? – perguntou Laodâmia.

– A cozinha?

– Eu o vi ir naquela direção. Não muito tempo atrás.

Ela hesitou, seus olhos foram de Electra para os guardas e então para a ama das crianças, finalmente voltaram para Electra.

– Olharam na cozinha?

– Não sei. Acho que sim.

Sua atenção se voltou para os guardas.

– Meu cavalo e uma dúzia de homens. Envie metade deles agora mesmo. Os outros vão esperar por mim. Vou em seguida. Devem procurar um homem. Egisto.

Ela se virou e correu de volta pelo corredor, em direção à cozinha, onde os funcionários iam de um lado para outro, enchendo e reabastecendo pratos para os homens no refeitório.

– Viram o príncipe? – questionou ela.

– Orestes? – uma das mulheres perguntou. – Não desde que ele veio pegar comida depois do café da manhã.

Ela varreu o aposento, agachando-se para espiar sob as mesas.

– Orestes! Orestes!

O lugar estava cheio de cestas de pães e frutas, mas nenhum sinal do filho. Irritada por ter perdido ainda mais tempo, ela correu de volta para a porta, colidindo com um rapaz.

– Minha Rainha, peço desculpas.

– Saia do meu caminho! – gritou ela, passando por ele. – Preciso encontrar meu filho!

– Está procurando o príncipe? – perguntou ele.

Ela parou. Interpretando mal a pequena torção dos lábios, o leve alargamento dos olhos do jovem, suas mãos voaram para o pescoço dele e ela o empurrou contra a parede, o baque reverberou ao redor dos dois.

– O que você fez com ele? – bradou ela. O que quer que lhe faltasse em força, ela compensava com pura fúria. – Onde ele está?

O rosto dele estava ficando vermelho devido à pressão em sua garganta.

– Eu... eu... ele... – balbuciou.

– Minha Rainha, por favor. – Laodâmia estava ao seu lado. – Ele não consegue falar. Não consegue lhe dizer.

Clitemnestra cravou as unhas na pele dele, antes de soltá-lo. Os joelhos do jovem cederam, embora ele fosse sábio o suficiente para manter os olhos nela. Ele conseguiu cuspir as palavras:

– Ele disse que precisava de um bom lugar, só isso.

– Um bom lugar?

– Para se esconder. Para se esconder das irmãs.

– O que você quer dizer?

– Achei que não seria um problema. Ele só queria ganhar. Eles estavam todos brincando.

– Onde ele está? Quem o levou? Para onde eles foram?

– Ir? Não, ele ainda está lá. Acabei de verificar. Ainda está se escondendo.

A onda de alívio durou pouco e agora se misturou a uma nova sensação de fúria.

– Onde? Onde ele está? Onde está meu filho?

Lágrimas encheram os olhos do jovem, enquanto ele choramingava:

– Ele está escondido no depósito de alimentos. Na despensa. Atrás dos sacos de farinha.

Ela deveria ter dito aos guardas para levá-lo para fora da cidadela, que ele nunca mais teria permissão para voltar, pensou, enquanto disparava para as escadas que saíam da cozinha, porém precisava verificar primeiro. Se o filho não estivesse onde ele disse que estaria, mais do que apenas um banimento esperava o cozinheiro.

Era uma parte do palácio que ela nunca tinha visitado. Como rainha, não havia necessidade de ir até lá, mas ela sabia exatamente para onde ir. O ar esfriou, enquanto ela descia correndo a escada e entrava no depósito escuro, onde o cheiro de carne salgada sufocava sua garganta.

– Orestes? Orestes, você está aqui embaixo?

Seus olhos se ajustaram aos poucos à escuridão. Ainda poderia ser parte de uma armadilha. Um estratagema para dar mais tempo aos seus inimigos. Estava pronta para se virar, pegar uma faca e cortar a garganta do cozinheiro, quando um pequeno guincho veio do fundo da despensa, atrás do depósito de farinha.

– Orestes!

Lágrimas turvaram sua visão, enquanto ela empurrava os sacos para o lado. Lá, empoeirado e desgrenhado, estava o filho, com o lábio inferior se projetando em um beicinho.

– Eu ganhei? – perguntou ele. – Sem dúvida não conta que você me encontrou. Vander disse que este era o melhor lugar para se esconder. Eu ganhei?

Seu coração estava prestes a explodir quando ela o puxou junto ao peito e inspirou o aroma de seu cabelo farinhento.

– Sim, meu querido, você ganhou. Você ganhou.

Um sorriso atravessou o rosto dele.

– Eu ganhei! – ele gritou de alegria.

Ela não se livrou do jovem cozinheiro como planejara antes. Ao carregar Orestes escada acima, o rosto do filho se iluminou ao vê-lo.

– Vander, eu ganhei! – anunciou ele, sorrindo de orelha a orelha. – Você tinha razão. Eu ganhei!

– Estou muito contente, Meu Príncipe – respondeu ele.

Clitemnestra cerrou o maxilar, enquanto considerava uma reprimenda apropriada. Mas punir um homem que não fez nada além de ajudar seu filho em uma brincadeira? O alívio, por fim, venceu e ela notou que não seria apropriado.

– Vamos comer no aposento das crianças – declarou, em vez disso. – Seja rápido com a comida.

*

Mais tarde, seu corpo estremecia com a reação tardia de quase perder outro filho. Qualquer coisa poderia ter acontecido naquele porão. E se algo tivesse acontecido com o cozinheiro e ninguém soubesse onde Orestes estava escondido? E se algo tivesse caído em cima dele? Tantas possibilidades zumbiam em seu cérebro que ela mal conseguia ficar parada. Então, em vez disso, saiu para a noite quente de verão, para se sentar no círculo tumular e conversar com as pedras que abrigavam os ossos da filha.

Situado ao sul da Porta dos Leões, era um dos poucos lugares dentro da cidadela onde podia ter certeza de que estaria sozinha. Aquele local de enterros era apenas para a monarquia e, portanto, ninguém além da Rainha, sua família ou os jardineiros precisavam estar lá. No entanto, ao se aproximar, ela percebeu que não estaria sozinha.

Ele estava ajoelhado na grama, perto das estelas de Atreu, pai de Agamêmnon – o homem que ele havia assassinado.

– Eu disse para você ir embora.

Tropeçando nos próprios pés, Egisto manteve a cabeça baixa.

– Minha Rainha, eu estou…

– Basta. Veio aqui para se vangloriar. Para provocar aqueles que já matou.

– Não, não, nada disso.

– Então, dê-me uma boa razão para eu não matar você agora?

Erguendo o queixo, os olhos dele encontraram os seus, foi então que ela viu o quanto reluziam com as lágrimas. Estava chorando, ela percebeu. Ele estava ajoelhado ao túmulo do homem que havia assassinado, soluçando. A voz dele falhou, quando ele voltou a falar.

– Não tenho uma – declarou ele, em resposta à pergunta dela. – A senhora deveria apenas fazer isso. Por favor, mate-me agora.

CAPÍTULO 11

Isso não era nada do que ela esperava. Clitemnestra se viu de pé no círculo tumular, encarando o homem, que chorava. Levantando-se, Egisto enxugou o rosto com a ponta do manto.

– Perdoe-me, Minha Rainha. Vou deixá-la agora. Vou deixar Micenas esta noite, como pediu.

Ele tentou se afastar, mas dessa vez foi ela quem segurou o braço dele.

– Não – declarou ela. – Vai me dizer o que está fazendo aqui no meu reino. Aqui nesta sepultura.

– Já disse. Busco perdão.

Ela estreitou o aperto.

– Não aceito que mintam para mim.

– Nem deveria – replicou ele. – Mas é a verdade.

À luz do entardecer de verão, ela procurou nos olhos dele por um sinal de falsidade, mas não conseguiu encontrar nada além de tristeza. Seu aperto afrouxou. Com uma pequena inclinação do queixo, ele transmitiu seus agradecimentos.

– Se tiver tempo para caminhar comigo, gostaria de lhe contar uma história – disse ele.

O coro noturno das cigarras os acompanhou, enquanto passeavam devagar pelo lado leste das muralhas, em direção aos estábulos. Nenhum dos dois havia falado desde que deixaram o túmulo de Atreu. De alguma forma, ela se sentia atraída pela dor dele e estava ansiosa para saber a razão por trás do reaparecimento desse usurpador. Dessa vez, tinha a segurança de uma adaga embainhada em sua cintura. Eles chegaram a um banco de pedra, ele gesticulou para que ela se sentasse. Mesmo assim, não falou nada.

– Por que voltar para cá? – indagou ela. – Quando ele destronou seu pai, Agamêmnon jurou que o mataria se você voltasse, lembra?

– Ele nunca me viu quando retomou o trono.

Isso a pegou de surpresa. Ela tinha ouvido a história muitas vezes, como Agamêmnon e Menelau obrigaram Egisto a fugir pela noite, descalço e lastimando.

– O que quer dizer com ele não viu você?

– Quando Agamêmnon veio atrás de meu pai, eu já havia deixado Micenas. Atreu e Tiestes eram homens mesquinhos e rancorosos que usaram Agamêmnon, Menelau e a mim em sua rixa sangrenta. Eu não queria fazer parte disso. Se ainda acha que estou aqui para vingar meu pai, está muito enganada.

Se ele estivesse mentindo, então era ainda mais perigoso do que ela temera a princípio, pois ela não conseguia ler nem mesmo um indício de trapaça nele.

– Achei que era a vontade dos deuses que todo filho vingasse o pai.

– Meu pai não foi assassinado. Não diretamente. Ele foi exilado e teve uma morte lenta e, com sorte, bastante dolorosa.

– Sem dúvida você esteve lá com ele?

A risada amarga veio como um contraste áspero à tranquilidade dos arredores.

– Então o que aconteceu? – questionou ela. – Qual é a verdade sobre o assunto? E por que voltou para uma terra onde é odiado?

– Não faz diferença para onde vou. Sou odiado em todos os lugares. Já o sou desde o momento em que nasci. – Quando ele respirou fundo, seus ombros se abaixaram na postura de um velho.

Foi por isso que ele veio, ela percebeu. Era isso o que ele precisava explicar.

– Conte-me – pediu ela.

Um longo momento se passou, antes que ele erguesse o olhar para encontrar o dela.

– Você deve saber o que aconteceu com meus irmãos, presumo. Como o nobre pai de Agamêmnon, Atreu, cortou-os, os próprios sobrinhos, e os serviu como refeição para o irmão, meu pai, Tiestes.

Ela tinha ouvido a história. Poucos não tinham. Foi um dos atos mais desprezíveis de toda a história. Quando conheceu Agamêmnon, ela pensou que era impossível que alguém pudesse ser tão brutal quanto o pai tinha sido. Agora ela sabia que ele era tão ruim quanto, se não pior.

– Fui criado por Atreu. Um bebê abandonado, presenteado com uma segunda chance pelo generoso rei de Micenas. Tenho certeza de que a senhora também sabe disso. E foi apenas tentando agradá-lo, tentando matar Tiestes, que descobri quem era meu verdadeiro pai. Não pode imaginar o tormento que enfrentei quando descobri. Atreu, apesar de seus defeitos, havia me criado. Mas sempre me senti deslocado em seu palácio. Sempre senti como se uma parte de mim estivesse faltando. Acho que isto acontece quando se é abandonado quando criança, sempre irá se perguntar o que havia de errado com você.

Um sentimento de compaixão surgiu em Clitemnestra, embora não diretamente por Egisto. Era direcionado a uma mulher que nunca conhecera. Não conseguia imaginar o que obrigaria uma mãe a abandonar o filho daquele jeito. Desde o momento em que ela dera à luz cada um dos seus, tudo o que ela sentiu foi amor puro e o desejo de protegê-los, mesmo que custasse a própria vida. Sentir menos do que isso era incompreensível.

– Tiestes era meu pai. O homem que Atreu me criou para odiar era do meu próprio sangue. E, apesar de toda a compaixão que demonstrou por mim, Atreu serviu meus irmãos e fez meu pai comê-los. Então, quando descobri a verdade e Tiestes, por sua vez, me pediu para matar Atreu, eu não soube o que fazer.

Ele balançou a cabeça.

– Meu pai era astuto; devo admitir. Do jeito que ele falou, eu acreditei de verdade que Atreu fosse o culpado, não apenas pelos assassinatos, mas por como minha vida se desenrolou, pela maneira como fui abandonado, deixado em um campo, ainda ensanguentado do meu nascimento. Tiestes colocou tudo sobre os ombros do velho rei e, de alguma forma, acreditei que matá-lo me traria a vingança por tudo o que eu havia passado. Mas ele não tinha culpa. Matei o homem errado.

Mesmo no calor da noite de verão, os braços de Clitemnestra se arrepiaram.

– O que você quer dizer?

Egisto enxugou gotas de suor da testa, sua boca se moveu em silêncio antes de voltar a falar.

– Eu matei Atreu, com a espada que Tiestes, meu pai, me dera. Em meu retorno, fui saudado como um herói e uma grande festa foi organizada para mim. Foi quando descobri toda a verdade. Enquanto eu brandia, triunfante, aquela arma, e enquanto todos ao redor me aplaudiam, os olhos de minha irmã Pelópia estavam fixos na lâmina, naquele momento, limpa do sangue de meu tio. Ela reconheceu as marcas no metal, conhecia-a de outro lugar, de outra época. Era a espada que havia sido encostada em seu pescoço para impedi-la de gritar enquanto era estuprada, carregando um herdeiro que cumpriria as ordens do homem que a estava violando. Nosso próprio pai. E minha irmã, minha doce e amorosa irmã, também era a mãe sem coração que havia me abandonado para morrer naquele campo tantos anos antes. Quando ela descobriu a verdade, quando soube quem eu era... quem nosso pai havia sido...

Ele fez uma pausa, lutando contra as emoções para terminar a história. A própria pulsação de Clitemnestra disparou, pois ela temia já saber o final. Demorou apenas um momento para que fosse confirmado.

– Ela tomou a espada de mim e caiu sobre a lâmina.

Os olhos de Egisto, mais uma vez transbordando de lágrimas, ergueram-se para encontrar os dela.

– Não vim a Micenas por vingança, Clitemnestra. Precisa acreditar em mim. Vim aqui pedir perdão à sua família, pelo que fiz a ela. Eu não entendia o que estava fazendo. Eu não agia por juízo. Por favor, por favor, perdoe-me.

Ela viu tudo ali, gravado no rosto dele. O menino, ansiando por uma família. O filho obstinado, desejando apenas deixar o pai orgulhoso. E então o golpe. A descoberta de quem ele era e como havia sido concebido.

Como alguém poderia superar isso? Ela refletiu. E ainda encontrar coragem para revelá-lo e não apenas a uma estranha, mas a uma integrante da casa que ele havia traído.

Jamais, em toda a sua vida, um homem lhe pedira perdão. E ela jamais sentira que isso fosse menos justificado. Mas agora sabia por que ele tinha vindo e o que deveria fazer.

– Você o tem – afirmou. – Tem o meu perdão.

– E seu marido, Agamêmnon? Acredita que ele me demonstrará a mesma bondade?

A última imagem que teve dele veio à mente, afastando-se dela, com as mãos manchadas com o sangue de Ifigênia. Não conseguia sequer pronunciar o nome dele.

– Meu marido tem muito perdão para buscar para si próprio – declarou ela.

CAPÍTULO 12

Quatro dias se passaram e Clitemnestra se viu totalmente ocupada com a administração da cidadela. Discutiram sobre como distribuir a comida que colheram, de modo que nem as mulheres e crianças de Micenas nem os exércitos sofressem. Não se tratava apenas de dividir o grão e a carne e racionar o sal, mas de sacos e cestos que precisavam ser tecidos. Tudo levava tempo, e as mulheres, além de fiar e tecer, agora também tinham de apascentar os rebanhos e tosquiar as ovelhas. A carga de trabalho delas não apenas havia dobrado, mas estavam fazendo trabalhos antes considerados apenas possíveis de serem executados por um homem, um fato que os políticos da cidade pareciam incapazes de compreender. Eles davam voltas e mais voltas, brigando mais do que crianças. Qualquer tempo livre que ela pudesse encontrar, passava com seus filhos de verdade.

E, sendo assim, quando Laodâmia foi até ela certa noite, enquanto ela descansava no pátio, depois de um dia inteiro de luta contra a pólis, Egisto estava a mil quilômetros de seus pensamentos.

– Minha Rainha, há um cavalheiro que deseja se encontrar com a senhora.

– Onde ele está? – respondeu.

– Ele não quer entrar no palácio. Diz que vai esperá-la lá fora. Nos estábulos.

Ela bufou. Outro dos comparsas de Agamêmnon, sem dúvida pronto para lhe dizer como fazer seu trabalho.

– Sabe o nome dele?

– Não, Minha Rainha.

– Bem, se quem quer que ele seja não se dá ao trabalho de se arrastar até o palácio para ver a Rainha, então terá que esperar.

Ela suspirou e fechou os olhos. A ama permaneceu por mais um momento antes de desaparecer, sem dúvida para transmitir a mensagem de forma muito mais diplomática do que havia sido passada.

A noite já ia adiantada, quando ela finalmente deixou o pátio para se dirigir ao aposento das crianças. Enquanto vagava pelas colunatas, seus pensamentos voltaram-se para o homem que esperava junto aos cavalos.

Havia muito pouca chance de ele ainda estar lá, refletiu, e ainda assim ela estava intrigada. Tantos homens viam um palácio sem rei como uma oportunidade de conquista. Rumores vindos de Ítaca contavam como Penélope estava inundada por pretendentes, apesar de seu marido ainda estar vivo e lutando. O fato de esse homem querer manter distância do palácio lhe dizia algo. Ela só não tinha certeza do quê. Pegando um xale e uma lamparina a óleo, saiu rumo à noite.

– Esperou aqui esse tempo todo? – perguntou quando chegou aos estábulos e viu quem era.

Ele se levantou quando ela se aproximou.

– Estava esperando que você pudesse encontrar tempo para dar um passeio por aqui.

– Ou talvez tenha pensado que pode me convocar que eu viria?

Ajoelhando-se, Egisto curvou-se sem jeito.

– Não, não é isso. Peço perdão se foi essa a impressão que passei. Não era minha intenção. O palácio... eu... para mim... – Ele parou e se recompôs. – O palácio não é um lugar onde eu me sentiria confortável – revelou, por fim. – Peço perdão se meu pedido pareceu inapropriado.

Parando a uma curta distância, ela o observou. Como era possível que aquele fosse o homem que matara Atreu e fora criado como irmão de Agamêmnon? Apenas nessa breve troca, ele pediu mais perdão do que seu marido durante todo o casamento. E Agamêmnon tinha muito pelo que se desculpar.

– Não queria tomar seu tempo, Rainha Clitemnestra. Apenas queria agradecer por ter me escutado no outro dia. Confesso que não tinha planejado desabafar tão abertamente. Na verdade, eu pretendia nunca revelar a ninguém o que lhe contei.

– Mas revelou. – Ela ainda mantinha distância.

– Senti que a senhora entenderia, em algum nível. Você sabe o que é ser traída por sua família. – Ao ver a dor nos olhos dela, ele abaixou a cabeça. – Já falei demais. Sinto muito. Ouvi os rumores sobre o que seu marido fez.

– Então foi por isso que veio. Para ostentar o fato de que o grande Agamêmnon é desprezível?

– Não, nunca. Eu lhe disse. Vim aqui para buscar o perdão dele.

– Perdão de um homem que é ele mesmo um monstro?

Ele encontrou seu olhar.

– Eu também sou um monstro, Minha Rainha. Fiz uma coisa terrível ao homem que me criou. Mas isso não significa que eu seja incapaz de perdoar aqueles que me fizeram mal. De perdoar minha mãe pelo que ela fez comigo, por exemplo.

Não parecia haver nenhuma falsidade no que ele dizia, nenhuma camada oculta de significado que ela pudesse discernir. E, no entanto, ficou irritada com as palavras dele.

– Sua mãe era uma criança quando você nasceu. Ela fez o que achou melhor. Para proteger vocês dois.

– Minha mãe não conseguia olhar para mim quando eu nasci, por isso ela me abandonou. Não adianta fingir o contrário. Ouvi da boca dela, quando ela pensou que era apenas minha irmã. Quando conversou comigo, com seu irmão mais novo, em segredo sobre aquela terrível experiência, ela me contou como tinha detestado a criança que havia gerado, desde o instante de seu nascimento. Por favor, Minha Rainha, não desejo que nos separemos brigados. Vim apenas para me despedir, só isso. Vou embora pela manhã.

– Vai embora?

– Fiz tudo o que pude aqui. Vai transmitir minha mensagem a Agamêmnon, quando ele voltar?

O fim abrupto da conversa a surpreendeu. Piscando, ela considerou o que ele havia dito.

– Farei isso, mas diga-me, para onde irá a partir daqui?

– Aonde quer que o destino me leve. Essa é a beleza de não pertencer a lugar nenhum, não estar vinculado a ninguém. Claro, isso também significa que ninguém sentirá minha falta.

No silêncio da noite, ela pensou que talvez ele quisesse que ela comentasse sobre isso, mas, tendo conversado de verdade com o homem apenas duas vezes antes, sentiu que havia muito pouco que pudesse dizer além do que já dissera. Qualquer que fosse a situação em que se encontrasse, ele era um homem de estatura e eloquência. Ele seria capaz de se orientar em qualquer cidade. Talvez esse fosse o seu jogo, tentar derrotar Agamêmnon, deitando-se com a esposa dele.

– Deixei-a desconfortável – comentou ele, como se estivesse lendo seus pensamentos. – Não foi minha intenção. Mas, como a tenho aqui, posso muito bem falar a verdade. A senhora me impressiona.

Clitemnestra bufou diante dessa observação. No que dizia respeito a elogios, ela já recebera outros muito mais sofisticados quando mais jovem.

– Bem, agradeço por suas palavras gentis.

Quando ela se moveu para ir embora, ele estendeu a mão para ela, apenas para se lembrar da ameaça anterior dela e logo afastá-la.

– A maneira como cuida de seus filhos. A maneira como os protege. É como uma leoa com seus filhotes.

– É o trabalho de uma mãe.

– Pode ser verdade, mas não significa que todas façam isso tão bem quanto a senhora.

Ela zombou mais uma vez.

– Acredite em mim, meus filhos não concordariam com você. Especialmente os que não vivem mais.

Ele olhou em seus olhos.

– Diga-me. A senhora se culpa pelo que aconteceu com Ifigênia? – perguntou.

O ar quente tornou-se gelado de repente e seus lábios se curvaram em um rosnado.

– Você não tem o direito nem de falar o nome dela.

– Não, claro que não. Mas só quero que saiba, que entenda, que você não é mais culpada pelo que aconteceu com sua filha do que eu pelo que aconteceu com minha mãe.

Um cavalo relinchou ao longe. Ela sustentou o olhar dele.

– Eu não me culpo – retrucou ela. – Culpo o pai dela. E culpo os deuses.

A tensão fervilhou entre eles e ela se viu dividida. O palácio e seus deveres a chamavam, os mesmos que estariam lá no dia seguinte e depois e no seguinte. Nada de novo. Fazendeiras briguentas e políticos preguiçosos. Podia vislumbrar os próximos seis anos se estendendo à sua frente, até o retorno previsto de Agamêmnon. Mais e mais da mesma coisa. Mas ali estava algo inesperado, desconhecido. Alguém que ela não conhecia. Mordendo o lábio, ela olhou para o filho de Tiestes.

– Egisto, como você é com uma espada?

CAPÍTULO 13

Um mês se transformou em dois e depois em três, logo Egisto estava presente na vida de Clitemnestra por quase um ano. Eles se encontravam em particular. Ele ainda estava irredutível quanto a não colocar os pés no palácio sem a permissão de Agamêmnon. O nome do marido tornava-se mais desagradável para Clitemnestra a cada dia que passava.

Notícias chegaram sobre o progresso da guerra em Troia com os navios de suprimentos que retornavam ao seu litoral. O cerco ainda continuava firme, a ideia atual era matar os troianos de fome. Parecia o tipo de plano que seu marido adotaria. Um que causaria mais morte e desespero, sem que ele tivesse que erguer uma espada ou sujar as mãos. Mas havia sempre a chance de contrair uma doença. Talvez uma doença transmitida por flebotomíneos o matasse. Ou talvez sua morte viesse pelas mãos de um de seus próprios homens. A cada mensageiro que chegava, havia a possibilidade da notícia de que ele, e não Troia, havia caído. Mas até que esse dia chegasse, ela tinha os filhos e seu papel como rainha… e ela tinha Egisto.

Ele não se continha como os guardas sempre faziam e, embora a princípio estivesse sem prática, as habilidades cultivadas durante os anos de treinamento com Agamêmnon e Menelau não demoraram a ressurgir. Assim que ele conheceu seus limites, ele os forçou, testou-a, da mesma forma que o treinamento dela teria sido conduzido em Esparta. O clangor do metal, o tinir sonoro que acompanhava o tremor da lâmina em sua mão, era como um tônico para ela. Por insistência de Orrin, ela usava armadura e, embora não fosse o jeito espartano, a proteção extra ao redor de seu corpo servia apenas para impulsioná-la ainda mais. Ela começou a se sentir jovem outra vez, como se tudo fosse possível.

Quando terminavam de lutar, sentavam-se e conversavam, e ele contava a ela sobre suas viagens em sua vida de exílio, embora desde aquela noite perto do círculo tumular, ele não mencionasse o pai ou a irmã. No entanto, ele era a única pessoa diante de quem ela se sentia livre para tocar no nome de Ifigênia. Egisto, ao contrário das crianças, estava a par dos rumores que se espalharam pelo Egeu e, como tal, estava bem ciente do papel de Agamêmnon na morte dela.

– Pergunto-me se ele sente remorso – ponderou ela. – Se sente que valeu a pena agora. Quase cinco anos eles permanecem nas margens de Troia. Quão importante foi aquele vento de verdade? Ele o desejava com tanta urgência e, entretanto, que vantagem de fato obteve para eles?

– Essa é uma pergunta que apenas os deuses podem responder – disse ele. – Mas, quanto a se ele sente remorso, não posso duvidar. Nenhum homem seria capaz de matar uma criança e não sentir, não importa se era parente ou não.

Resistindo ao impulso de contar mais para ele, Clitemnestra partiu um pedaço do pão que segurava, antes de mudar de ideia e atirá-lo para um grupo de pardais. Orrin estava a uma curta distância, perto o bastante para observá-la, mas não tão perto a ponto de conseguir ouvir sua conversa. Esse era o acordo tácito a que haviam chegado. Se ela tinha que estar acompanhada, seria por ele, Orrin, que compreendia a discrição e sabia manter a boca fechada; afinal, já praticara bastante com Agamêmnon.

– Preciso ir – comentou ela, levantando-se e recolhendo as armas do chão. – Tenho uma reunião com a pólis ao meio-dia. Mas vejo você amanhã?

– Estarei aqui, se for esse o seu desejo.

– É – afirmou ela. Então, antes que seus olhos pudessem traí-la, montou em seu cavalo. Notando seu movimento, Orrin fez o mesmo e, juntos, galoparam em direção à cidadela. Com um pouco de sorte, ela estaria de volta antes que as crianças acordassem.

Alguns dias, ela e Egisto cavalgavam para o Norte até o golfo, ou para o Oeste até as montanhas. Em outros, apenas ficavam deitados na grama e olhavam para o céu enquanto conversavam. Como princesa, fora treinada para ser forte, mas quieta, curiosa, porém jamais emotiva. Seus sentimentos e preocupações foram subordinados aos egos dos reis em cujos palácios vivera – suas opiniões, triviais, seus desejos, insignificantes. Afinal, o que mais uma rainha poderia de fato querer? Será que Helena compreendia o que tinha feito ao fugir com Páris do jeito que fugira? Será que ela percebia que havia exposto o impensável: nem todas as riquezas de um reino eram capazes de comprar a felicidade? Não que Helena fosse o melhor exemplo. Ela tinha sido a mesma desde criança, sempre querendo algo que não podia ter. Sempre chamando a atenção para si mesma em qualquer situação. Mas a atenção de Egisto permanecia fixa em Clitemnestra, e o nome da irmã dela nunca era mencionado, a não ser por ela mesma. Ele a ouvia. Não oferecia conselhos, nunca criticava ou indagava. Apenas escutava.

Certa manhã, durante aquelas poucas e agradáveis semanas no início do verão, quando o solo ainda estava exuberante e verde, os dois se encontraram em uma das fontes termais que se espalhavam pelo terreno. Tinha sido sugestão dela. Logo os dias ficariam quentes demais para cavalgar longe apenas por diversão, e os dois não se encontravam perto da cidadela, por medo de serem notados. Então, enquanto ela se sentava à beira da água e balançava os pés na água morna, Egisto estava deitado de costas, observando as nuvens finas que cruzavam o céu. Orrin, o acompanhante dela, estava do outro lado da água, segurando as rédeas dos cavalos que pastavam.

Ela estivera contemplando uma pergunta durante o trajeto até ali. Estava no fundo de sua mente havia um bom tempo, semanas, na verdade, talvez até meses. Mas nunca perguntara, por medo de qual poderia ser a resposta e as repercussões que poderia ter. Mas, no silêncio da primavera, enquanto os pássaros esvoaçavam entre as trepadeiras que se agarravam às rochas de arenito, pegou-se perguntando a ele mesmo assim.

– Por que está aqui, Egisto?

Ela ergueu os pés para fora da água e virou-se de lado para poder encará-lo.

– Pensei que tínhamos vindo para tomar banho.

– Não quero dizer aqui na fonte. Quero dizer comigo. O que você está fazendo aqui comigo?

Apoiando-se nos cotovelos, ele fixou os olhos nela, e ela pôde ver a dor que sempre estava ali, logo abaixo da superfície. Talvez fosse por isso que se sentia tão à vontade na presença dele. Ele também conhecera tristeza além de seu controle.

– Sempre que eu o chamo, você vem – observou ela. – Conversamos e vou embora e você some e nem sei para onde vai.

– Isso importa?

– Importa para mim.

Ele continuou a encará-la, pelo que pareceu uma eternidade. Quando finalmente falou, as palavras saíram como um suspiro.

– Por quê? Não está feliz com as coisas como estão? Esta amizade não é suficiente?

– Esta amizade é uma das poucas coisas que me mantém sã.

– Então por que questionar?

Por quê? Ela havia se perguntado a mesma coisa muitas vezes.

Por que ela não estava contente? Por que isso não bastava?

Talvez fosse porque ela tinha tão poucos amigos. Nenhum genuíno, pelo menos não em Micenas. E os que tivera em Esparta já a teriam esquecido. Talvez fosse porque ele era um homem. Todos os homens não deveriam estar constantemente cobiçando uma mulher ou mulheres? Então, o que isso dizia sobre ela, se ele estava satisfeito em passar tanto tempo com ela, sem um pingo de impropriedade?

E quando não estavam juntos, ela se pegava pensando nele cada vez mais, antecipando o que ele diria, como agiria no próximo encontro. Ele estava tão perto dela agora nas rochas que ela não sabia se o calor que sentia era da fonte ou da presença dele. E, embora não tivesse notado quando seu pulso começou a acelerar, enquanto estava ali a apenas alguns centímetros dele, ela percebeu que batia com tanta força que poderia ter conduzido o exército de Agamêmnon para a batalha.

Ela se endireitou devagar.

– Eu poderia ser mais feliz – declarou ela.

Seus movimentos eram lentos e deliberados e, quando ela estendeu a mão, seus olhos permaneceram fixos nos dele. Com destreza, como se seu corpo soubesse automaticamente o que sua mente desejava, seus dedos encontraram o nó em seu ombro e seu manto escorregou.

– Clitemnestra...

Ela viu a apreensão nos olhos dele e entendeu o nervosismo que ele devia estar sentindo. Seu próprio pulso estava acelerado agora, assim como na noite em que se casara com Tântalo.

– Ninguém precisa saber sobre nós – disse ela. – Além disso, o que importa se o fizerem? Agamêmnon encherá a tenda dele de prostitutas, como sempre.

– Ele é seu marido.

– Ele é um assassino e um bruto que se atirou sobre mim.

Ela buscou a própria cintura, mas assim que seus dedos pousaram no alfinete de metal ali, a mão de Egisto repousou em cima da dela.

– Não é que eu não queira – começou ele.

Tudo mudou naquele instante. Ao afastar a mão, ela levantou o manto e se pôs de pé.

– Perdoe-me. Não sei o que eu estava pensando. Devo ter bebido mais do que imaginava.

– Não faça isso, Clitemnestra.

Ele também estava de pé agora, buscando sua mão. Mas ela se virou e saiu andando depressa sobre as rochas. Ele a seguiu.

– Por favor. Deixe-me explicar.

– Não, não. Não há nada que você precise dizer. Nada de que eu precise ouvir.

– Sim, há.

Ela alcançou seu cavalo, mas quando agarrou as rédeas, ele as arrancou dela.

– Pode parar, Clitemnestra? Não está errada. Não é só você que se sente assim. Eu também quero isso, mais do que tudo!

O velho guarda conduziu seu próprio corcel discretamente para longe do par.

– Por favor, Clitemnestra.

– Então é por isso que me parou? Não sei muito, mas tenho quase certeza de que os homens não rejeitam a mulher que desejam.

– Vim a Micenas buscar o perdão de seu marido. Diga-me como ele reagiria a isto, se chegasse a seus ouvidos.

– Eu não me importo com ele ou com o quem quer que seja. Você ainda não entende, não é? Você não conhece o monstro que ele é.

– Monstro ou não, ele ainda é o rei e ainda é seu marido.

– Mas eu não o quero. Eu nunca o quis. Ele... ele...

As palavras ficaram presas na sua garganta. Poderia falar os nomes para Egisto, com certeza. Poderia contar a ele sobre Tântalo e Alesandro. Então talvez ele entendesse. Ou, talvez, ele apenas sentisse ainda mais pena dela. Era isso, ela percebeu. A amizade deles era baseada em pena. Por isso ele não a desejava. Todo o tempo que ele passara com ela foi por mera compaixão. Ela estava errada ao enxergar isso como qualquer outra coisa.

– Faça como quiser – declarou ela. – Estou farta de você.

CAPÍTULO 14

Ao galopar de volta para a cidadela, ela espancou o cavalo, engolindo a vontade de gritar. Como ele podia? Como Egisto ainda podia mostrar lealdade a Agamêmnon, depois de tudo o que ele havia feito? Lealdade ao homem que assassinara os filhos dela. Será que Egisto ainda se sentiria da mesma forma se soubesse a verdade sobre Esparta? Sobre Alesandro e Tântalo? Bem, maldito seja, pensou Clitemnestra, enquanto cravava os calcanhares nos flancos do cavalo mais uma vez e se inclinava para a frente contra o ar, que passava como um chicote por ela. Maldito sejam Egisto e sua lealdade equivocada. De qualquer maneira, não precisava dele.

Na entrada da cidadela, ela desmontou e entregou o cavalo a um dos guardas, antes de subir para o palácio. Até mesmo Orrin teve o bom senso de ficar longe dela.

Por que enrolá-la dessa forma? Afinal, ele já deveria saber o que ela sentia por ele. Nos últimos meses, eles mal passaram um dia sem se ver. Na última lua, ocorreu o Festival de Targélia, um grande banquete em honra da deusa Ártemis que a deixara enjoada. Ter que prestar homenagem àquela que levara sua querida filha quase foi mais do que podia suportar. Mas sabia que não deveria arriscar o desagrado dela e havia sacrificado ovelhas e oferecido as primícias do ano, conforme prescrito. Depois, chorou, e Egisto a embalou nos braços, como se de fato se importasse com ela.

Por mais que preferisse continuar a descontar sua raiva em seu cavalo – ou em qualquer um que cruzasse seu caminho –, ela decidiu que o melhor a fazer era se distrair com os filhos. Assim, viu-se suportando sua ocupação menos favorita, a tapeçaria. Como Crisótemis encontrava algum prazer nisso estava além de sua compreensão, mas era assim que a filha escolhia passar o tempo.

A contragosto, ela se sentou ao tear, puxou o fio com tanta força que arrebentou. Seria apenas por uma ou duas horas, lembrava a si mesma a cada poucos minutos, então, poderia liberar sua raiva com Electra. Pelo menos uma princesa teria a experiência que esperava com a mãe.

– Não precisa fazer isso, mãe – disse Crisótemis, quando a Rainha praguejou contra mais um fio rompido. – Sei que a senhora detesta qualquer tipo de trabalho com agulha e linha.

– Não é verdade.

– É *verdade sim*. Além do mais, a senhora é péssima nisso. Sabe que vou ter que desfazer tudo e consertar para a senhora depois que for embora, só para que os outros não vejam.

– É isso que você tem feito? – perguntou ela, olhando para seu trabalho e percebendo que, sim, as fileiras anteriores sem dúvida eram mais delicadas e precisas do que as que ela estava conseguindo fazer no momento.

– É bem possível – respondeu a jovem, com um brilho nos olhos.

Bufando, a Rainha tentou recolocar o fio.

– Bem, então, estou sendo gentil ao dar a você prática extra, não estou?

Embora classificasse a tecelagem como mais torturante do que o parto, passar tempo com Crisótemis era sempre agradável, assim como era com Orestes e havia sido com Ifigênia. A índole tranquila da filha e a facilidade com que ela conversava nunca deixavam de acalmá-la. O mesmo com certeza não podia ser dito de Electra, cuja devoção a Agamêmnon a cegava. Em mais de uma ocasião, quando a garota levava a paciência da mãe ao limite, Clitemnestra literalmente mordeu a língua para não gritar a verdade para ela: Agamêmnon tem tudo o que sempre desejou em Orestes. Ele não precisa de filhas. Ele já se desfez de uma em benefício próprio e, sem dúvida, faria o mesmo com você ou com Crisótemis, se surgisse a oportunidade. Mas jamais poderia revelar isso. Afinal, era seu trabalho protegê-las. Mesmo da verdade.

– Hoje eu estava ouvindo os criados na cozinha – comentava Crisótemis, trabalhando com tanta destreza que parecia não precisar olhar para o que estava fazendo. – Dizem que a guerra terminará em um mês. Que durante todo esse tempo, eles planejaram e tramaram e agora estão prontos para fazer o ataque final a Troia e resgatar Helena.

– É isso o que dizem?

– Sim. Que veremos o farol brilhando no Monte Aracneu no próximo festival. – Ela fez uma pausa, as mãos pararam de trabalhar por um momento. – Fico me perguntando como deve ser – completou.

– A guerra? É algo pelo qual você deve ser grata por não ter que experimentar. Passar fome em tendas esquálidas ou catar vermes da comida, enquanto as moscas zumbem ao redor. Cuidar dos feridos ou não conseguir dormir por causa dos gritos deles. E, o tempo todo, esperando o inevitável.

Crisótemis balançou a cabeça.

– Não quis dizer a guerra – disse. – Tenho certeza de que deve ser terrível para todos os homens que o meu pai comanda. Quis dizer amar alguém tanto a ponto de estar disposto a morrer pela pessoa. Do jeito que nosso tio ama Helena.

– Amor?

Um nó entalou na sua garganta. Amor? Rá! Foi o comportamento pueril de dois adultos egoístas, que colocaram os próprios desejos acima do bem-estar de milhares de outros. Helena não era capaz de amor genuíno, nem Menelau. Eram vingativos e maliciosos. Se ao menos alguém próximo a eles tivesse cortado a garganta de um deles no início de toda essa situação, tudo teria acabado anos atrás. Amor? O que o amor já conquistou, de qualquer forma?

– Você tinha razão – disse, levantando-se e deixando a lançadeira cair no chão. – Eu sou péssima nisso. Continue. Falei para Electra que ia ver como o treinamento dela com Orrin estava indo. Ela acha que pode me desarmar agora. Pelo visto, ela vai provar isso quando treinarmos hoje.

– Bem, acho que devo parar aqui também – respondeu Crisótemis. – Pois isso é algo que eu não gostaria de perder.

Os comentários de Electra sobre sua habilidade e força igualarem ou mesmo superarem as da mãe cresciam em frequência e confiança a cada lua que se passava. Agora com treze anos, havia poucos centímetros de diferença em suas alturas, embora ela tivesse herdado a estrutura óssea do pai e fosse mais atarracada e mais musculosa do que Clitemnestra jamais fora. Depois de importuná-la por noites incontáveis e até invadir seu santuário matinal nos pátios, a Rainha finalmente concordou com uma sessão de treinamento sem restrições.

Talvez por ingenuidade, pensou que seria um momento íntimo, apenas ela e a filha chocando espadas, até que Electra cometesse um erro ou – e de fato não considerava esta uma possibilidade – que Electra a desarmasse. No entanto, quando virou a esquina do corredor, viu que uma multidão se reunia do lado de fora da sala do trono.

– Mãe. Ótimo. – Electra já estava lá, esperando. – Está aqui. Podemos começar. Espero que não se importe. Convidei alguns amigos para assistir à sua derrota.

Electra não tinha amigos. Ela tinha pessoas a quem dava ordens, embora todas parecessem tão animadas quanto ela por estarem ali.

– Sabia que seria assim? – sussurrou Crisótemis no ouvido de sua mãe.

– Não. E você?

– Não. Electra sem dúvida deve pensar que vai ganhar.

Homens e mulheres se separaram para abrir caminho para elas descerem os degraus centrais. Na outra extremidade havia um grande trono, com um menor de cada lado – um para ela e outro para Orestes. Naquele momento, estavam ocupados por uma variedade de armas. Sem dizer mais nada à mãe, Electra foi até lá e fez sua escolha.

– Duas cópis? – questionou Clitemnestra, notando as duas espadas curtas nas mãos da filha. Ela pessoalmente preferia algo mais comprido e achava mais fácil manobrar uma lâmina do que duas.

– Acho que a combinação me cai bem – respondeu a garota, audaciosa.

– Muito bem.

Dando um passo à frente, ela inspecionou a seleção que restava, uma que – a julgar pelo peso dos itens – tinha sido especificamente escolhida por Electra, ela suspeitava. Clitemnestra preferia armas finas e leves. Essas eram todas pesadas e desajeitadas. Mas não importava. Ao treinar com Egisto, ela praticou com muitos tipos diferentes. Escolhendo a menos pesada do monte, ela se adiantou para enfrentar a filha.

Um silêncio abafado desceu sobre a sala do trono. Tirando as sandálias, ela sentiu a textura do chão através da ponta dos pés. Liso e frio, os ladrilhos ofereciam boa tração contra sua pele nua. Poderia usar isso a seu favor.

A filha era ágil, tinha visto isso com bastante frequência, porém a garota estava acostumada a praticar ao ar livre, no cascalho e na poeira. Esse tipo de superfície era bem diferente. Um leve deslize e era possível se recuperar com facilidade. Ali, não seria da mesma forma. Ela oscilou o peso para frente e para trás, sentindo quais seriam seus limites. Então, sua atenção se voltou para a espada, encontrando seu ponto de equilíbrio em uma das mãos e depois na outra.

Por outro lado, Electra estava se concentrando apenas em sua oponente. Ela conhecia suas armas, as havia escolhido especificamente. Sua postura era forte, seu olhar, tão intenso que Clitemnestra quase podia senti-lo queimar dentro dela. Não haveria desarme de surpresa dessa vez. Precisaria trabalhar um pouco mais. Assim que esse pensamento passou por sua cabeça, a luta começou para valer.

Electra se esquivou para um lado e depois para o outro, antes de enfim parecer atacar, mas foi uma finta que Clitemnestra bloqueou, tendo apenas que se desviar de novo, para conter o verdadeiro ataque. A postura dela com as duas lâminas era impecável, enquanto golpeava várias vezes contra a mãe. Havia um ritmo em seu movimento. Uma facilidade a que a Rainha logo igualou.

– Você está demorando muito para me desarmar – Clitemnestra a incitou, de bom humor.

– Estou? Ou estou descobrindo todas as suas fraquezas?

– Talvez você esteja me dando tempo demais para encontrar as suas.

Electra puxou uma cópis e a trouxe para baixo com toda a força, mas a mãe golpeou para cima ao mesmo tempo. O barulho de metal ressoou quando ela deslizou a lâmina sob a da filha e torceu o pulso dela, arrancando a arma de sua mão, fazendo-a voar pela câmara, onde caiu a apenas poucos centímetros de um espectador. Um resmungo desapontado ergueu-se da multidão. Claramente, haviam escolhido sua favorita.

– Deveríamos parar agora – ofereceu ela, observando Electra fazer uma careta diante de sua falta de sorte. – Você lutou bem.

– Ainda não estou completamente desarmada – respondeu Electra. – Ou está com medo demais para continuar? Talvez toda a sua conversa sobre nos proteger seja apenas isso. Conversa fiada. Talvez devesse ser eu a responsável pela segurança da família, enquanto o pai está fora. Talvez eu devesse estar no comando definitivo. É óbvio que a senhora nunca esteve à altura da tarefa.

Era óbvio que isso foi dito para incitá-la. Mas funcionou muito melhor do que Electra poderia esperar. Ela tinha razão. Clitemnestra não estivera à altura da tarefa. Havia chegado a Micenas fraca e quebrada e foi preciso perder mais uma criança para fazê-la ver isso. Mas agora... agora estava pronta.

Clitemnestra voltou a se concentrar. Seus sentidos se intensificaram. A sensação da espada em sua mão. O fluxo do ar sobre sua pele. A vibração do impacto por seu braço, enquanto atingia o cópis restante de Electra repetidas vezes. Ela não havia verificado se sua lâmina estava afiada, presumindo que fosse uma espada cega de treinamento, então, forçou a filha cada vez mais para trás sem pensar duas vezes, até que a garota logo ficou à beira dos degraus, sem ter para onde para ir. Fora assim que havia sido em Esparta! Luta em público, com pessoas assistindo, julgando seu talento e habilidade. Muito mais emocionante do que apenas praticar em particular, mesmo com o homem que desejara tomar como amante. Ela não precisava de Egisto. Não precisava de nenhum homem. Por que desperdiçaria outro fôlego pensando em alguém que a havia rejeitado? Era para isso que nascera, para se alimentar da energia da multidão. E a multidão com certeza estava encantada. Cada respiração presa em antecipação.

Ela podia ver o branco dos olhos de Electra, conforme eles se arregalavam em pânico, olhando de um lado para o outro ao redor, procurando por qualquer tipo de resposta ao ataque da mãe. Mas não havia nenhuma. No momento em que ela se inclinou para trás, Clitemnestra soube que tudo estava acabado. Com outro movimento de seu pulso e uma perna bem posicionada atrás da filha, ela jogou Electra e a segunda lâmina girando no chão.

Foi um piscar de olhos entre o desarme de sua filha e a enxurrada de sons que invadiram seus ouvidos. Aplausos encheram o ar, homenageando a Rainha. Aplausos e adulação, como ela não ouvia havia décadas. Virando-se para encarar seus súditos, ela sorriu, fazendo uma pequena reverência, como se entretê-los fizesse parte de seus deveres reais. Só quando se virou foi que viu as lágrimas nos olhos da filha. Treze anos. Apenas momentos atrás, parecera tão perto de ser uma adulta, mas agora estava deitada ali, como uma criança humilhada.

– A senhora não precisava me humilhar – chorou ela.

CAPÍTULO 15

Não havia nada que pudesse dizer ou fazer. Quando estendeu a mão para puxá-la para cima, Electra recusou a oferta, levantando-se sem ajuda. Clitemnestra recuou.

– Electra?

A multidão já estava se dispersando, moedas trocavam de mãos, ela notou, com tapinhas nas costas e risadas, ou grunhidos. E, então, um guarda apareceu e foi direto até ela.

– Com licença, Minha Rainha. Há alguém aqui para vê-la.

Ela olhou para onde Electra estava pegando suas cópis, apenas para jogá-las de volta no chão.

– Diga-lhe que estarei lá em breve. Estou ocupada.

– Ele me pediu para dizer que seu nome é Egisto.

Ela parou.

– Ele está aqui? Dentro do palácio?

– Sim, Minha Rainha.

Seus olhos foram para o corredor, então para a filha. Tendo abandonado suas armas, Electra agora conversava com Orrin, e Orestes também estava ao lado dela. Ambos a consolavam.

Ambos faziam o que deveria ter sido o trabalho dela. Moveu-se em direção a ela, mas Electra virou as costas. Enquanto ela se preparava para mais uma batalha, uma mão surgiu em seu ombro.

– Vou falar com Electra, mãe – ofereceu Crisótemis. – Vá cuidar desse visitante.

– Eu deveria explicar. Eu deveria... me desculpar.

– Ela não vai ouvir a senhora agora. Sabe disso. Dê um pouco de tempo a ela.

– Eu sou a mãe dela.

– Sim, mas sabe que tenho razão.

Com o olhar ainda na filha mais nova, tentou engolir a culpa que sentia. Como podiam brigar com tanta frequência quando, na verdade, ambas queriam a mesma coisa? Um lar seguro para todos eles. Se pudesse fazê-la enxergar isso.

Quando uma garganta pigarreou atrás de si, lembrou-se do guarda e da presença de Egisto no palácio.

– Diga-lhe que estou a caminho – ordenou.

Na privacidade do corredor vazio, ela se permitiu um momento para recuperar o fôlego. Pressionou as mãos na pedra fria dos pilares e depois enxugou o suor da pele. Tanto espaço, mas por que parecia se sentir sufocada com tanta frequência? Crisótemis tinha razão, Electra precisava de tempo. Talvez esse duelo tivesse sido uma coisa boa. Talvez agora ela desejasse treinar com a mãe com mais frequência, sabendo que ainda havia muitas coisas que poderia aprender com ela.

Seu sentimento de culpa foi superado pelo nervosismo, que se multiplicou, enquanto ela avançava pelas colunatas e enfim o avistou, de cabeça baixa, tentando inutilmente cravar os dedos dos pés no chão de mármore.

– Pensei que você disse que nunca colocaria os pés dentro do palácio sem a permissão dele.

Egisto levantou a cabeça com um gesto rápido e disparou olhares de um lado para o outro. Ela riu.

– Acha que o escondo aqui? Acredite em mim, você saberia.

Ainda visivelmente tenso, ele respondeu:

– Existe algum lugar onde possamos conversar em particular?

Ela voltou os olhos para a sala do trono. Sem dúvida levaria algumas horas, pelo menos, para o temperamento de Electra esfriar.

– Não aqui – respondeu. – As paredes do palácio têm ouvidos. Podemos caminhar lá fora.

Orrin ainda estava ocupado com Electra e, portanto, os dois estavam totalmente sozinhos, enquanto desciam para a vinícola. Com os homens ainda ausentes, grande parte da produção da colheita do ano anterior aguardava em barris o navio que a levaria para Troia. Isso estaria no topo da lista de necessidades de Agamêmnon acima da comida, mas ele devia ter outras fontes para mantê-lo saciado – provavelmente as aldeias que saqueara, onde, sem dúvida, também encontrava suas prostitutas.

Caminharam em silêncio, Clitemnestra ajeitou as vestes, que se afrouxaram durante o duelo. Egisto manteve as mãos cruzadas na frente do corpo. Eles passaram pelo círculo tumular, mantendo uma distância respeitosa. Nesse ritmo, a noite cairia antes que qualquer um dos dois dissesse alguma coisa.

– O que você quer? Por que está aqui de novo? – perguntou ela, finalmente.

– Não tenho certeza.

– Então, que ótimo uso de nosso tempo. Se não tem nada a dizer…

– Por favor, preciso que entenda. – Ele fez o gesto de pegar a mão dela, mas logo se deteve. – Acha que eu queria dizer não esta manhã? Claro que não. Acho... eu sou... – gaguejou, antes de parar e tentar de novo. – Sonhei que você se sentisse assim, mas você é casada, Clitemnestra.

– Com um homem que não se importa comigo.

– Não sei se é verdade, mas não muda o fato de ele ser um rei. O Rei dos Reis. Você pertence a ele. Por favor, entenda que estou tentando protegê-la.

– Não se iluda. Não preciso de você nem de sua proteção. – Havia um veneno amargo na sua voz. – Você não sabe nada sobre mim. Sobre o que eu passei. Sobre ao que sou capaz sobreviver. Está preocupado com a ira de Agamêmnon? Aquele homem já me matou três vezes. Ele já tomou tanto de mim. E parece que está tomando você também.

– Não fui a lugar nenhum, Clitemnestra. Ainda estou ao seu lado.

– Mas não podemos voltar ao que éramos agora, podemos? E isso é minha culpa e sinto muito.

– Isso não precisa mudar as coisas.

– Então você vai ficar? Vai ficar aqui em Micenas? Ainda podemos nos encontrar?

As palavras soaram tão patéticas, tão carentes, que ela logo desejou poder retirá-las. Mas era como se sentia. Jovem. Com o coração partido. Suas perguntas foram recebidas com um silêncio que ameaçava desfazê-la.

– O que você quer de mim, o que nós dois queremos, não pode acontecer – respondeu ele, por fim.

– Eu sei. Eu entendo.

– Se continuarmos a nos encontrar em particular com tanta frequência, vão surgir rumores. Podem já ter surgido.

– Então o que você sugere? – Uma centelha de otimismo estava crescendo. Poderia ser o começo da única coisa preciosa que pertenceria inteiramente a ela?

– Irei ao palácio – declarou ele. – Farei saber publicamente que minha intenção é pedir perdão a Agamêmnon. Mostraremos a todos que somos apenas amigos. Nossa presença juntos, aos olhos de todos, provará que não temos nada a esconder e isso silenciará os escandalosos.

– Acha que vai funcionar?

– Por que não, Clitemnestra? Não fizemos nada de errado e qualquer um que nos vir juntos saberá disso.

Um calor começou a preenchê-la. Ele faria isso por ela? Ir ao palácio, como havia jurado que nunca faria? E o teria ali, ao seu lado, uma rocha firme na tempestade de sua vida.

– Conhece pessoas aqui? – questionou ela.

– Conheço.

– Isso é bom. Na verdade, é ótimo. Convide-os para acompanhá-lo até o palácio. Todos verão que nosso relacionamento faz parte de uma amizade mais ampla, nada fora do comum.

Sem pensar, ela pegou as mãos dele e as apertou com força, mas o sorriso que esperava ver em resposta não apareceu no rosto dele. Em vez disso, a testa de Egisto estava franzida de preocupação.

– Mas deve encarar os fatos, Clitemnestra. Se Agamêmnon souber que estou aqui, ele *vai enviar* alguém para me matar. Você sabe disso.

Ela balançou a cabeça com tanta força que a trança caiu sobre seus ombros.

– Isso não vai acontecer. Ninguém vai machucá-lo enquanto eu estiver no trono.

O desejo de estender a mão e beijá-lo a invadiu. Um beijo de amizade, nada mais, disse a si mesma, embora soubesse que era mentira.

Então, em vez disso, pensou melhor e apenas apertou as mãos dele de novo, depois se virou e saiu correndo, antes que o desejo a dominasse.

Quando voltou ao palácio, suas bochechas estavam coradas, não apenas pelos esforços das últimas horas, mas por um novo sentimento de esperança. Falaria com Electra imediatamente, pensou. Aquele era o dia de construir pontes.

CAPÍTULO 16

Embora tivesse levado vários dias, Electra acabou aceitando o pedido de desculpas da mãe e ficou ainda mais determinada a vencê-la, dessa vez com uma espada, marcando a data de outro duelo para dali a três meses. Clitemnestra concordou, prometendo a si mesma que, dessa vez, permitiria que a filha vencesse, por mais que lutasse bem ou mal.

No dia seguinte, Egisto veio, como parte do novo arranjo, trazendo consigo meia dúzia de amigos: um músico, um artista e alguns outros, cujo talento ou vocação ela não guardou. A dupla, que estava acostumada a conversas longas, descontraídas e privadas, não trocou uma palavra após a saudação inicial. Mas mil sorrisos e olhares sutis passaram entre eles, o resto do grupo ficou alheio a tudo.

Na noite seguinte, ela falou diretamente com ele.

– Egisto, não é? – perguntou. – Primo do meu marido. Estou surpresa em encontrá-lo aqui. Não posso dizer que ele apreciaria sua presença no palácio.

As bochechas dele ficaram vermelhas, do jeito que ela esperava.

– Estou aqui com o desejo de corrigir os erros da minha juventude – declarou ele.

– Pelo que ouvi, isso levará algum tempo.

Com isso, ela se virou e puxou conversa com outra pessoa, recusando-se a prestar mais atenção nele, mesmo quando ele saiu. Ela estava desempenhando bem o seu papel. Sabia que ele entenderia o que ela estava fazendo e, de qualquer maneira, conversaria com ele de novo na manhã seguinte.

De alguma forma, os encontros em público tornavam os encontros privados, agora raros, ainda mais preciosos, embora servissem apenas para aumentar os sentimentos que vinham crescendo nela há meses. À medida que os dias se transformavam em semanas, ela se concentrava cada vez mais nos aspectos físicos de seu confidente: os calos nas mãos, a simetria dos lábios, a maneira como a barba era grisalha, os primeiros sinais de cinza nas têmporas. Ela podia senti-lo fazer o mesmo com ela. Observando-a. Estudando-a. E parecia a coisa mais natural do mundo. Não podiam se tocar, mas nada podia impedi-los de olhar.

Passaram-se os meses, e ele continuou a frequentar as festas, agora ainda mais camuflado, pois encontrara homens mais adequados para se juntarem a eles. Isso pareceria bastante normal, Clitemnestra disse a si mesma. Muitas rainhas organizavam tais eventos desde que os maridos haviam partido.

Com as apresentações oficiais há muito terminadas, eles se sentavam juntos, ainda à vista de todos, debatiam métodos de cultivo, luta ou qualquer assunto que lhes agradasse. Dessa forma, aos poucos ela foi aprendendo mais sobre ele. Suas viagens. Seus gostos e desgostos. Ele como pessoa. Com Egisto ao seu lado, surgiu uma sensação de tranquilidade que ela se esforçou para encontrar desde que chegara a Micenas. Mas, infelizmente, nem isso impedia os pesadelos.

Apesar de Orestes ter agora quase sete anos, Electra ter se tornado há pouco uma moça e Crisótemis já ter dezesseis anos, Clitemnestra ainda se enrolava no quarto deles à noite. Ficava acordada por horas até finalmente fechar os olhos, apenas para ser saudada por visões que faziam seu coração bater forte o suficiente para quebrar uma costela.

Foi depois de um desses pesadelos que ela acordou tão lavada de suor que seu lençol grudava nela, quase translúcido. Decidiu sair cedo para encontrar Egisto na encosta da montanha.

– Sinto que ainda há tanto sobre o seu passado que não sei – comentou ela, sentada de pernas cruzadas no chão, enrolada em um cobertor para aliviar o frio da manhã.

– Isso acontece em toda boa amizade, não é? – respondeu ele, como se fugisse do assunto.

– Por que diz isso?

Ele deu de ombros.

– Ninguém deve saber tudo sobre outra pessoa, Clitemnestra. Se colocar duas pessoas juntas por tempo o bastante para que não haja mais segredos, elas começarão a criticar os pequenos defeitos uma da outra até que só consigam se concentrar neles. É melhor se contentar com o que sabe.

– Não acredito que isso seja verdade.

– Não? Acha que poderia viver com um homem para sempre e só ver o bem nele?

– Sei que poderia. Quase tive a chance.

Só quando ela viu o olhar de preocupação passar pelos olhos dele, percebeu o que ele estava pensando. Que ele era aquele homem. Aquele com quem ela esperava viver sua vida mortal. A garganta de Clitemnestra ficou seca pela vergonha. Talvez ele pudesse ter sido, em outro momento, mas não depois de tudo que ela havia perdido. Guardara a história para si mesma por tanto tempo. Tinha sido mais fácil assim. Mais fácil, porém, jamais fácil. Talvez essa fosse a chance de finalmente compartilhar seu fardo. Virou-se para olhar a água.

– Existe uma lenda, sabe – começou ela. – Alguns acreditam que seja uma profecia que envolvia meu pai.

– Tenho certeza de que há muitas.

– Sim, mas esta é a razão pela qual sei que nunca terei felicidade duradoura. Meu pai nega, é claro, porém quando se observa Helena e eu, é impossível acreditar que não possa ser verdade. Ele é um homem piedoso, sabe, mas favoreceu certos deuses, assim como alguns deuses favorecem certos humanos. Ele fazia sacrifícios e dava banquetes em homenagem a Ares e Apolo, como nunca se viu antes. Hecatombes, e oferendas ainda maiores, não eram incomuns. Qualquer coisa para obter a aprovação deles. Mas os deuses cujo patrocínio não precisava, ele ignorava.

– Quais por exemplo?

– Uma em particular.

Ele inclinou a cabeça.

– Afrodite – respondeu ela.

Ele ainda estava confuso, o que era bastante compreensível. Ela e a irmã, Helena, sem dúvida haviam sido abençoadas com grande beleza, mas esse não era o único presente à disposição da Deusa, nem mesmo o maior.

– Meu pai não ligava para trivialidades como amor ou paixão, nem mesmo beleza, exceto na medida em que isso pudesse ajudá-lo a fazer alianças poderosas por meio de suas filhas. Ele negligenciou a Deusa, falhou em fazer oferendas a ela ou de realizar banquetes em seu nome. Mas não era ele quem sentiria sua ira, quem sofreria sua maldição.

Egisto levantou a mão e segurou sua bochecha. O calor de seus dedos se espalhou para fora de seu toque.

– Minha querida Clitemnestra, você não é amaldiçoada.

– Você diz isso porque não sabe.

– Não sei o quê?

Acima deles, as árvores oscilaram, espalhando folhas que então dançaram na brisa. Que bem faria contar a ele?, perguntou-se ela. Nenhum. Mas, mais uma vez, nada de bom poderia acontecer.

– O que sabe sobre Tântalo? – perguntou ela.

– Tântalo, o falecido rei de Pisa? Não havia inimizade entre ele e seu pai? Ele morreu, muito jovem, não foi? Não conheço todos os detalhes.

– Não – disse ela. – Poucos conhecem.

A história permanecera trancada em seu coração por duas décadas. Usar a chave dessa tranca agora seria como abrir as comportas para mais dor.

– Sei que acha que sou mais parecida com Electra. Todos comentam isso. O temperamento explosivo. As opiniões dogmáticas. Mas nem sempre foi assim. Quando me procuro em meus filhos, me vejo em Crisótemis. – Ela fez uma pausa para ver se ele responderia. Quando ele não o fez, continuou: – Ela quer se casar. Já lhe contei isso antes. Ela tem uma ideia na cabeça de que se tratará de amor e paixão, e tento ao máximo trazê-la de volta à realidade. Mas a verdade é que eu já tive isso uma vez. Eu tive um casamento de amor.

– Eu... eu não sabia.

Ela podia ver pela expressão dele que ele estava dizendo a verdade.

– Meu pai tinha uma amizade de longa data com o pai de Tântalo. O casamento entre nós era esperado, e ambos o desejávamos, embora eu fosse jovem. Com apenas quatorze anos. Mas o pai dele havia falecido pouco tempo antes, e o novo rei de Pisa precisava de uma rainha. Um ano e meio vivemos em felicidade conjugal, permanecendo em Esparta por causa da minha juventude. O plano sempre foi voltar com ele para Pisa, mas duas coisas aconteceram. Em primeiro lugar, engravidei. Em segundo lugar, você matou Atreu.

– E Agamêmnon e Menelau fugiram para Esparta?

– Sim. Nosso filho tinha apenas alguns dias quando chegaram. Fui ingênua e não dei importância à presença deles. Não havia dúvida de que um deles, se não os dois, se apaixonaria por Helena, e isso me convinha. Eu seria deixada em meu próprio mundo, apenas Tântalo, Alesandro e eu.

– Seu filho?

– Meu primeiro filho. Meu primeiro menino. – De repente, ela foi tomada pela preocupação. – As crianças não sabem disso. E não podem saber. Orestes acredita *que ele* é o meu único filho.

– Você sabe que não contarei a ninguém, Clitemnestra. Por favor, continue. Diga-me o que aconteceu.

– Ele aconteceu – respondeu ela.

– Agamêmnon?

Ela assentiu.

– Não sei quando ele me notou pela primeira vez. Não consigo imaginar o que desviou sua atenção de minha irmã.

– Por que faz isso? Por que você sempre se menospreza? É a mulher mais linda que já vi.

Ela riu.

– Isso é porque você não conheceu Helena. Mas não estou à procura de elogios e não estou com ciúmes. É apenas um fato da vida. Mas acredito que tenho algo superior a ela, uma centelha mais forte. Talvez tenha sido isso que Agamêmnon viu em mim e o fez me querer como esposa, um desafio. Ele conversou com meu pai que, sem dúvida, deve ter visto a vantagem para si mesmo em tal união. Os anos de amizade com o pai de Tântalo não valeram nada, agora que ele estava morto. Nem minha felicidade, nem o fato de ter acabado de dar à luz um filho.

– Acho que meu pai queria que parecesse um acidente para poupar meus sentimentos até certo ponto, pelo menos. Mas Agamêmnon? Ah, não, ele queria que eu visse. Ele queria que eu soubesse. Fui chamada para jantar, uma refeição privada, apenas com ele e meu pai presentes, supostamente para discutir o casamento de Helena. Mas quando cheguei, ele estava parado lá, acima dos corpos de meu marido e filho. Três dias depois, eu estava em Micenas, trazida para cá, como sua esposa.

– Não é minha imaginação, Egisto. Nem estou louca. Agamêmnon não ficará satisfeito até que tenha arrancado até a última gota de felicidade do meu coração. Primeiro Tântalo e Alesandro, depois Ifigênia. E, todas as noites, tudo em que consigo pensar é qual será o próximo filho que ele vai tomar de mim.

– Não vou deixar isso acontecer.

– Promete?

– Prometo.

Ele passou os braços ao redor dela. Ao permitir que sua cabeça caísse sobre o ombro dele, ela sentiu um calor que não experimentava havia décadas.

– Prometo – repetiu ele.

Então ficaram em silêncio, cada um precisava de tempo para lidar com o que ela havia contado. E à medida que a incerteza se dissipava, ela experimentou uma sensação de leveza no lugar do grande peso que a oprimira por tanto tempo. Enfim, outra pessoa sabia da verdade, sabia a extensão do horror que ela havia sofrido nas mãos do marido.

Quando voltaram para a cidadela, ele a deixou na Porta dos Leões, depositando um pequeno beijo em sua testa. Ela continuou seu caminho para o palácio. Prepararia o desjejum das crianças, pensou, ou talvez mandaria um cozinheiro preparar um, para que pudessem cavalgar juntos e desfrutar de um piquenique matinal.

Enquanto subia os degraus do palácio, sua mente ainda estava perdida no que comer e para onde ir. A uma curta distância da entrada, olhou para a figura à sua frente. As bochechas de Electra estavam vermelhas. Seus punhos cerrados tremiam ao seu lado e o corpo da garota estava tão tenso como nunca tinha visto. Um rosnado baixo escapou da garganta dela.

– Electra? Está tudo bem? Onde está o seu irmão? – Ela tocou a filha, que se encolheu como se o toque a tivesse escaldado. – Electra, qual é o problema?

O som de rosnado continuou por um momento, antes de ela finalmente cuspir as palavras.

– Eu sei – respondeu ela. – Eu sei quem ele é e sei o que a senhora está fazendo. E vai parar agora. Pela vida de papai, juro que a senhora vai parar.

CAPÍTULO 17

— Todo mundo sabe, mãe. Todos em Micenas falam disso, como a senhora está ocupada, transando com o primo traidor do papai pelas costas dele, enquanto ele defende a honra da família, lutando em Troia. A senhora não passa de uma prostituta. Isso é o que estão falando sobre a senhora.

– Controle a língua, Electra!

– Por quê? Egisto é mais educado quando fode a senhora na cama do papai?

Clitemnestra podia sentir a raiva crescendo dentro dela.

– Você deve escolher suas próximas palavras com muito cuidado.

– Lamento que a verdade a incomode.

– Você não sabe a verdade. Você *não tem ideia* do que está falando. Eu não fiz nada de errado.

– Ah, eu sei muito. Diga-me, sempre desejou se tornar uma prostituta tão grande quanto sua irmã, Helena? Mas, sejamos honestas, papai nunca iria à guerra pela senhora, sua velha patética.

Seu braço se moveu antes mesmo que ela percebesse o que estava fazendo. A palma de sua mão atingiu Electra bem na bochecha. A ardência atravessou a palma da mão, enquanto uma onda de vermelho floresceu no rosto da filha.

– Electra...

Uma pessoa mais fraca, homem ou mulher, teria pelo menos se assustado com o golpe. Mas Electra manteve a cabeça erguida e virou o rosto para que a mãe pudesse ver a verdadeira extensão de sua ação. Uma marca de mão vermelha. Tivera tantas marcas iguais na própria pele, graças a Agamêmnon, mas perceber que infligira o mesmo ferimento na própria filha fez brotar um suspiro de choque de seus pulmões.

– Electra – repetiu, estendendo a mão, apenas para ser afastada.

– A senhora ao menos sabe o que ele fez? – zombou Electra. – Ele matou meu avô.

– Claro que sei. Electra, me perdoe, de verdade. Mas isso não é o que você pensa. Muitos homens são responsáveis pela morte de outros, por muitas razões diferentes.

– Ele era um usurpador.

– Ele era praticamente uma criança. Ele cometeu um erro. Como você está fazendo agora.

– Não é um erro. Eu ouvi dos guardas. Estão dizendo que ele voltou para tomar o trono de novo. Bem, ele não terá sucesso desta vez. Eu não vou deixar que ele tome a coroa de meu pai.

Suspirando, Clitemnestra sacudiu a cabeça. Tanta força e, ainda assim, tanta arrogância e uma incapacidade de nem sequer conseguir considerar a verdade que estava bem na frente dela.

– Electra, você é jovem demais para entender as complexidades desta família.

– Quais complexidades? Não há nada complexo aqui. É o seu dever servir seu marido. Servir meu pai, o Rei. Mas, em vez disso, a senhora o traiu. A senhora é uma traidora para Agamêmnon.

A maneira como ela disse o nome dele com tanto orgulho fez com que a bile subisse à garganta de Clitemnestra.

– Olhe nos meus olhos, Electra, e me diga que de fato acredita que seu pai nunca matou ninguém sem motivo. Que ele nunca matou ninguém apenas para conseguir o que desejava.

A garota tremia de determinação.

– A senhora tem ciúmes do poder dele. A senhora e aquele homem querem tomá-lo dele.

– Electra, você não tem ideia do que está falando.

– Eu sei o que a senhora planeja. Ele está aqui para destronar meu pai, assim como fez com meu avô, e a senhora é cega ou estúpida demais para enxergar isso. Faz cinco anos que papai se foi e a senhora abre as pernas para o primeiro cachorro que aparece farejando.

A tentação voltou. A vontade de bater na filha pela segunda vez. Se fosse qualquer outra pessoa, teria sido uma facada nas entranhas. Em vez disso, deu um passo para trás, deixando a filha fora de alcance.

A garota sorriu.

– A senhora quer me bater de novo ou coisa pior? O que a senhora faria para manter seu segredinho? Não que seja um segredo agora. Mas a senhora mostrou quem é de verdade aqui hoje, mãe. Disso eu tenho certeza.

– Quem sou de verdade? – A raiva passou da filha para a mãe. – É isso que você acha que sou de verdade?

– Tenho a evidência aqui na minha pele.

– E suponho que seu grande pai nunca faria algo tão injusto.

Electra fez beicinho.

– As decisões que ele toma são para o bem do reino.

– Ele é um assassino. Provou isso mais de uma vez.

– Para o bem do reino.

– Ele assassinou sua irmã!

– Não!

– Ele cortou a garganta dela.

Electra empalideceu.

– Não, foi uma das sacerdotisas. A senhora mesma disse isso. Elas a tomaram como um sacrifício. Ele não sabia o que elas iam fazer.

– É mesmo? Seus informantes ficaram bastante quietos sobre isso, não é? Ou é a sua memória falha? Foi seu pai quem enviou a mensagem de que ela ia se casar. Foi seu pai quem nos enganou para irmos para Áulis, ele que nem mesmo me queria lá, que mentiu para nós repetidas vezes. E foi seu pai quem se aproximou por trás dela, enquanto ela rezava, cortou sua garganta e roubou a vida dela.

– Não, não é verdade. A senhora nos disse que ele foi enganado.

– Eu falei o que precisava falar para protegê-los, sua tola.

– Não, a senhora está mentindo para mim. A senhora é uma mentirosa!

– Então agora eu sou uma mentirosa, mas naquela época falei a verdade? A questão, filha, é que eu estava lá. Vi a faca nas mãos dele, o sangue em suas mãos e minha filha, sua irmã, morta no altar. Não havia mais ninguém naquele templo, Electra. Então não me diga o que eu sei. Não me fale sobre o monstro que você tanto admira. E não me diga o que farei e não farei por meus filhos. Você continua a apoiar um pai que cortaria *sua* garganta por ventos melhores.

Ela podia ver Electra tremendo, as mãos agitadas ao lado do corpo. Mas os olhos dela permaneceram firmes e nenhuma lágrima caiu.

– Ele fez o que fez por todos nós – declarou a garota por fim. – Era seu dever como Rei.

O ar escapou dos pulmões de Clitemnestra. Não era possível que, mesmo diante da verdade, Electra ainda ficasse do lado dele.

– Você não pode acreditar nisso!

– Ele fez o que a Deusa exigiu dele.

– Não, ele poderia ter esperado. Ele poderia ter encontrado outra maneira de apaziguá-la.

– Ele fez o que a Deusa exigiu dele – repetiu ela, a determinação em sua voz ficou mais firme. – Isso é o que um líder faz, mãe. Eles tomam decisões difíceis. Dolorosas. E se a senhora não é capaz de entender isso, apenas mostra o quanto é tola de fato. Fico feliz por ele ter matado Ifigênia. Isso demonstra que ele é mesmo o homem que sempre pensei que fosse. Eu teria me oferecido, se ele apenas tivesse pedido.

Agora, lágrimas escorriam pelo rosto de Clitemnestra, traçando caminhos até seu queixo. Será que ela não se lembrava da irmã? Teria esquecido o quão carinhosa tinha sido com ela quando era jovem? A maioria das meninas teria dificuldade em encontrar uma mãe tão amorosa quanto Ifigênia fora para Electra.

– Você não faz ideia… – disse ela. Mas esse não era o caso. Electra sabia. Ela simplesmente não se importava.

CAPÍTULO 18

Ela manteve a postura ereta apenas tempo suficiente para a filha virar as costas e se afastar. Só então deixou os ombros caírem em derrota.

– Minha Rainha. – Laodâmia apareceu ao seu lado.

– Você ouviu? – sussurrou Clitemnestra em meio às lágrimas. – Ouviu o que ela me disse?

– Ela é uma criança, Minha Rainha. Apenas uma criança zangada. Ela não quis dizer aquilo.

– Não tente me enganar. Ela sabia exatamente do que estava falando.

– A senhora deveria descansar. Vou buscar algo para a senhora comer.

Ela a guiou com gentileza até o quarto, onde puxou as cobertas, e Clitemnestra se deitou e soluçou.

A vida tinha dado uma volta completa. Tantos anos haviam se passado desde que ela fora trazida para Micenas, mas ali estava mais uma vez, chorando, sozinha. Quebrada. Nada nunca mudava.

Ela não se encontrou com Crisótemis para tecer naquele dia. Também não saiu com Orestes para admirar os pássaros ou procurar lagartos. Até o Conselho ficou esperando por sua presença. Em vez disso, ficou deitada na cama, olhos abertos, coração partido. Ao cair da noite, seus convidados e amigos chegaram, mulheres e homens que já vinham há meses e esperavam vê-la.

– Deixe-me ajudá-la a se vestir, Minha Rainha – ofereceu Laodâmia, entrando na sala e puxando delicadamente os cobertores dela.

– Diga-lhes que estou doente. Eu *estou doente*.

– Não, Minha Rainha. Não farei isso.

Clitemnestra virou-se para encará-la.

– Como?

– Eu disse não, Minha Rainha, não farei isso.

– Estou lhe dando uma ordem.

Laodâmia assentiu devagar.

– E soa como tal. Mesmo assim, minha resposta é a mesma. Não lhes direi tal coisa. A senhora não está doente.

Ela atravessou o cômodo e escolheu um vestido limpo. Um tecido pesado, no qual prevalecia a cor verde, com flores douradas bordadas ao longo da bainha.

– Lembra-se quando chegou aqui? Lembra-se de como era? A coisa mais frágil que eu já tinha visto. Quero dizer. Como a senhora podia ser uma princesa estava além de minha compreensão. Parecia que pertencia às ruas.

– Seja qual for o jogo que está jogando, Laodâmia, está quase passando dos limites – avisou ela, embora a criada parecesse não ouvir.

– Nada além de pele e ossos, Minha Rainha. E disseram que a senhora não tinha comido nada desde que deixou Esparta. Nada. Disseram que mal tinha saído da cabine, e percebi por sua aparência que falavam a verdade. Transformou a si mesma em uma prisioneira. Ora, algumas pessoas diziam que era porque era jovem, que não queria deixar sua família, mas eu cuidei da senhora na época, lembra? Limpei suas roupas, ajudei-lhe a tomar banho.

– O que quer dizer? – sussurrou ela. – Qual é o objetivo desta tagarelice?

– Quero dizer que sei, Minha Rainha. Eu sei que passou pela pior coisa que uma mãe pode passar, não uma, mas duas vezes. Eu sei que quando perdeu aquele primeiro filho, era tão jovem que ainda corria leite na senhora. Não sei o que aconteceu e nunca esperaria que a senhora falasse sobre isso comigo. Estou apenas tentando lhe dizer, Minha Rainha, que o que quer que a Princesa tenha dito hoje, por mais que ela a tenha ferido, não pode ser tão ruim comparado ao que já sofreu. Nada poderia. E ainda assim, a senhora se recompôs. Mesmo quando aconteceu de novo. Mesmo quando ele tirou Ifigênia de nós. Agora, gostaria de que eu cuidasse do seu cabelo?

Raiva e descrença tomaram conta de Clitemnestra. Por quase duas décadas, evitara falar de Alesandro e agora, duas vezes em um mesmo dia, a conversa se concentrara nele. Estariam os deuses fazendo jogos cruéis com ela, forçando-a a relembrar o horror de novo? Aceitaria o destino de Prometeu e teria seu fígado bicado todos os dias, em vez de relembrar aquela perda mais uma vez.

– Quanto você sabe? – questionou ela, com o terror tomando conta de si.

– Não sei de nada, Minha Rainha, exceto o que vi.

Laodâmia atravessou o quarto até o espelho onde arrumou as escovas e os pentes.

– E também não estou aqui atrás de fofoca. Já disse o que queria. – Ela hesitou antes de se virar para Clitemnestra. – Os deuses não acharam por bem me deixar ficar com nenhum dos filhos que tive, mas sempre fui grata a senhora, Minha Rainha, por me deixar tratá-la e a seus filhos como se eu fosse mais do que apenas uma serva.

– Laodâmia...

– Nestes últimos anos, muitas vezes desejei que, caso meus próprios filhos tivessem sobrevivido, eu tivesse sido uma mãe tão boa para eles quanto a senhora é para os seus.

Clitemnestra sentiu um nó na garganta.

– Você é obrigada a dizer isso, eu sou a Rainha.

– Acho que o fato de a senhora ser a Rainha significa que eu deveria ter ficado de boca fechada, não concorda?

Um meio sorriso levantou os cantos de sua boca, soltando lágrimas que ela nem sabia que tinham enchido seus olhos.

– Neste momento, as pessoas estão esperando pela senhora. Vamos lembrá-los de como sua Rainha é linda, certo?

*

O pátio estava inundado de vida. Egisto dedilhava desajeitadamente uma lira, para grande diversão dos que o rodeavam. Quando ela o viu, sentiu suas bochechas se levantarem logo em um sorriso, embora a figura atrás dele as fizesse voltar a cair com a mesma rapidez.

– Não pensei que a veríamos aqui esta noite, mãe – comentou Electra. Ela havia se sentado no lugar de Clitemnestra e estava descansando, com as pernas estendidas. – Eu tinha acabado de dizer que a senhora estava com febre.

Seus punhos se fecharam até que os nós dos dedos brilhassem e as unhas cravassem na palma das mãos.

– Com febre? Acho que não, minha filha – respondeu com um sorriso. – Estou muito bem. Agora vá. Esta hora é para os adultos.

Os olhos de sua filha faiscaram.

– Não nos importamos – falou uma das senhoras. – Ela é tão doce. Ela nos faz rir.

Ela observou quando as palavras feriram Electra, e um sentimento de satisfação presunçosa cresceu dentro dela.

– Sim, ela é uma criança doce, não é? Uma garotinha tão doce.

Ela deu um passo à frente, seu olhar furioso exigiu que Electra abandonasse sua posição no assento. As duas se encararam, mas foi uma batalha breve. Ambas sabiam que recusar a Rainha agora apenas faria Electra parecer tão infantil quanto acreditavam que ela fosse, e de forma alguma ela daria tal satisfação à mãe.

Recostada na espreguiçadeira, Clitemnestra acenou.

– Vinho – pediu ao servo que veio atendê-la.

– Vai beber conosco também, Electra, minha querida, não vai?

Não planejara isso. Não planejara nada.

Electra continuou aceitando o vinho com tanta boa vontade, sem nunca perceber como a mãe indicava que sua taça deveria ser enchida cada vez que a esvaziava. Sem nunca perceber que cada vez menos água estava sendo adicionada, até que estava bebendo vinho não diluído. Uma hora se passou e suas bochechas estavam ficando rosadas, conforme o álcool circulava por suas veias.

– Não acha que deveria parar com isso agora? – sussurrou Egisto para Clitemnestra. Ele parecia ser o único que percebia o que ela estava fazendo. – Você já provou o seu ponto. Mande a garota para o quarto.

– O que acha, Electra? – perguntou. – Está pronta para ir para a cama com as outras crianças?

A cabeça da garota pendeu para o lado.

– Eu sou mais rainha do que a senhora – murmurou, estendendo a mão para puxar a adaga da bainha, a mesma que Clitemnestra trouxera para ela de Áulis. – Eu poderia governar todos eles.

– Acho que isso significa que ela quer permanecer – comentou Clitemnestra.

Risos soaram ao redor delas, mas Electra mal conseguia virar a cabeça para fazer uma carranca. Seus insultos continuaram, não apenas dirigidos à mãe, mas aos deuses que lhe deram uma mãe tão fraca e a uma terra que criava apenas homens para serem soldados. A terra, é claro, não Agamêmnon. Logo o tom rosado se tornou esverdeado e apenas quando ela tentou se levantar e caiu, Clitemnestra despediu-se de seus convidados e a levou para a cama.

Ficou ao lado dela naquela noite, para garantir que não vomitasse durante o sono. Não que a filha apreciasse a preocupação, é claro.

*

Os grunhidos só começaram muito depois do meio-dia.

– Aqui, sente-se e beba isto – orientou Clitemnestra, levantando Electra e pressionando um copo de leite em seus lábios.

A garota gemeu e lutou, antes de finalmente engolir um bocado.

– O que fez comigo? – perguntou ela. – O que você fez, sua cadela?

A Rainha enrijeceu, embora escondesse os sentimentos da filha.

– Eu? Não se lembra do que eu fiz *por* você?

– Isto foi obra sua. Você me embebedou, como uma camponesa comum.

– É mesmo? Eu forcei o vinho em sua garganta, foi? Acho que você descobrirá que fez isso por conta própria. Mas impedi que você apontasse uma adaga contra Christina sem motivo algum que pudéssemos compreender. Também fui eu quem fez oferendas a Atena esta manhã, depois que você aviltou o nome dela ontem à noite.

– Está mentindo!

– Eu? Então, por favor, me diga do que se lembra.

– Eu… eu… – Ela segurou a cabeça com ambas as mãos. Incapaz de ficar sentada por mais tempo, desabou de volta na cama.

– Diga-me, minha filha, se não se lembra dessas coisas, lembra-se de todas as vezes que deixou sua bebida sem vigilância, de modo que poderia ter sido enriquecida com algo muito mais sinistro do que especiarias? Lembra-se de ter aceitado o pedido de um homem com o triplo de sua idade, para mostrar-lhe o palácio, sem ter ideia das verdadeiras intenções dele? Percebe todo o perigo em que estaria se eu não estivesse lá?

As mãos da garota se moveram para cobrir os ouvidos, embora ela continuasse a balançar a cabeça.

– Estúpida. Essa foi uma das coisas de que você me chamou, Electra. Incapaz de governar este reino, você disse. Eu poderia ter deixado várias coisas acontecerem a você ontem à noite, caso eu quisesse. – Ela se levantou. – Mas vou protegê-la de todo o mal deste mundo – declarou – Incluindo de você mesma.

– Mãe?

Andando até a porta, ela parou ao som do chamado.

– Sim, minha filha. – Virou-se, aguardando o pedido de desculpas que esperava ouvir. Uma onda de esperança cresceu dentro dela. Os filhos precisavam dela. Todos eles, até mesmo Electra, agora que as consequências de suas ações haviam sido percebidas. Mas quando a filha falou, toda a esperança foi frustrada.

– Eu tinha razão. Você é uma vadia.

CAPÍTULO 19

O mau humor e o desdém de Electra pela mãe duraram dias, que se transformaram em semanas. Quando meses haviam se passado, Clitemnestra foi forçada a aceitar que o relacionamento que esperava, do tipo que tivera com Ifigênia e que tanto estimava com Crisótemis, jamais existiria com a filha mais nova. Em público, toleravam a presença uma da outra; evitavam-se em particular. Não comiam nem bebiam juntas, nem sequer conversavam. Agora, havia apenas uma coisa que tinham em comum: a afeição por Orestes.

Apesar de seu amor por todos os filhos, o jovem príncipe era o maior deleite de Clitemnestra. Seu nível de conversa havia atingido novos patamares e ele podia tagarelar por horas sobre animais, peixes, insetos ou pássaros, na verdade, qualquer coisa que andasse, nadasse, rastejasse ou voasse. Para grande decepção de Electra, ele não demonstrava o menor interesse em lutar. Ele era como um sopro de ar fresco para a Rainha. Como tal, cada hora livre que pudesse aproveitar de todo dia, ela passava com o filho. Apenas ao anoitecer ela se dirigia ao pátio e seus convidados, para se sentar ao lado de Egisto.

Os relatórios de Troia permaneciam intermitentes e incertos. A cada mensageiro que chegava, ela se encontrava em um dilema cada vez maior. O fim da guerra significaria que as mulheres micênicas reencontrariam seus maridos e filhos, a menos que uma tragédia tivesse recaído sobre eles. Elas trabalharam incansavelmente na ausência dos homens, colhendo, pescando, consertando telhados quebrados, consertando currais de cabras, na verdade, fazendo toda e qualquer coisa que fosse necessária. Não havia um trabalho sequer que elas não tivessem realizado e agora mereciam um pouco de descanso e um retorno à vida familiar.

No entanto, a única mácula no horizonte com o retorno dos homens era que isso também significaria o retorno de Agamêmnon. Se os rumores estivessem corretos, de alguma forma haviam sobrevivido a ataques de Troia, pragas e à fome quase completa. Não que ele fosse sofrer. Ele deixaria seus homens morrerem antes de sacrificar suas rações normais. Felizmente, as notícias eram tão raras que, na maior parte do tempo, ela conseguia suprimir os pensamentos sobre ele e se concentrar em seu reino, seu povo e seu palácio.

Certa noite, ela estava sentada ao lado de Egisto quando a conversa se voltou para Troia e a guerra. O tópico específico daquela noite era Helena, ou mais exatamente, o que Menelau faria com ela assim que ela enfim fosse *resgatada*.

– Foi uma traição – declarou alguém. – Ela partiu com Páris por vontade própria. Isso é o que sempre disseram em Esparta. Ele a fará sofrer por isso, pelo resto da vida.

– Acredito que não – comentou outro. – Ninguém travaria uma guerra tão longa por alguém a quem só deseja ferir.

– Então o quê? Acredita que ele a ama?

– Claro que acredito. Isso é mais do que apenas uma batalha por orgulho. É uma batalha por corações. É por isso que ele vai vencer. No final das contas, Páris voltará a amar o próprio reflexo mais do que a Helena. E quando ela vir isso, ficará feliz por Menelau recebê-la de volta.

– Claro, porque a família dele tem uma longa história de compaixão e perdão!

Ninguém olhava para Clitemnestra enquanto discutiam isso. Regras tácitas haviam sido estabelecidas muito tempo atrás e todos sabiam até onde podiam ir. Conversas sobre batalhas eram permitidas. Conversas sobre estupro e pilhagem eram aceitáveis, mas não preferíveis. Conversas sobre outros reinos eram incentivadas, mas nada depreciativo sobre Micenas. E nada relacionado a Clitemnestra ou a seus filhos. Aquela era a casa deles, e qualquer um que desrespeitasse isso seria punido com rapidez. Com esse entendimento, as reuniões noturnas continuaram em paz ao longo dos anos.

A conversa logo passou para Penélope e suas batalhas contra pretendentes, e depois para Heitor e Aquiles. Quem triunfaria no combate corpo a corpo? O que teria restado de Ítaca quando Odisseu voltasse?

O debate estava indo e voltando havia algum tempo, quando um novo grupo entrou no pátio. Alguns rostos familiares, outros nem tanto. Foi um jovem desconhecido, manco, quem falou primeiro:

– Ouvi dizer que este era um lugar para o povo antigo de Micenas se reunir – declarou ele. – Mas estou agradavelmente surpreso. Há mais moças aqui do que na tenda de Agamêmnon em Troia.

A conversa parou. Alguns olhares temerosos se voltaram para a Rainha. Qualquer menção a Agamêmnon geralmente resultava em sua saída imediata. Mas ela decidiu aguardar, esperando que o momento passasse. No entanto, o homem não entendeu a situação e continuou:

– O que há de errado com todos vocês? – perguntou ele aos homens e mulheres silenciosos ao seu redor. – É uma ótima piada. Eu estava esperando a chance de usá-la. Mas devo dizer, senhoras, temo que todas sejam um pouco mais velhas do que nosso grande Rei prefere. Pelo que ouvi, sua última conquista é pouco mais velha que a filha que ele matou. Mas também acho que quando se é Rei dos Reis, pode escolher.

Teria sido possível ouvir um alfinete cair no chão. Todos os rostos no pátio estavam pálidos. Ninguém se mexia. Nem mesmo Clitemnestra. Nenhuma rainha seria ingênua o suficiente para pensar que não falavam de forma desrespeitosa do marido em particular, porém não no próprio palácio dele e não dessa maneira. Deveria matá-lo ali mesmo, pensou. Não era menos do que ele merecia. Todos foram aos poucos se voltando para ela, esperando sua resposta, ninguém desejava tomar uma atitude antes dela. O homem, seguindo os olhares agora, percebeu seu erro e os próprios olhos ficaram arregalados de medo.

– Vossa Majestade, eu... eu...

– Não.

Uma palavra foi tudo de que ela foi capaz. Com o coração martelando, o momento se estendeu. Ela poderia ordenar que ele fosse açoitado até quase morrer e todos ali entenderiam. Contudo, em vez disso, sorriu para ele.

– Venha. Beba – convidou-o, conseguindo apenas controlar a voz. Virou-se para a garota com a lira na mão. – Por favor, uma música. Algo alegre.

A música recomeçou e o vinho foi tomado em pequenos goles. Passaram-se os minutos e a conversa foi aumentando de volume aos poucos, os comentários sobre Agamêmnon e Ifigênia, evitados, embora não esquecidos. Quando os jarros precisavam ser enchidos de novo, Clitemnestra viu sua oportunidade. Pegando dois de uma mesinha lateral, saiu por entre as colunas, como se fosse fazer o trabalho ela mesma.

Mal havia pisado no corredor quando uma figura apareceu ao seu lado.

– Esse não é o trabalho de uma rainha. Chame alguém... ou eu mesmo farei isso.

– Esta é a minha casa, Egisto. Não preciso de que me diga como administrá-la.

Dois criados apareceram da direção da cozinha e olharam, nervosos.

– Vão buscar mais vinho na adega – ordenou ela, estendendo as jarras. – Estamos bem aqui.

Assentindo depressa, eles se afastaram conforme as instruções, deixando-os sozinhos à sombra de um pilar.

– Sinto muito – ofereceu ele, descansando a mão na parte inferior das costas dela. – Sinto muito pelo que ele disse. Quem quer que seja, não merecia a tolerância que lhe demonstrou.

Seu olhar permanecia nos servos que se afastavam.

– Não são as mulheres. Ele as tem desde o primeiro dia em que se deitou comigo. Mas falar delas junto da... – A imagem quase a sufocou. – Ele tirou a vida da minha filha, e agora a memória dela se tornou pouco mais que uma piada, enquanto ele vive uma vida de devassidão e excessos. Enquanto isso, estou mantendo o reino dele de pé e protegendo nossos filhos, mesmo quando eles não percebem que precisam disso. O que aconteceria, eu me pergunto, se fôssemos nós que precisássemos de resgate? O que ele faria, então, se a própria família de fato precisasse dele?

– Minha querida Clitemnestra, duvido que haja alguma situação em que você não possa se defender.

– Isso não importa, não é? – Seus olhos ardiam com lágrimas, uma das quais escapou e desceu por seu rosto. Egisto a pegou com o polegar. – Ela importa. O que ele fez com ela é o que importa.

Ele abaixou a cabeça.

– Sei que será de pouco consolo para você ouvir isto, mas prometo, caso você ou qualquer uma das crianças estivesse em perigo, eu estaria lá. Posso não ter exército nem frota, mas lutaria até a morte por vocês.

Ela tentou controlar as lágrimas, tendo dificuldade com as palavras.

– Isso seria um consolo – finalmente conseguiu dizer. – Um grande consolo.

Risos ecoaram do pátio. Ela estremeceu com o som.

– Não vamos voltar para lá – decidiu ele, pegando sua mão. – Vamos procurar outro lugar.

Ela liderou o caminho através dos vastos corredores. Seus passos ecoavam no chão de mármore, e suas sombras, projetadas pelas lâmpadas bruxuleantes, deslizavam pelas paredes. Ele já andou por ali antes, lembrou a si mesma, todos aqueles anos atrás, quando matara o tio e o palácio ficou à disposição dele. Quantas vidas atrás devia parecer para ele? Ela se perguntou, enquanto abria uma porta e a segurava para ele.

– Seu quarto? – perguntou ele.

– É o único lugar onde sei que não seremos incomodados.

Por tantos anos, aquele quarto tinha sido uma prisão para ela. Naqueles primeiros meses, antes de engravidar de Ifigênia, ela contara os mosaicos coloridos do piso – o branco e o cinza, o vermelho e o amarelo – dia após dia. Qualquer coisa para se impedir de pensar no que havia perdido e no que teria que enfrentar quando a noite caísse. Com o passar dos anos, ela aprendera a sorrir quando Agamêmnon vinha até ela. Aprendera a apaziguá-lo e agradá-lo para que ele pensasse duas vezes antes de usar o cinto contra ela. Apenas quando estivera grávida, ela ficara a salvo dos golpes dele, embora, após o nascimento de cada filha, ela tenha sido vítima de sua decepção.

Ao sentar-se na cama, seus olhos se voltaram para os mesmos mosaicos. Não conseguia mais se lembrar de quantos ladrilhos havia. Talvez um dia voltasse a contá-los.

– Você sabia que não há muros para nos proteger de invasões em Esparta? – O primeiro comentário saiu de sua boca e ela não tinha ideia de onde veio.

– Sim, eu sabia.

– Sim, suponho que sim. A maioria das pessoas sabe. Espartanos não precisam de muros. Nós nos protegemos. Uns aos outros. Somos tão fortes juntos. Desde que cheguei aqui, me pergunto: as paredes são para manter as pessoas fora ou dentro? Todos esses anos, e ainda não consigo decidir.

Não havia sons para distraí-los. Nenhuma música ou risadas. Nem cigarras ou água corrente. Eram apenas os dois, sozinhos. Ele deu um passo em sua direção.

– Preciso perguntar uma coisa.

– Qualquer coisa. Você sabe disso.

– Temo que vá lhe causar dor.

– Que dor mais posso sofrer agora? Os deuses e meu marido cuidaram para que a dor fosse minha companheira constante.

Talvez soasse como autopiedade, vil e repugnante como soou para ela, mas era a verdade. Desde aquele dia em que Agamêmnon levara os dois amores de sua vida, nunca se sentira inteira. A dor surda sempre permanecia, como uma doença da qual nunca poderia se recuperar.

– Há outra história daquele dia, Clitemnestra. Do dia em que você perdeu Ifigênia. Uma que você nunca me contou.

– Não falo daquele dia.

– Sei que você não fala. Mas dizem que você a carregou colina abaixo nos braços. Dizem que não a deixou para trás, mesmo quando a escuridão chegou e os ventos furiosos sopraram ao seu redor. Contam que ninguém ajudou você, ninguém veio em seu auxílio, enquanto carregava sua filha morta.

– Egisto. Por favor não faça isso. Não me faça reviver isso.

– Não desejo lhe causar dor, meu amor. Deve saber que eu jamais iria querer fazer isso. – Ele se ajoelhou no chão aos seus pés. – Você não a soltou, Clitemnestra. E deve acreditar, por todo o poder dos deuses, que ela sabe disso. E Alesandro. Ele devia ter estado seguro.

Assim como filhos podem vingar seus pais, mães devem poder vingar seus filhos. O que aconteceu com você é uma tragédia, mas você nunca os deixou para trás. Precisa entender isso. Você é forte e destemida e nada que Agamêmnon possa dizer ou fazer mudará isso.

Mais uma vez, ela lutou para controlar as emoções enquanto ele falava.

– Mais do que tudo, Clitemnestra, eu gostaria de poder levar embora sua tristeza. Sinto muito por tudo o que você sofreu e gostaria de ter estado lá para ajudá-la. Mas eu nunca vou deixar você para trás agora. Assim como você, nunca irei desistir.

Os olhos dele estavam cheios de lágrimas, e ela percebeu que as próprias bochechas estavam molhadas. Prendendo a respiração, ela estendeu a mão e tocou o rosto dele.

– Obrigada – sussurrou ela.

– Quero que saiba que nunca mais precisará ficar sozinha.

– Eu sei. – Ela podia sentir o calor emanar dele e era como se algo que faltasse tivesse sido substituído, algo pelo qual ela ansiara por toda a sua vida, não apenas pelos últimos anos.

– Clitemnestra… – sussurrou ele.

CAPÍTULO 20

Ela acordou com os raios do Sol da manhã brilhando através da janela, iluminando o rosto dele e dando-lhe uma aparência dourada. Ele parecia não ter idade no sono. Todas as linhas, esculpidas tão profundas quando ele estava acordado, pareciam ter desaparecido, oferecendo a ela um vislumbre de um Egisto mais jovem. Um homem que ela gostaria de ter conhecido. Aos poucos, os olhos dele se abriram.

– Acabo de perceber que esta é a primeira semana em que dormi bem desde que cheguei a Micenas – comentou ela, enquanto ele se espreguiçava ao seu lado. – Consegue acreditar? Vinte anos, e tudo de que eu precisava era você.

– Acho que deve ajudar o fato de você não estar deitada no chão de pedra do aposento das crianças. – Ele sorriu e ela o cutucou com o cotovelo. Ele pegou seu pulso e o beijou, movendo os lábios até seu pescoço.

*

O inverno se derreteu em primavera, e Egisto permaneceu ao lado de Clitemnestra. A transição parecera tão natural – a mudança de confidente e amigo para amante. Ele passava os dias e noites no palácio, orientando-a, aconselhando-a, mas sem se impor sobre ela como rainha ou como pessoa. Se considerasse que o conhecimento dele seria útil, então, solicitava a ajuda dele. Se não, ela continuava a lidar com os assuntos sozinha.

E todos os filhos dela, exceto uma, com tempo para se ajustarem, não poderiam tê-lo aceitado melhor. A princípio, Crisótemis pareceu preocupada com a deslealdade de Clitemnestra para com Agamêmnon, mas não demorou muito para ser conquistada. Ainda encantada com o ideal do amor verdadeiro, ela observava o casal com esperança. E, por fim, Clitemnestra podia mostrar a ela em que uma parceria genuína deveria se basear: igualdade, compaixão e confiança.

Quanto a Orestes, enfim ele tinha a figura paterna que tanto merecia. Egisto não tentava dominá-lo, como Agamêmnon faria, usando o medo ou a humilhação, mas guiava-o, ouvindo com atenção o que ele tinha a dizer, por mais enfadonhas que as divagações pudessem parecer aos outros, inclusive a Clitemnestra. Ele se sentava e acenava com a cabeça, como se estivesse enfeitiçado por cada palavra do menino.

– O que é isto? – perguntou Orestes um dia, após ter corrido pelo palácio em busca de Egisto, com as mãos em concha em torno de outro novo espécime. – Encontrei no jardim. Já viu alguma coisa dessa cor antes? O que acha que é?

– Isso… – respondeu Egisto, pegando a criatura com gentileza das mãos de Orestes nas próprias – é um poliqueta.

– É mesmo?

– Sim. Mas você não o encontrou no palácio, não é? Eles vivem no mar. Como conseguiu um, tão longe no interior?

O rosto de Orestes se iluminou em um sorriso.

– Orrin pediu a um dos mercadores que o trouxesse de Argos. Acha que poderíamos mantê-lo aqui? Poderíamos colocá-lo na fonte.

– De alguma forma, acho que sua mãe não aceitaria isso muito bem. Além disso, ele precisa de água salgada para sobreviver.

Orestes ficou desanimado, mas isso duraria apenas até que uma nova criatura chamasse sua atenção, momento em que ele repetiria o processo.

– Como sabe tudo isso? – Clitemnestra o ouviu perguntar a Egisto certa manhã. – Como aprendeu o que todos eles são?

– Como qualquer um, Orestes, de alguém muito mais velho e mais sábio.

– Acha que é possível saber o nome de todos os animais do mundo? – perguntou o menino, sua capacidade de questionar era sem limites. Clitemnestra observava a distância, sorrindo para os dois. A essa altura, ela normalmente teria tentado distrair o filho com outra coisa, talvez sugerindo um lanche. Mas, como Egisto continuou a responder com o mesmo nível de cuidado ponderado que teve nas cem perguntas anteriores, ela relutou em interrompê-las.

– Acho que você iria precisar de uma vida muito longa – respondeu ele – e de muito tempo livre para rastreá-los.

A expressão de Orestes se fechou.

– Não terei tempo livre quando for rei. Mesmo agora, tenho que participar de longas reuniões, embora seja proibido de falar.

– Não precisa falar para aprender – respondeu Egisto. – Na verdade, muitas vezes é melhor não fazer isso. É muito melhor ouvir.

– Não pode ser verdade.

– Por que não? Os animais não falam e isso lhes dá mais tempo para aprender sobre o que os rodeia. Pense em como seria mais difícil para eles sobreviverem se também tivessem que falar.

Inclinando a cabeça para o lado, Orestes considerou a ideia.

– Talvez – disse ele. – Mas ainda não gosto de todas aquelas reuniões. – E riram, enchendo de alegria o coração de Clitemnestra.

Electra permanecia sendo a única nota dissonante. Seu relacionamento com a mãe passou de frio a inexistente. No primeiro ano em que Egisto viveu no palácio, a princesa não deve ter dito mais de dez palavras para ele e esse número mal dobrou durante o segundo. Ela não falava o nome dele nem jantava com ele. Ignorava as ofertas para treinar com ele e fazia o possível para rebaixá-lo na frente dos membros da casa. Era a única mácula na felicidade de Clitemnestra, a única nuvem negra que pairava sobre eles. Mas ela aprendeu a suportar. Haveria anos para fazer as pazes com a filha. Anos para Electra ver que o pai maravilhoso que construíra em sua mente era uma invenção de sua imaginação. Desde sua chegada a Micenas, Clitemnestra se sentira encolher em uma versão mais superficial de quem havia sido. Egisto a trouxera de volta à vida e, perto dele, ela sentia que começava a brilhar de novo. Não estava preparada para desistir disso. Nem mesmo por Electra.

Quando o décimo ano da guerra chegou, ela considerava sua vida e seu reino completos. Embora soubesse que Afrodite não teria perdoado totalmente o pai pela impiedade, ela se permitiu um vislumbre de esperança de que, talvez, tivesse completado a punição dele. A perda de Tântalo, Alesandro e Ifigênia havia sido suficiente para pagar a dívida dele. Ela quase começou a acreditar que era verdade. Até que o farol foi acesso.

*

O dia de verão estava escaldante e seco. A terra quebradiça cobria as colinas ao redor. Fazia calor demais para se reunirem na sala do trono por muito tempo, então Clitemnestra se despediu do Conselho, removeu Orestes e deixou Egisto para continuar as discussões.

Agora com doze anos, Orestes ainda era menor do que as outras crianças de sua idade – mais baixo e mais magro – embora parecesse não se importar. Ele havia seguido o conselho de Egisto e se tornado um ouvinte, refletia profundamente sobre cada decisão que tomava. Era uma boa característica para um rei, ela e Egisto concordavam. Demonstrar esse grau de consideração em tudo o que fazia lhe seria muito útil.

Estavam tomando vinho naquela noite e discutindo o fato de que Orestes precisava assumir um papel maior no Conselho quando, de repente, ela foi distraída por uma luz que tremeluzia, indistinta, no horizonte. A princípio, não tinha certeza do que estava vendo. Mas, à medida que a noite caía, o tremeluzir se tornou um brilho constante, que parecia vir da direção do monte Aracneu. Fazia muitos anos que não preparavam as fogueiras. Um farol só deveria ser aceso ali após um sinal de Messapio, e isso apenas em resposta a um de Lemnos. Fogueiras nas encostas das montanhas ao longo do Egeu significavam apenas uma coisa. Troia havia caído. A guerra foi vencida. Agamêmnon voltaria para casa.

– Acha que pode ser um engano? – Clitemnestra ouviu o tremor na própria voz. – A terra tem estado muito seca. Talvez tenha começado apenas como um incêndio de pastores e alguém o confundiu com um sinal.

– Os faróis são guardados dia e noite – respondeu Egisto, abraçando-a apertado. – Um soldado não cometeria esse erro.

– Então o que faremos agora?

– Não sei.

Ela pôde ouvir que a voz dele continha tanto medo quanto a dela.

Uma hora se passou e os dois não saíram da varanda. Por fim, ele a puxou para longe.

– Levará dias, se não semanas, até que os navios cheguem. Você precisa dormir. Amanhã, quando estiver descansada, pensaremos em um plano.

Seus olhos permaneceram fixos nas chamas distantes. Elas pareciam quase vivas, como se estivessem arranhando o ar, zombando dela.

– Sim – sussurrou ela. – Pensaremos em um plano.

Naquela noite, ela não dormiu, nem ficou deitada na cama ao lado de Egisto. Em vez disso, saiu para a cidadela. Com uma capa sobre a cabeça, vagou pelas ruas de paralelepípedos. Becos que ficavam lotados durante o dia, agora ecoavam com nada além do barulho da fuga dos ratos. As barracas estavam vazias e fechadas para a noite. O brilho abafado da luz suave das lâmpadas reluzia nas janelas das casas pertencentes a pessoas que ela não conhecia. Pessoas que provavelmente jamais conheceria. Como era possível estar tão só em uma cidade de tantos?

Encontrando pouca paz na cidade deserta, ela se dirigiu em seguida para o templo. Estava mais movimentado do que esperava, mas não deveria ter ficado surpresa. A guerra tinha acabado, mas isso não garantia o retorno seguro dos filhos de Micenas. Os mares eram traiçoeiros. As viagens sempre ceifavam vidas. Mas alguma das mulheres ali estaria orando como ela estava?, ela se perguntou. Implorava não pela segurança do marido, mas pela morte dele.

Fumaça se elevava das velas em ondas delicadas. Ela encontrou um espaço entre os peticionários e se ajoelhou, mas não conseguiu encontrar as palavras de que precisava. Então, em vez disso, esperou que os deuses lhe dissessem o que fazer. Horas se passaram. Um simples sinal era tudo o que ela pedia, um que mostrasse que eles entendiam, que iriam protegê-la e a seus filhos de qualquer futuro que lhes esperava. Mas com o passar do tempo, ela percebeu que eles não tinham nada para ela. Nenhuma ajuda viria e ela estava sem tempo.

Por fim, quando os primeiros raios de sol se espalharam sobre a cidadela, Clitemnestra voltou ao palácio e parou do lado de fora do aposento das crianças. Os três estavam dormindo, quase sem fazer barulho. Os cobertores macios subiam e desciam com o ritmo de suas respirações, cada um tão diferente em seu sono: Electra, deitada reta de costas, Crisótemis curvada em uma bola, e o querido Orestes, esticado, de forma que seus pés e dedos apareciam por baixo dos lençóis. Não importavam as diferenças, ela tinha três lindos filhos em sua vida. Mas por quanto tempo continuaria assim? Ela havia dado à luz cinco, e Agamêmnon tomou dois. Que novos acordos ele havia feito, enquanto estava fora, lutando, usando as duas filhas restantes como instrumentos de barganha? Com quais príncipes tiranos elas se casariam para estender o círculo de poder dele? E que aliança ele imporia a Orestes? Duas crianças inocentes haviam tido suas vidas arrancadas pelas mãos dele. E o que aconteceria com as que sobraram?

O que ela precisava era de um plano, um que garantisse que ele nunca mais machucasse nenhum deles. Movendo-se, silenciosa, ela voltou para a câmara onde Egisto ainda estava dormindo na cama deles. Gentilmente, pegou-o pelos ombros e balançou-o para acordá-lo.

– Clitemnestra? O que foi? O que foi, meu amor? Ele já está aqui? Não pode ser.

– Não. – Ela balançou a cabeça. – Não sei onde ele está.

– Então de que precisa?

Sua pulsação estava tão firme como se estivesse colhendo uvas de uma videira, enquanto olhava seu amante diretamente nos olhos e falava com uma certeza recém-descoberta.

– Agamêmnon deve morrer.

CAPÍTULO 21

— É a única maneira de mantê-los seguros, com certeza você entende isso?

Fazia cinco dias desde que tinham visto o farol queimar no monte Aracneu pela primeira vez, mas ainda não havia sinal da frota. Dizia-se que uma tempestade assolava o mar Egeu, uma que suspeitavam estar impedindo os homens de deixar Troia e voltar para casa. Se os deuses fossem misericordiosos, o navio real afundaria, ou Cila o arrastaria para o fundo das ondas e se banquetearia com os ossos de Agamêmnon, e Clitemnestra não precisaria cortar a garganta dele, como ele fizera com seus entes queridos.

– Talvez ele deixe você ir – sugeriu Egisto. – Tente pedir a ele.

– Vamos considerar como o irmão dele lidou bem com o desejo de Helena de fazer a mesma coisa – retrucou ela. – Além disso, mesmo que ele permitisse, e as crianças? O que aconteceria com elas?

Ele mordeu o lábio.

– Ele pode deixar as meninas virem conosco – sugeriu ele.

– E de que adiantaria abandonar Orestes na casa de um bruto? Não, não vou fazer isso. Sempre que Agamêmnon fica sozinho com meus filhos, eles acabam mortos. Além disso, Electra não viria conosco. Enquanto ele viver, ela o seguirá, garota tola. Este é o único caminho. Você precisa enxergar isso.

Ele esfregou a ponte do nariz. As linhas de expressão, antes tão fugazes, agora pareciam permanentes e não mostravam sinais de desbotamento.

– Precisamos considerar nossas opções, é tudo o que estou dizendo. Já matei sem pensar antes, quando tinha certeza de que era a coisa certa a fazer, lembra? Pense no que me custou. No que custou a nós dois. – Ele inclinou a cabeça dela para si e deu um beijo no topo. – Não devemos nos precipitar.

Dias se passaram. Cada um trazia a volta do marido para mais perto. Reuniões com os políticos agora eram coisa do passado. Eles não estavam interessados em se submeter à autoridade dela quando em pouco tempo seu verdadeiro líder, o Rei dos Reis, estaria de volta. Sua mente repetia o mesmo, e único, pensamento: ele deve morrer. Agamêmnon deve morrer.

– Mãe. Mãe, pode me ouvir? Mãe, a senhora está bem?

Clitemnestra se assustou ao encontrar Orestes parado ao seu lado, com uma expressão preocupada no rosto.

– Sinto muito, meu amor, disse alguma coisa?

– Vamos à torre para tentar ver as naus. Quer vir conosco?

A pergunta não foi registrada. Coçando a cabeça, ela lutou pela clareza.

– Os navios? Estão aqui? Já conseguem vê-los? – O sangue se esvaiu de seu rosto.

A resposta de Orestes interrompeu o pânico crescente.

– Não, ainda não. Mas Electra acha que será a qualquer momento. Quer vir e olhar conosco?

A torre estava fora dos limites do palácio. Não muito longe, mas além deles do mesmo jeito.

– Quem os levará até lá? Vocês não podem ir sozinhos.

– Não vamos. Orrin estará conosco. E a senhora também, se quiser.

Os grandes olhos castanhos dele eram como piscinas nas quais ela poderia se perder. Nunca se separaria deles. Não por vontade própria. Balançando a cabeça, alisou o cabelo dele.

– Vá você. Vou ficar aqui. Depois me conte o que viu.

Ele assentiu, com o olhar de preocupação ainda evidente em seus olhos.

– Se eles não chegarem hoje, talvez amanhã a senhora possa vir conosco?

– Talvez amanhã.

Até mesmo treinar com Egisto não conseguia distraí-la. Seus nervos estavam tão à flor da pele que ela superestimava os movimentos dele, recuando ou atacando quando deveria ficar parada. Os guardas que a observavam também não ajudavam. Os olhos deles pareciam estar julgando cada ação sua. Se enfrentasse Electra em seu estado atual, seria derrotada, sem dúvida. Ela estremeceu ao pensar nisso.

Ela tentou outras maneiras de ocupar a mente para impedi-la de vagar por lugares sombrios, mas falhou. Seus pensamentos continuavam retornando para a única coisa que ela poderia fazer caso Agamêmnon voltasse para Micenas. E, inevitável como sempre foi, esse dia logo chegou.

Ela esteve acordando antes do amanhecer todos os dias, pronta para observar o mar em busca de sinais dos navios. Tantos dias haviam se passado que começou a acreditar que isso nunca aconteceria. Mas naquela manhã, ela acordou com uma sensação de pavor na boca do estômago. Seria aquele, ela soube de alguma forma, antes mesmo de tomar seu primeiro gole de água. Aquele seria o dia em que ele retornaria. E assim, dirigiu-se para a torre e esperou, parada, com as mãos apoiadas no parapeito, imóvel, o coração batia de forma irregular, os olhos fixos no mesmo trecho de mar além do porto de Argos onde eles atracariam.

O que, de manhã cedo, havia começado como um pontinho no horizonte era, ao meio-dia, do tamanho de uma unha de um polegar conforme a frota enfim tomava forma.

Mais tarde, o som de risadas e vozes felizes se elevou da cidadela abaixo dela, cantando e comemorando, enchendo o ar, enquanto as pessoas louvavam os deuses pelo retorno de seus homens. Mas ela não se juntou a elas. Esperou em silêncio, enquanto as crianças conversavam, animadas, ao seu lado e o Sol fazia sua jornada até o topo do céu e descia outra vez. Ela teria ficado ali durante a noite também, se Crisótemis não tivesse reaparecido no topo da escada.

– Mãe, o palácio precisa de instruções. O que devem preparar para o banquete?

– O banquete?

– Para o retorno de nosso pai. Vamos festejar, não vamos? Comemorar por ele ter retornado em segurança para nós.

– Nós... nós...

A filha deu um passo à frente e pegou as mãos de Clitemnestra.

– Mãe, é uma coisa boa. Sei o quanto tem sido difícil para a senhora. E sei que há... complicações a se considerar, mas papai estará aqui em breve. Seu verdadeiro marido está quase em casa.

Ela não fez nenhuma tentativa de acenar com a cabeça ou concordar. Não podia fazer nada além de segurar as mãos da filha.

– Eles estarão no porto em breve. Será apenas uma questão de horas. Electra e Orestes querem recebê-los, mas cabe à senhora decidir o que faremos, mãe. Precisa retornar ao palácio. Eles precisam da senhora para organizar as coisas. Esperam que a senhora faça isso.

Clitemnestra sabia que ela tinha razão. Precisava agir como uma esposa obediente, começar a desempenhar o papel de novo. Fizera isso por tantos anos antes. Ela poderia fazê-lo de novo. Afinal, não seria por muito tempo.

O palácio fervilhava de atividade, diferente de tudo o que já vira, mesmo em dias de festa. Arranjos de flores estavam sendo feitos, guirlandas penduradas, e sedas coloridas, enroladas nos pilares. Velas haviam sido colocadas em todas as superfícies, em preparação para o anoitecer, e o cheiro de carne assada era tão forte que ficou preso em sua garganta e quase a fez engasgar. Mal havia começado a pensar em todas as outras coisas que precisavam ser feitas quando Laodâmia apareceu ao seu lado.

– Minha Rainha, outros podem preparar o palácio. Devemos prepará-la. Deve estar com a melhor aparência possível.

Vista-se da melhor maneira possível e desempenhe seu papel apenas uma última vez, pensou Clitemnestra. Sem falar nada, ela abriu caminho até seu quarto e permitiu que as criadas começassem a trabalhar. Quando as mulheres terminaram, ela estava tão bonita quanto uma noiva. Oleado até ficar com um brilho lustroso, prenderam seu cabelo em tranças delicadas, entrelaçadas com folhas e depois presas na nuca. Um vestido de um tom de verde profundo havia sido escolhido para combinar com a folhagem. O toque final de flores em seu cabelo estava sendo completado quando ouviu-se uma batida à porta atrás delas.

– Com licença, Minha Rainha.

– Egisto. – Ela se levantou do assento. – Fora, todas vocês! Saiam agora!

Apressadas, sem sequer se preocuparem em recolher as coisas, as criadas saíram correndo do cômodo. Quando a porta se fechou atrás delas, Clitemnestra correu até o amante.

– Onde esteve? Precisei de você.

– Tenho feito arranjos, minha querida. Garantindo que eu tenha um novo lugar para ficar.

– O quê? Por quê? Você vai ficar aqui, comigo. Agiremos esta noite. No momento em que ele puser os pés no palácio.

– Você é mais esperta que isso, Clitemnestra. As coisas têm que ser bem pensadas. Precisamos pensar no que vamos fazer.

– O que você quer dizer? – questionou ela. – Sabe o que temos que fazer.

– Deve haver outra maneira, meu amor. Vamos passar esta noite, pelo menos. Veja como ele se comporta com você.

– Por quê? O que em nome dos deuses ele poderia fazer para me convencer a mudar de ideia? Meus filhos merecem vingança. Você mesmo disse isso. Uma mãe deve poder vingar seu filho, assim como um filho pode vingar seu pai.

– E quanto aos seus filhos que ainda vivem? E Orestes? Como ele vai se sentir?

A confiança anterior que tinha nele estava desaparecendo. Tremendo, ela se afastou.

– Você não quer fazer isso comigo. Você não me apoia.

– Eu não quero que você se mate – respondeu ele. – Se precisa fazer isso, então não vou ficar no seu caminho. Mas, por favor, deixe o Rei ficar em paz no palácio dele esta noite. Você não sabe em que estado de espírito ou corpo ele voltou. Pelo que ouvi, muitos homens estão feridos. E muitos temem que os deuses os castiguem pelo saque de Troia. Deixe-o jantar com você e as crianças e faça-o se sentir seguro. Pense nisso. Você não sabe ao certo quais rumores ele ouviu.

Ela estava prestes a responder quando Orestes entrou correndo no quarto.

– Eles estão quase chegando! Os cavalos estão passando pela Porta dos Leões agora! – Doze anos de idade, mas tão animado quanto uma criança pequena.

Clitemnestra hesitou, seus olhos foram mais uma vez para Egisto.

– Vá – disse ele, virando-se e falando com Orestes. – Arrume sua túnica. Sua mãe irá logo em seguida.

Os olhos de Orestes demoraram-se nela.

– Vá – repetiu Egisto.

Dessa vez, ele saiu correndo. Quando o menino estava fora do alcance da voz, Egisto pegou a mão dela.

– Pense nisso, meu amor. Vamos encontrar outra maneira de deixar as crianças em segurança. Tenho certeza de que, se você continuar com isso, será punida pelos deuses.

– Não, não acredito nisso. Os deuses serão misericordiosos, Egisto. Sinto isto em meu coração. Eu mereço isto.

– Não nego isso, meu amor, mas me preocupo com você.

– Por quê? Você não entende, não é? Você nunca vai entender.

Ela sentiu uma pontada de culpa. Como era possível explicar a alguém que não tinha filhos? A alguém que nunca sentiu aquele amor ardente, tão cru, tão avassalador, que todo o resto desbotava em comparação?

– Então permita que eu faça – ofereceu ele, por fim. – Permita que eu o mate. Nossas famílias têm gerações de hostilidade entre nós. Deixe parecer que esse foi o motivo de meu retorno a Micenas. É o que a maioria das pessoas acredita, de qualquer forma.

Ela balançou a cabeça em recusa.

– Se você matar Agamêmnon, isso servirá apenas para perpetuar o derramamento de sangue sem fim. Não entende que se fizesse isso, Orestes seria obrigado a se vingar, meu amor? A matar você? O homem que o educou? Não pode fazer isso com ele. Ele é uma criança boa, uma criança pura. Não coloque esse fardo sobre os ombros dele ou sobre os meus.

– Então eu apenas devo ficar sentado e esperar? Sem fazer nada?

Havia tanta dor nos olhos dele, porém combinada com tanta confiança e lealdade. Ela deveria se considerar sortuda, pensou. Poucas mulheres encontravam um homem que as amava de verdade durante a vida, e ela havia encontrado dois. Mas ainda estava certa. Esse ciclo de derramamento de sangue precisava terminar com ela.

– Há uma flor – comentou ela. – Ouvi as mulheres de Esparta falarem sobre ela, mas nunca na presença de um homem. É da cor da papoula, mas com pétalas como as da peônia. Elas diziam que os talos desta flor, se cortados e fervidos no leite de porca, formam a mais delicada das misturas; um líquido sem cheiro ou sabor, mas mais potente que a cicuta, com a capacidade de parar o coração de um homem e de fazer parecer uma passagem natural. Se eu pudesse matar Agamêmnon dessa forma, se pudesse fazer parecer que foi um ato dos deuses e não humano, então, a morte dele seria muito mais fácil para as crianças aceitarem.

– Deseja que eu encontre essa flor para você?

– Se estiver disposto.

– Claro. Mas pode levar algum tempo. Você diz que cresce em Esparta?

– Elas disseram que cresce lá, onde quer que o mar e a água doce se encontram. É disso que me lembro.

– Então eu irei. E você deve cumprimentar seu rei. Ele estará aqui a qualquer momento. Só me prometa que não fará nada imprudente enquanto eu estiver fora.

– Eu prometo – respondeu, então o beijou nos lábios com delicadeza, com ternura. Ela se perguntou se ele conseguia sentir o gosto da mentira que acabara de lhe contar.

Assim que Egisto deixou o palácio por uma saída dos fundos, Clitemnestra foi até a frente, onde seus filhos estavam prontos, esperando para receber o pai. Degraus de pedra ofereciam uma entrada impressionante para o pórtico, onde os pilares haviam sido adornados com flores. Várias tapeçarias vermelhas e longas haviam sido colocadas no chão, fornecendo um rico tapete para o Rei, e os guardas, vestidos com seus uniformes cerimoniais, aguardavam a procissão de cada lado. Os aplausos eram suficientes para incendiá-la com fúria renovada. Micenas inteira se reunira para ver o retorno de seu exército vitorioso, e ela não tinha escolha a não ser manter a boca curvada para cima em um sorriso, as bochechas ardiam com o esforço.

– O que acha que ele nos trouxe? – perguntou Crisótemis, animada, enquanto o som dos cascos dos cavalos aumentava. – Acha que podem ser joias?

– É óbvio, embora eu prefira ver quais acréscimos ele tem para o arsenal – respondeu Electra.

A única outra pessoa em Micenas que permaneceu em silêncio, além dela mesma, foi Orestes. Quando Agamêmnon partira, ele era pouco mais que um bebê e ela duvidava que o menino tivesse alguma lembrança do pai.

– Vou agradá-lo, mãe? – sussurrou ele ao seu lado. – Acha que ele vai gostar de quem eu me tornei?

Ela pensou no passado e nas explosões violentas de seu marido. Em sua falta de tolerância com qualquer coisa emocional ou sensível, e se perguntava o que ele faria com esse filho, que adorava dormir com insetos em potes ao lado da cama e temia o barulho de uma tempestade violenta. Seu coração estremeceu ao pensar nos nomes pelos quais sabia que Agamêmnon o chamaria; as provocações que Orestes teria que suportar enquanto o pai vivesse. Lágrimas brotaram nos seus olhos.

– Ele seria um tolo se não se orgulhasse de você – respondeu ela.

Sua conversa foi interrompida por uma fanfarra alta que ecoou por toda a parte, quando um cavalo baio, flanqueado por dois grandes cinzas, apareceu.

– Ele chegou! – exclamou Electra, endireitando as costas, antes de mudar de ideia. – Curvem-se. Deveríamos estar curvados.

Ao redor de Clitemnestra, todos, incluindo seus filhos, caíram de joelhos, mas, mesmo quando ela se curvou, seus olhos permaneceram levantados.

A guerra não fizera bem a Agamêmnon. Mais gordo do que nunca, seus ombros pareciam puxados para baixo pelo tamanho de sua barriga. A pele dele estava pálida e marcada com veias, devido aos anos de excesso de indulgências, sem dúvida. O cavalo avançou regiamente, com passadas longas e cabeça erguida, como se não percebesse a massa bulbosa sobre suas costas.

Mas a atenção dela não permaneceu nele por muito tempo. Seus olhos foram logo atraídos para a figura que cavalgava logo atrás dele e, por um momento, seu coração quase parou. A luz das tochas refletiu no açafrão das vestes dela. A pele era delicada e seu cabelo, claro. Seria possível? Depois de tudo o que suportara, os deuses lhe concederam isso? Ele trouxera a filha de volta para ela? No entanto, assim que o pensamento passou por sua mente, os sussurros começaram.

CAPÍTULO 22

– É a princesa Cassandra. Ele tomou a filha do rei de Troia para si.

– Princesa? Está mais para *a louca* Cassandra.

– Cassandra, a bruxa.

Percebendo seu erro, a mente de Clitemnestra voltou ao presente, e seu coração, que momentos antes quase havia parado, agora batia com uma força tão feroz que quase fazia suas costelas vibrarem. Claro que não poderia ser Ifigênia. Ela se amaldiçoou por imaginar tal coisa, por permitir que essa esperança se formasse. Agamêmnon cumprimentava seus súditos, com uma prostituta ao seu lado. O que isso significaria para ela e, mais importante, para seus filhos?

Ignorando os olhares furtivos que ela sabia que estavam sendo lançados em sua direção, virou-se para eles.

– Depressa, crianças – chamou ela, colocando rápido as mãos nos ombros deles e os virando de volta para o palácio. – Devemos entrar. Agora!

– Por quê? – perguntou Electra, a única a questionar a mãe.

– Porque eu mandei.

– Não. Nosso pai está aqui. Ele nos viu. Veja.

Não havia como negar. Enquanto o cavalo dava os últimos passos em direção aos degraus, os olhos do Rei estavam neles. A bile queimou a garganta dela. Mesmo ela não seria tola o bastante para virar as costas para ele agora, com todo o Conselho e súditos presentes. Talvez a menina estivesse grávida, pensou. Ela podia até já ter dado filhos a ele, um menino forte que não chorava a noite toda, testando a paciência do pai, como Orestes havia feito. Talvez a intenção dele não fosse apenas substituí-la, mas a família inteira. Um novo senso de urgência a percorreu. Egisto devia estar deixando a cidadela naquele instante. Pelo menos isso era alguma coisa. Seria mais fácil agir se ele estivesse fora. E quanto antes, melhor.

Agamêmnon desmontou com toda a elegância que seu corpo inchado e membros protuberantes lhe podiam proporcionar, o que era muito pouco. Ele caiu no chão, levantando uma lufada de poeira e visivelmente estremecendo de dor. Vários homens correram para ajudá-lo, mas ele os enxotou, aceitando apenas uma bengala ornamentada com ponta de ouro que lhe foi entregue. De perto, parecia ainda pior do que a cavalo. Suas pernas inchadas tinham o tom roxo revelador da gota e seu rosto estava marcado da forma comum àqueles que bebiam em excesso. Mas, por mais grotesco que estivesse, ela manteve os olhos fixos nele, com medo do que poderia dizer ou fazer se olhasse para a garota.

Sem dizer uma palavra, Agamêmnon se arrastou pelo tapete até eles e, a cada passo, ela sentia a respiração ficar mais rasa. Ele logo ficou a apenas um braço de distância, perto o suficiente para um abraço ou um tapa. Ela não sabia qual ela desprezaria mais.

– Orestes, meu filho. – Agamêmnon ignorou Clitemnestra completamente, voltando sua atenção direto para o menino ao lado dela. – Você cresceu. – Ele colocou a mão sob o queixo do menino e o ergueu com tanta força que ela temeu que ele pudesse quebrar o pescoço dele. Viu a dor registrada nos olhos do garoto, mas ele manteve a cabeça erguida, enquanto o pai a virava de um lado para o outro. – Sim, você cresceu – repetiu ele.

– Sim, pai.

– Tem lutado?

Orestes assentiu depressa.

– Sim, senhor, com a espada. Tenho treinado muito.

– Assim como eu, pai. Tenho treinado com Orrin todos os dias, há quase dez anos.

Sem se impressionar com a interrupção, Agamêmnon olhou de nariz empinado para a garota.

– Electra? – Ele falou o nome dela com um ponto de interrogação no final, como se não tivesse certeza que reconhecia a própria filha. Clitemnestra sentiu o gosto de sangue na boca enquanto mordia fisicamente a língua. Ele só tinha duas filhas agora, era tão difícil se lembrar delas?

– Sim, pai. Como disse, tenho treinado também. Desde que o senhor partiu...

Mas a atenção dele já havia se desviado.

– Venha, Cassandra – falou ele para a garota, que também havia desmontado e agora estava ao lado dele. – Minha esposa irá acompanhá-la até seu quarto.

Naquele instante, seu temperamento explodiu. Ignorá-la em favor de seu filho era uma coisa. Tratá-la como uma criada para sua conquista era outra completamente diferente.

– É só isso? – exigiu, sem se importar com o quão afiada sua língua soava. – Essa é a única saudação que tem para sua esposa?

Ele fungou.

– Pelo que ouvi, você tem recebido atenção suficiente do meu primo. Agora, leve Cassandra para o aposento dela. Ela ficará com aquele com vista para o mar. Aquele próximo ao meu.

Clitemnestra franziu o cenho.

– Aquele é o meu aposento – retrucou ela.

– É mesmo. Suponho que você precisará encontrar outro lugar para dormir.

Era o fim da discussão. Não havia espaço para mais contestação. Sem palavras, ela aceitou sua dispensa. Se já tivera alguma dúvida sobre sua posição no palácio, agora estava bastante clara.

Sem dizer uma palavra, ela subiu os degraus, com a mente quase entorpecida, enquanto ele começava a berrar ordens para os homens e, embora ela ouvisse o leve tamborilar de pés atrás de si, não se virou para ver se a garota a estava seguindo.

– Leve essas caixas para a sala do trono! – gritou Agamêmnon. – E cuidado! Aquela ali vale mais do que você veria em mil vidas de camponês!

Logo ela estava longe demais para ouvir os insultos. Ao passar por Laodâmia, cuja expressão era um misto de confusão e horror, Clitemnestra teve outro pensamento.

– As crianças – falou para a criada –, deixei-as lá fora, com ele!

– Não se preocupe, Minha Rainha. Vou pegá-las. Eu as trarei para a senhora.

– Leve-as para o quarto, por favor, e fique com elas. Vou acompanhá-las até a sala do trono assim que terminar aqui.

A pequena demora, enquanto falava com a criada, deu a Cassandra a chance de alcançá-la, e enquanto avançava de novo, a garota estava ali ao seu lado. Com um olhar, Clitemnestra apressou o passo.

Qual era a idade dela?, pensou. Vinte? Vinte e um? Sem dúvida não era mais velha que Crisótemis. E não era surpresa que Agamêmnon tivesse gostado dela. As curvas delicadas e pescoço esguio a lembravam de si mesma, muitos anos atrás.

– Sinto muito – declarou a garota, enquanto se apressava pelo corredor atrás de Clitemnestra. – Eu não pedi por isso.

– E, no entanto, não ouvi sua objeção – respondeu ela.

Elas continuaram em silêncio até chegarem ao que agora seria o aposento de Cassandra.

– Eu só tenho algumas coisas – comentou ela, com os olhos no chão de mosaico. – Não vou precisar de muito espaço.

– Você não vai tocar em nada daqui! Mandarei tirarem as minhas coisas, caso necessário. Veremos primeiro quanto tempo isso durará. Até então, você não deve tocar em nada. Entendido?

– Entendido – respondeu a moça, abaixando o rosto.

– Entendido, *Minha Rainha* – retrucou Clitemnestra.

– Claro, *Minha Rainha*. Entendido, *Minha Rainha*.

Ela se virou para sair, apenas para voltar a encarar a garota.

– Quando suas coisas chegarem, deve se trocar imediatamente e dar essas vestes a uma das criadas, que as queimará.

Uma linha profunda apareceu por um momento entre as sobrancelhas da garota. E, com isso, Clitemnestra partiu.

O palácio fervilhava de gente, a maioria desconhecida para ela. Havia mais criados do que ela vira em uma década, e também muitas mulheres bonitas que, suspeitava, eram mais prostitutas de Agamêmnon. Alguns antigos conselheiros e amigos também estavam presentes, reunindo-se em direção à sala do trono. A sala do trono dela. Correu para pegar as crianças para levá-las a qualquer reunião que ele estivesse prestes a convocar. Quando chegou ao quarto delas, Electra estava esperando, com as mãos nos quadris, o rosto como uma nuvem de relâmpagos.

– O que pensou que estava fazendo, nos mandando de volta para o quarto? Não tinha esse direito. Agora que meu pai está aqui, vou garantir que não sejamos mais escondidos como crianças.

– Vocês são meus filhos, Electra, e está agindo como uma criança malcriada agora. – Não teve capacidade para pensar numa resposta mais diplomática, com tudo o que lhe passava pela cabeça. – Orestes, quando você entrar na sala do trono, vai se sentar ao lado esquerdo do seu pai, como lhe mostrei. Lembra?

Ele acenou rápido com a cabeça, com o pomo de Adão se movimentando, enquanto ele engolia em seco.

– Não tem por que se preocupar. Ele vai ter muito o que falar. Provavelmente será uma longa noite. Não o interrompa e tente não parecer cansado. Evite a comida e não toque no vinho. Será muito mais fácil ficar acordado se seu estômago estiver vazio.

– Sim, mãe.

– E fique longe dos pães e doces também. Eles podem ajudar por um curto período de tempo, mas a exaustão irá atacar com ainda mais força depois.

– Entendo.

– E quanto a nós, mãe? – perguntou Crisótemis, tendo removido as tranças de seus cabelos, de modo que caíssem em cachos até a cintura. – Onde nos sentaremos?

Clitemnestra enxugou a palma das mãos na saia das vestes, tentando estancar o suor que escorria delas.

– Vou me sentar à direita do Rei, esse é o lugar da Rainha. Vocês se sentarão nos degraus ao lado do meu trono. Você ao meu lado, Crisótemis, depois Electra. E lembrem-se do que acabei de dizer ao seu irmão, o mesmo se aplica a vocês, fiquem alertas e mantenham a melhor aparência.

Enquanto Electra verificava sua adaga embainhada, Crisótemis ajustava a frente de seu manto, de modo que caísse apenas uma fração mais baixo. Clitemnestra logo o puxou de volta.

– Haverá tempo para isso mais tarde – declarou.

Por muitos anos, a sala do trono havia sido um lugar tranquilo, de conversa e compartilhamento de conhecimento. Havia muitas outras áreas no palácio onde as pessoas podiam se divertir, e a diversão havia sido reservada para os pátios ou na cidadela abaixo. No entanto, o que ela encontrou naquela noite parecia uma cena obscena de taverna. As vozes e risadas eram tão estridentes que ela se perguntou se a guerra deixara metade daqueles homens surdos ou se eles apenas haviam esquecido como deveriam se comportar em tais ambientes. Pão e vinho eram derramados no chão, enquanto os homens batiam nas costas uns dos outros sem se importarem com as boas maneiras. E o modo como alguns deles descansavam nos degraus a fez se perguntar se pretendiam transformar sua sala do trono em uma câmara de dormir.

Só quando perceberam a presença dela foi que as risadas diminuíram. As vozes se aquietaram, enquanto ela descia os degraus entre eles. Ela presumiu que todos os olhos estavam em Orestes, o futuro Rei, mas logo percebeu que a atenção deles estava nela. E não demorou muito para perceber por quê. Lá, sentada à direita de Agamêmnon, ainda vestida com o manto cor de açafrão da deusa Ártemis, estava Cassandra.

Clitemnestra manteve o olhar à frente e alongou o passo. O assento à esquerda de Agamêmnon ainda estava vazio, e Orestes ocupou seu lugar ali. A vontade de olhar para a barriga de Cassandra crescia mais avassaladora a cada segundo. Ela tinha que estar grávida. Por que mais ele ofereceria a uma prostituta o assento da Rainha se seu plano não fosse substituir sua família por outra?

Sem dizer nada, ela ocupou um lugar nos degraus frios e duros, um calafrio e um fogo cresceram ao mesmo tempo dentro dela – uma fúria fria e uma ira ardente. O mal-estar silencioso que se instalara no salão no momento em que ela entrou permaneceu, embora muitos homens começassem a pigarrear e se mexer em seus assentos.

– Paciência, temos um convidado muito especial prestes a se juntar a nós para as festividades – anunciou Agamêmnon.

Com um murmúrio de expectativa, as cabeças se voltaram para a porta, então houve silêncio. Do outro lado do mar de cabeças, a visão de Clitemnestra da figura que entrou foi bloqueada. Mas quando a multidão se abriu para dar lugar ao recém-chegado, o ar em seus pulmões se transformou em gelo.

– Egisto!

CAPÍTULO 23

Seu queixo caiu, e uma dor como mil agulhas perfurou seu peito, mas ela não conseguia desviar os olhos. Egisto, seu amante e parceiro, caminhava em direção a eles, agora a poucos metros do rei que ela havia traído. Era para ele ter ido embora. Era para ele estar longe do palácio, procurando por uma flor mítica inventada por ela, a salvo, até que ela livrasse o mundo do monstro que atormentava os dois.

Sua reação não passou despercebida.

– Sim, Clitemnestra, convidei Egisto para se juntar a nós nesta pequena celebração. Você não se importa, não é? Presumi que, como vocês dois se conhecem tão bem, não seria um problema. Pode se juntar a ele ali, se quiser, sentada com os outros metecos.

Quando ela pensou que o auge de sua humilhação havia sido atingido, mais lhe foi causada. *Meteco*. Não era um termo usado em Micenas. Era uma palavra ateniense, reservada para aqueles que não eram nativos da grande cidade e eram considerados inferiores em comparação. Alguns dos convidados pareceram desconfortáveis, mas a maioria percebeu que o insulto não era dirigido a eles. As palavras tinham a intenção de degradar apenas ela. Contudo, ela se recusou a aceitá-las. Endireitando as costas, virou-se para o Rei.

– Parece haver algum mal-entendido sobre quem governou este reino nos últimos dez anos – declarou, lançando um olhar para Cassandra. Os olhos da garota estavam entreabertos, como se ela estivesse totalmente à vontade.

– Não, não houve nenhum equívoco aqui – respondeu Agamêmnon. – Agora me diga, Egisto, o que achou do desempenho de minha esposa no quarto? Sempre me disseram que as mulheres espartanas tinham um certo fogo. Acho que posso ter visto a menor faísca, quando ela era mais jovem. Mas não durou muito. Creio que devo agradecê-lo por fazer um trabalho com o qual preferiria não me incomodar. Não estou dizendo que é uma punição adequada para o seu crime. Ainda não tive tempo de pensar em qual será. Tem sorte por eu ter chegado em casa de bom humor, caso contrário, eu estaria oferecendo a ela sua cabeça em uma estaca.

Isso foi recebido com algumas risadas grosseiras. Eles sabiam, como ela sabia, que o que ele dizia era completamente verdadeiro. Embora Clitemnestra tivesse se preparado para isso, seus filhos não. O sangue havia se esvaído do rosto de Orestes, enquanto as lágrimas transbordavam dos olhos de Crisótemis.

O coração da Rainha sangrou por eles, mas não havia nada que pudesse fazer. Ela não podia confortá-los, não podia dar-lhes o calor de seu abraço. Então, em vez disso, ofereceu-lhes seu olhar mais desafiador e rezou aos deuses para que sobrevivessem à noite. Havia apenas uma pessoa no salão que precisava morrer naquela noite.

– Sem dúvida, vocês têm perguntas para mim – Agamêmnon mais uma vez se dirigiu ao público. – Tenho certeza de que vão querer ouvir as histórias de como reuni a Grécia para formar o maior exército que o mundo já conheceu. Ou talvez queiram saber como fiz Aquiles chorar como uma garotinha. – Mais risadas. – Teremos tempo para tudo isso, eu prometo. Mas, antes, gostaria de lhes oferecer alguns presentes. Sua fé em mim me trouxe forças durante aqueles anos difíceis. Sua crença de que só eu seria capaz de liderar meu irmão e nossos exércitos para trazer para casa a rainha cativa dele em segurança era tudo de que eu precisava para confirmar que fui nomeado para esta posição pelo próprio Zeus. – Ele ergueu um cetro de ouro no ar e o salão explodiu em aplausos.

Clitemnestra virou-se e viu que os olhos de Egisto ainda estavam nela, com o rosto branco de preocupação.

Agamêmnon indicou que a adulação deveria parar e continuou:

– Esses últimos dez anos foram tempos difíceis para todos nós. Claro, teve suas vantagens. – Ele inclinou a cabeça para Cassandra e os homens bateram os pés e aplaudiram. – Mas nem tudo foi diversão e jogos. E, como a maioria de vocês sabe, mesmo o maior de nós não está imune a lesões.

Ainda segurando o cetro, ele puxou uma manga de seu manto, para revelar a pele enrugada de uma cicatriz. Aquilo explicava sua falta de jeito ao desmontar antes. Aquilo e a obesidade. Pela aparência da cicatriz, ele teve sorte de não ter perdido o braço.

– Mas chega de falar de mim. Eu disse que este momento é para vocês. Vamos ver o que vocês, bastardos gananciosos, querem tirar de mim agora. – Ele estalou os dedos. – Tragam-me o primeiro baú.

Um enorme baú de madeira foi trazido, colocado a seus pés e aberto. Continha ouro, seda e tesouros, como Clitemnestra jamais vira antes. Seu lado espartano estremeceu com a visão. Quanta ganância e excessos desnecessários. Cobre, ouro, granadas. Pratos do tamanho do braço de um homem. Tapeçarias e pinturas, tão finas que os próprios deuses poderiam tê-las feito. Uma a uma, ele distribuiu as peças para seus súditos. Foi um movimento sábio, ela refletiu, enquanto as pessoas se curvavam e ofereciam apreciação desenfreada a seu generoso rei. Eles se lembrariam disso, a forma como ele não acumulou os despojos da guerra, mas os compartilhou com seu povo. Ela sabia que ele já tinha escolhido as melhores peças para si na viagem de volta para casa, assim como eles, mas ainda assim, seus rostos brilhavam de alegria, enquanto o cumulavam com elogios.

O primeiro baú foi substituído por outro e mais outro. Ao longo de tudo isso, Clitemnestra se sentiu curiosa quanto à garota, Cassandra. Como conseguia ficar sentada ali na mesma posição de transe era um mistério para ela. Será que esse luxo não era nada comparado ao que estivera acostumada em Troia? Ou apenas imaginava estar em outro lugar? Se fosse possível acreditar nas histórias que haviam atravessado o Egeu, ela já tivera o dom de uma verdadeira vidente, mas agora suas palavras não eram mais confiáveis do que as divagações de uma louca. Ela não sorria para as pessoas reunidas adiante, que um dia poderiam ser seus súditos. Ela não prestava atenção às joias e tesouros que estavam sendo exibidos. Na verdade, ela não parecia nada com uma mulher com a intenção de roubar sua coroa. Mas as aparências enganavam.

Com o passar das horas, os presentes foram todos distribuídos e a ganância de todos pareceu saciada. Os baús foram arrastados para fora do caminho e a conversa logo se voltou para Troia. Falou-se de Odisseu. Do enorme cavalo que ele construiu e como os troianos abriram os portões para ele, sem nem mesmo considerar que poderia haver algo escondido lá dentro. Falou-se também sobre Aquiles e Pátroclo e tópicos aos quais Clitemnestra preferia que seus filhos não tivessem sido expostos. Enquanto outros teriam oferecido elogios, até mesmo adoração, a esses grandes heróis, Agamêmnon apenas fez comentários grosseiros e irrisórios, buscando risadas às custas deles. Ele era patético, pensou. Sem dúvida, podiam ver que velho ciumento ele era.

Logo o assunto passou para um sobre o qual ele era extremamente conhecedor: as mulheres que haviam sido capturadas após a batalha final e o que havia sido feito com elas. A essa altura, Crisótemis era a única dos filhos que permanecia acordada, embora parecesse cada vez mais infeliz. A cabeça de Orestes pendia para a frente, enquanto Electra sucumbira e descansava a cabeça no colo da irmã. Clitemnestra escolheu o momento, durante uma pausa nas observações obscenas.

– Meu Rei – declarou ela. – Vou levar as crianças para a cama.

Seus olhos se estreitaram para ela.

– E quanto a Egisto? Vai levá-lo com você também?

Risos irromperam. Ela mordeu a língua e sorriu.

– Tenho certeza de que qualquer homem preferiria estar em sua companhia à minha – respondeu ela. Então, sem esperar por outra resposta, passou para despertar Orestes, enquanto gesticulava para Crisótemis acordar Electra. Com as duas garotas de pé e ainda sem objeções, começou a longa jornada para fora da sala do trono.

Ela caminhou devagar, seu olhar encontrou o de tantos homens quanto conseguiu. Eles sabiam o quão bem ela havia administrado Micenas na ausência de Agamêmnon. Eles conheciam seu verdadeiro valor. Ela faria com que todos a olhassem nos olhos, se pudesse. Eles aceitaram os presentes dele, riram de suas piadas às custas dela e saberiam que ela os vira como eles de fato eram. Ela se lembraria de sua deslealdade, quando ele tivesse ido embora.

Ao chegar ao topo da escada, ela se viu parada ao lado de um dos baús. Ainda havia algo no fundo, ela notou. Manchado e lascado, provavelmente não fora considerado digno de ser dado de presente. O cabo de madeira estava arranhado e áspero e o metal, manchado de ferrugem. Seus olhos se demoraram por mais um momento no pequeno machado de duas cabeças largado ali, indesejado e esquecido. Era isso que usaria, decidiu. Era com isso que iria matá-lo.

CAPÍTULO 24

Não havia necessidade de selecionar novos aposentos. Clitemnestra já havia decidido que Cassandra não ficaria lá tempo suficiente para tornar isso necessário. Quando Agamêmnon morresse, libertaria a garota. Para onde ela iria e o que faria depois disso, não seria da sua conta e, a julgar pela maneira como muitos dos olhos dos homens vagaram pelo corpo da moça na sala do trono, não lhe faltariam ofertas. Possuir a prostituta do Rei dos Reis seria um grande prêmio para algum nobre micênico. E assim, dirigiu-se para onde havia dormido por todos aqueles anos antes da chegada de Egisto ao palácio. O aposento das crianças.

– Clitemnestra.

– O que está fazendo aqui, Egisto? Ele vai ver você.

– Ele não vai notar. Está ocupado demais saboreando toda a atenção. Sinto muito. As coisas que ele disse para você lá dentro. Para nós...

– Tudo será irrelevante quando ele estiver morto e enterrado.

O medo faiscou nos olhos dele, mas isso não a preocupou.

– Você viu? Viu como ela estava vestida?

Ele baixou os olhos.

– Vi. Sinto muito, meu amor.

– Foi obra dele. Sei que foi. Outra forma de me insultar. Para me lembrar de como ele me tirou Ifigênia e poderia fazer o mesmo com os outros. A princípio, pensei que fosse ela. O manto amarelo. Achei que de alguma forma ele a havia trazido de volta para mim.

– Não consigo imaginar a dor. – Ele a tomou nos braços.

– Acho que ele a quer no trono – comentou ela, lutando contra as lágrimas que se recusava a deixar cair. – E acredito que ele planeja substituir meus filhos pelos dela. Ela pode até já estar grávida.

– Não é possível?

– Não vou colocá-los em risco, Egisto. Enquanto ele viver, eles estarão em perigo. Preciso fazer isso o mais rápido possível.

Ele apertou os lábios e ela esperou os protestos dele, mas, dessa vez, nenhum veio.

– Quando? – perguntou ele, em vez disso.

– Assim que eu tiver a chance. E então estaremos seguros. – Ela se livrou de seu abraço. – Farei o que for preciso.

Ele assentiu.

– Posso não conseguir a flor de que você falou a tempo, mas há um boticário. Um homem de grande discrição.

– Não. Mudei de ideia. Ele é paranoico demais para que isso funcione. Eu farei isso. Vou pegá-lo sozinho e derramar seu sangue, assim como ele fez antes.

Ele agarrou as mãos dela.

– Por favor, não se coloque em risco. Não posso perdê-la. As crianças também não podem perder você.

– Não se preocupe. Por pior que ele pense de mim, é vaidoso demais para acreditar que sua própria esposa poderia fazer isso em seu próprio palácio.

– Mas será que você consegue? Tirar uma vida. É… inimaginável.

Enquanto ela considerava sua resposta, uma determinação renovada fluiu por ela. Talvez não tivesse sucesso. Talvez Agamêmnon já tivesse de fato visto em seus olhos o que ela pretendia. Mas caso não o matasse, morreria tentando.

– Ele quer que eu rasteje, caia de joelhos, implorando por seu perdão – respondeu finalmente. – E é isso que ele vai ter. Mas não serei eu quem será abatido por toda a eternidade.

*

Durante três dias, o Rei mal saiu da sala do trono, nem mesmo para dormir. O fluxo de convidados que vinha prestar homenagem a ele era tão interminável quanto seu desejo de ouvir a adulação bajuladora. Ele comia mais em um dia do que ela era capaz de comer em uma semana, o que exigia o abate de mais animais do que em um mês de sua ausência. E ele bebia sem parar dos melhores vinhos da adega.

Enquanto as filhas haviam sido dispensadas, Orestes era forçado a permanecer ao lado do pai e ouvir as histórias terríveis que ele contava. Enquanto alguns meninos de doze anos poderiam ter se deliciado com histórias de sangue e entranhas, Orestes não era um deles. Em vez disso, ele ficava sentado, calado, tentando esconder sua repulsa. Lutando contra a aversão que sentia por estar na presença do marido, Clitemnestra sentava-se ao lado do filho, oferecendo-lhe todo o apoio que podia com sua presença silenciosa. Às vezes, Cassandra também estava lá, com aquele mesmo olhar distante. Na maioria das vezes, ela não estava. O machado de duas cabeças, o despojo de guerra considerado indigno de ser presenteado, permanecia esquecido no baú.

Quando ela voltou à sala do trono no quarto dia, encontrou-a quase vazia. Agamêmnon estava caído em seu trono, com uma linha de baba em sua barba, enquanto ele roncava como o animal que era. Ao lado dele, Orestes também havia adormecido, mas rígido e de alguma forma ainda quase ereto.

– Orestes, Orestes – sussurrou ela, enquanto balançava os ombros dele. – Vá para a cama, meu querido. Não fará nenhum bem a si mesmo aqui agora. Vamos. Você precisa dormir.

Os olhos do menino piscaram abertos.

– Mãe? – disse ele, então logo se endireitou. – Pai?

– Ele está dormindo, veja, como você deveria estar. Vá. Deixe-me levá-lo para o seu quarto e vou buscar comida adequada para você também.

Agora bem acordado, ele balançou a cabeça.

– Se meu pai acordar…

– Não se preocupe com ele. Vá.

Depois de entregá-lo às mãos amorosas de Laodâmia, ela voltou para a sala do trono. Um por um, despertou os poucos convidados restantes e mandou que saíssem, antes de instruir os criados a limpar os detritos que Agamêmnon parecia contente em ignorar. Eles podem ter vivido como animais em seu acampamento em Troia, mas isso não aconteceria ali, no palácio *dela*.

Aproximando-se do próprio homem, tentou tirar as migalhas do manto dele.

– Você ainda está aqui? – Ele a encarou por baixo das pálpebras semicerradas. O cheiro rançoso de sua respiração ficou preso na garganta dela.

– Claro, Meu Rei. Você é meu marido. Onde mais eu estaria?

Ele bufou em resposta, mas ela fingiu não notar, em vez disso, tirou a comida seca de sua barba.

– Por que não vai para o seu quarto, meu amor? Deve estar dolorido por ter dormido aqui. E por todos aqueles anos em Troia. Sem dúvidas seu corpo está ansiando por uma cama macia.

Outra vez, mais uma bufada.

– Meu corpo não é da sua conta.

Recuando, ela ofereceu seu olhar mais ferido.

– Por que está sendo tão cruel? Por eu ter arrumado um amante? Preferiria que eu passasse dez anos murchando? Ele era um brinquedo, Meu Rei, isso é tudo. Uma distração para manter minha mente longe do medo constante de perdê-lo.

Dessa vez, ela recebeu um grunhido, apenas um pouco menos irônico do que a bufada.

– Acho difícil acreditar nisso.

– Aqui – disse ela. – Deixe-me mostrar o quanto senti saudades.

Girando, ela atravessou o salão e subiu os degraus, gesticulando para os criados com um aceno de mão.

– Fora, todos vocês. Saiam agora.

Ele se mexeu no assento.

– O que está fazendo?

– Não se preocupe, Meu Rei. Pode ficar exatamente como está.

Ela não tinha planejado isso, mas funcionaria. A uma curta distância dela estava o baú de madeira aberto contendo o machado antigo. Tudo o que ela precisava era de um minuto a sós com ele. Seu pulso disparou, enquanto os servos passavam por ela. Quando o último finalmente passou pela porta, ela a fechou. Acalmou a respiração, deu uma última olhada para a arma e voltou-se para o marido. Seu coração quase congelou quando o encontrou apenas alguns centímetros atrás dela.

– E agora? – exigiu ele. Qualquer indício de cansaço havia desaparecido de seus olhos, que a encaravam com uma ferocidade que fez os pelos de seus braços se arrepiarem. Ela se lembrava muito bem de como ele a havia superado no templo, após a morte de Ifigênia. Mas a situação havia mudado. Ele não era mais o poderoso rei guerreiro que tinha sido, e ela não era mais a fraca rainha. Ela não tinha sido forte o bastante para salvar seus filhos antes, mas agora seu corpo e habilidades haviam sido aprimorados para o combate, como uma verdadeira filha de Esparta. Ela era mais do que páreo para o Agamêmnon que estava diante de si.

– No trono – disse ela, com a voz firme e calma. – Da maneira que costumava ser. Posso lhe mostrar que o fogo ainda existe.

Ele não se mexeu. Em vez disso, continuou a encará-la. A pulsação dela estava subindo. Então ele bateu palmas com força.

– Guardas! – chamou.

Dois de seus homens entraram na sala do trono.

– Sim, Meu Rei – responderam em uníssono.

– Vigiem a porta e certifiquem-se de que não sejamos perturbados.

– Vamos esperar lá fora, Meu Rei.

– Bobagem, vão ficar aqui.

Enquanto falava, seus olhos permaneciam fixos em Clitemnestra. A mente dela disparava tentando pensar em uma maneira de reverter isso. Hesitar agora significava que qualquer oportunidade futura estaria perdida. Por fim, sem outra escolha, ela deixou um sorriso se formar em seus lábios.

– Mostre-me esse fogo de que você fala – exigiu ele.

Pegando-o pela mão, ela o conduziu de volta ao trono e o fez se sentar nele com suavidade, antes de se ajoelhar na frente dele e abrir suas vestes.

A cada momento, do começo ao fim, ela pensou que poderia vomitar, ou desmaiar, ou simplesmente gritar pela injustiça de toda a situação. Os nomes dos quais ele a xingara, os insultos que lançara contra ela, nunca antes ela havia considerado qualquer um deles verdadeiro. Ainda assim, ajoelhada naquele chão de pedra, degradada e humilhada na frente dos homens dele, enquanto ele gemia de prazer, ela sabia que não era melhor que Cassandra. O que importava no fim das contas era a sobrevivência. Sobrevivência, a qualquer custo.

Quando estava acabado, ela manteve a cabeça baixa e beliscou as bochechas para forçar a cor de volta a elas.

Levantando-se, olhou o marido nos olhos.

– Devo pedir aos criados que nos preparem um banho? Suponho que se lembra daquela época tão vividamente quanto disto.

– Talvez eu precise de um pequeno lembrete disso também – respondeu ele, com um sorriso lascivo que fez todo o corpo dela estremecer. – Mas depois da comida. Comida primeiro.

– Por que não ao mesmo tempo? Vou cuidar do banho agora. Pode nos trazer um pouco de vinho. E veja se consegue encontrar algumas das tâmaras que adoro. Lembra-se de quais são, não é?

Os olhos dele se estreitaram por apenas uma fração, então o rosto dele endureceu.

– Diga-me, de todos os homens que vagam pelo mundo, por que Egisto? Por que ele?

– É sério? – A pergunta foi tão ousada, seus olhos tão arregalados de confusão quanto ela foi capaz. Ela inclinou a cabeça para o lado, tentando ignorar a batida em seu peito. – Pensei que já tivesse entendido.

– Entendido o quê?

– Ele é apaixonado por mim. Desde a primeira vez que me viu. E eu pensei que não haveria melhor vingança para meu marido do que matar o assassino de seu pai. E não apenas isso. No final, ele saberia que foi enganado por eu ter ajudado você a fazer isso.

A expressão do Rei mudou, embora não se suavizasse por completo. Mas uma centelha de dúvida agora cruzou sua testa.

– Tudo isso, entre você e meu primo, foi para me ajudar a executar minha vingança?

– Claro, meu amor. Por que mais eu me rebaixaria para estar com um homem assim, depois de tantos anos com você? Os deuses exigem que seu pai seja vingado, Agamêmnon. Você me disse isso na primeira vez que o vi, tantos anos atrás em Esparta.

– Você se lembra?

– Lembro-me com toda a clareza. E uma vingança tão demorada provavelmente será a mais doce de todas.

CAPÍTULO 25

Assim que Agamêmnon e seus guardas partiram, ela caiu de novo de joelhos, sem fôlego. A dor em seu peito parecia a de uma marca de ferro sendo pressionada em sua carne. Engasgou com o gosto em sua garganta. Teria preferido passar o resto da noite bebendo vinho forte, na tentativa de apagar todos os vestígios dele, tanto físicos quanto mentais. Entretanto, durante o tempo que passou o satisfazendo, tinha elaborado um plano. Um que funcionaria se ela agisse depressa.

Levantou-se, subiu correndo os degraus e tirou o machado do baú. Era mais pesado do que ela esperava e também maior em suas mãos do que imaginara. Se alguém a visse com ele, não haveria explicação lógica. Então, ela puxou uma pequena tapeçaria da parede e o envolveu. Em seguida, segurando o embrulho nos braços, quase como se fosse o corpo de Ifigênia, ela saiu correndo da sala do trono e voltou para a área dos quartos do palácio.

Dado que Agamêmnon não se lembrava, mesmo quando recém-casado, de nenhuma das preferências dela, ela não tinha dúvidas de que ele levaria algum tempo para preparar uma travessa digna de seu encontro no banho. Sem contar que ele com certeza provaria vários vinhos, antes de escolher qual queria. Haveria tempo. Ela só tinha que continuar se movendo. Sua primeira parada foi o banheiro. Já que os servos ainda não tinham recebido ordens, o aposento estava vazio. Usando o ombro, ela fechou a porta atrás de si e jogou o fardo no chão, a espessura da tapeçaria abafou a queda do machado nas lajes.

Havia um biombo trançado na parede. Afastando-o um pouco, criou um espaço, pequeno demais para qualquer um entrar, mas grande o bastante para esconder a arma. Então, ergueu o pacote de novo e o desembrulhou. Dessa vez, pousou o machado com cuidado, colocando o tecido bem frouxo por cima, para que pudesse ser facilmente removido. Confiante de que estava escondido o suficiente, deu ordens ao primeiro servo que viu para que enchesse a banheira, então voltou para seu quarto, para buscar os últimos itens de que precisava.

Cassandra estava deitada na cama. Clitemnestra não se deu ao trabalho de cumprimentá-la.

– Vim buscar uma coisa – disse ela.

– Você ainda não pegou suas coisas – a moça comentou sem malícia. – Pretende voltar para cá, não é? Mas sei que você precisa fazer algo primeiro.

– Você não sabe nada.

– Eu sei tanto, tanto, tanto, Minha Rainha. Mas pouco importa agora. Pouco importa.

Ignorando essas divagações malucas, ela foi até um grande baú de carvalho. Procurando no fundo, tirou algo adequado: vestes transparentes. Ao longo dos anos, ele com frequência a fizera usar tais itens. Peças que não deixavam nada para a imaginação, mas a deixavam totalmente exposta a ele. Não por muito tempo desta vez, pensou ela. Jogando-o de lado, continuou a vasculhar até encontrar o outro artigo que procurava. Outra vestimenta, cheia de lembranças felizes de Electra e Ifigênia e de todas as alegrias que os filhos lhe trouxeram. Seu coração doeu com a ideia de ter que maculá-lo. Mas era por eles que precisava usá-lo. Então tudo seria corrigido.

– O Rei e eu vamos tomar banho – declarou ela, finalmente encarando sua usurpadora. – Eu agradeceria se não fôssemos incomodados.

– Claro. Eu entendo.

– Não – respondeu. – Não entende.

– Sim, entendo. Mas não precisa se preocupar.

Um calafrio desceu pela espinha de Clitemnestra. Ela o afastou.

– Apenas fique aqui – ordenou.

Quando voltou ao banheiro, os criados haviam enchido a banheira. Óleos de aroma adocicado haviam sido adicionados, fazendo com que espectros de cores flutuassem na superfície.

– Já está bom – declarou ela para a mulher que estava espalhando pétalas na água. – Pode sair agora. E não devemos ser perturbados, sob nenhuma circunstância.

– Sim, Minha Rainha.

– Ninguém deve entrar aqui, exceto o Rei, até que eu diga.

Juntando as coisas, a criada assentiu mais uma vez e saiu. Com o aposento vazio de novo, Clitemnestra verificou o machado. O tecido não tinha sido perturbado. Ela o moveu apenas uma fração e inclinou a alça um pouco para cima. Agora que conhecia seu peso, seria mais fácil levantá-lo. Confiante de que tudo estava como deveria estar, ela pendurou as duas vestes por cima do biombo, então tirou o manto e entrou na água. Mesmo no clima mais quente, ela encontrava conforto em um banho. Adorava a sensação sedosa, conforme seus ombros deslizavam sob a superfície. Egisto se juntara a ela naquela mesma banheira, uma centena de vezes ou mais. Ele passava cada momento acariciando sua pele, traçando cada linha com a ponta dos dedos. Eles se beijavam e se acariciavam, como se cada vez que viam o corpo um do outro fosse a primeira, permanecendo até notarem que a água havia esfriado, quando seus braços começavam a formigar com arrepios.

– Você parece confortável aí.

Agamêmnon estava parado à porta. Atrás dele, um criado carregava uma travessa de frutas frescas, sem nenhuma tâmara à vista.

– Estou, deveria se juntar a mim.

– Tão cedo?

– Os anos o mudaram tanto assim, Meu Rei? Lembro-me dos dias em que não sabíamos se anoitecia ou amanhecia lá fora. Agora, deixe-me ver essa sua cicatriz. Talvez os lábios de uma esposa possam ajudar a curá-la um pouco mais rápido.

Ela com certeza se lembrava daqueles dias. Sentia-se pouco mais que uma escrava, presa no quarto, sem saber quando ele voltaria ou o que pediria a ela. Sabia que ele não se lembraria dos soluços silenciosos dela, enquanto ele se forçava para dentro dela, de novo e de novo. Ele só se lembrava do que escolhia.

Com apenas uma breve hesitação, ele deixou cair o manto e entrou na banheira. Uma onda de água se espalhou para os lados. Ele era um imbecil gordo, redondo e nojento, e a visão de sua barriga protuberante a repugnava bastante. Mas ela não demonstrou. Em vez disso, jogou a cabeça para trás e riu.

– Não somos mais tão jovens e ágeis – observou ela.

Um sorriso surgiu nos lábios dele enquanto esticava as mãos para os seios dela.

Bom, ela pensou. Quanto mais relaxado ele estiver, menos preparado estará.

– Ainda dói? – Ela passou um dedo sobre a cicatriz dele, que era ainda mais longa e profunda do que havia observado a princípio. – Quem fez isto?

– Todas essas perguntas – comentou ele. – Toda essa afeição. Eu não esperava uma recepção tão calorosa de você.

– Não?

Os olhos dele perfuraram os seus e ela ficou grata pelo vapor, que disfarçava o suor que se acumulava em seu pescoço.

– Entende que o sacrifício foi para o bem de todos nós, não é? O bem dos homens. De sua irmã também. Você entende por que a criança teve que morrer?

A *criança!* Ela queria gritar com ele. *Nossa criança.* Ele ainda se lembrava do nome dela? Ele deve ter matado tantas outras durante seu tempo em Troia que todas se confundiam em uma.

– Não vou negar que demorei muitos anos para aceitar – respondeu ela, baixando o olhar para o brilho oleoso da água. – Mas sei por que você fez o que fez.

– Bom. Fico feliz que você não retenha nenhuma amargura. Há pouca coisa tão feia quanto uma mulher reprovadora. Em especial uma mais velha.

Ela adoraria enfiar a cabeça dele na água naquele momento e segurá-la ali. Mas, mesmo em seu estado enfraquecido, não duvidava de quem venceria, se chegassem a uma disputa de forças.

– Vamos para o seu aposento – disse ela. – Deixe-me mostrar o que esta mulher mais velha pode fazer.

Uma cascata de água desceu por seu corpo quando ela se levantou. Agamêmnon pareceu hipnotizado pela visão. Uma mulher mais velha, é claro – ela não tinha mais o frescor juvenil de Cassandra – no entanto, o duro treinamento que vinha realizando para garantir a segurança dos filhos havia deixado seu corpo tonificado e firme. Seus esforços com Egisto, dentro e fora do quarto, produziram músculos em seu estômago que desmentiam o nascimento de cinco filhos. E, quaisquer que fossem suas críticas e preferências, Agamêmnon tivera que aceitar qualquer prostituta em que conseguisse pôr as mãos durante os anos passados antes da derrota de Troia.

Com um passo rápido, ela saiu da banheira, em seguida, atravessou o cômodo até o biombo e o vestido transparente pendurado ali. Ela o vestiu pela cabeça e depois o puxou para baixo em seu corpo brilhante. O tecido grudou em sua pele molhada e ele ainda não conseguia desviar os olhos.

– Você é magnífica – declarou ele.

Um largo sorriso cruzou o rosto dela.

– Venha – chamou ela. – Trouxe um manto para você também. Vamos para o seu aposento. Tive dez longos anos para inventar novas maneiras de provocá-lo.

Com um sorriso tão largo que ela pensou ter visto baba escorrendo pelo queixo dele, ele saiu da banheira.

– Aqui – ofereceu ela e jogou a segunda roupa para ele.

No momento em que a cabeça dele entrou sob a bainha do tecido, ela correu ao redor da tela e puxou o machado. Era isso. Aquele era o momento.

– O que é isso? – perguntou ele com uma meia risada abafada. – Não consigo encontrar a gola. Que estranho. Clitemnestra. Clitemnestra?

– Sim, meu amor? – respondeu ela, levantando o machado no ar.

Os braços dele se agitavam, enquanto ele procurava a abertura para a cabeça escapar. Aquela vestimenta, que uma vez proporcionou tantas risadas para os filhos dela, agora lhes traria segurança.

– O que é...

Ele jamais terminou a pergunta pois, com toda a força que possuía, ela cravou o machado bem fundo em seu esterno.

– Cli...

Seu nome foi interrompido, pois o sangue encheu os pulmões dele e degenerou em um gorgolejo úmido. A veste permanecia sobre a cabeça dele, o tecido branco agora desabrochou com uma flor vermelha, que ficava cada vez maior a cada batida debilitada do coração. Ela girou o machado, ouvindo e sentindo os ossos dele quebrarem sob a lâmina enferrujada.

Seu único arrependimento foi não poder olhá-lo nos olhos. Era uma pena que ele não pudesse ver sua retribuição final, por tudo o que ele havia feito a ela e a seus entes queridos. Mas, quando ele cambaleou para trás e caiu na água fumegante, ela percebeu que não se importava. Isso bastava. Inclinando-se sobre o corpo dele, ela observou as bolhas rosadas diminuírem cada vez mais, até que pararam por completo.

Ela tinha feito seu trabalho. Tinha protegido os filhos. O Rei estava morto.

CAPÍTULO 26

Clitemnestra tinha a intenção de fazer a morte parecer um acidente, mas, observando a cena agora, sabia que seria impossível. O machado estava enterrado fundo nas costelas dele e, mesmo que ela conseguisse retirá-lo, jamais seria capaz de esconder a evidência do que havia acontecido com ele. O que poderia dizer que causou tal ferimento? Com exceção de um touro furioso no banheiro, não havia nada.

Então, alegaria legítima defesa, disse a si mesma. Diria que foi ele quem trouxera o machado, querendo puni-la por seu caso com o primo dele. Ele a enganara com uma falsa sensação de segurança, então sacou a arma. Se as pessoas perguntassem, ela diria que, por algum dom dos deuses, o arrancou dele. Além disso, não era como se ele não tivesse levantado a mão contra ela no passado. E todos viram a maneira como ele a tratara desde seu retorno. Mas e o manto sem gola? A mente disparou. Isso pareceria muito suspeito. Talvez ela pudesse rasgar a costura onde a cabeça deveria passar. Suas habilidades de costura eram tão ruins que deveria ser fácil.

Ela mergulhou as mãos na banheira. Uma camada de óleo ainda flutuava na superfície e a água abaixo agora estava vermelha e viscosa. Agarrou o tecido sedoso entre as mãos, apenas para vê-lo escorregar por entre os dedos enquanto o puxava. Tentou de novo e de novo, mas, a cada vez, escapava dela, o peso do corpo dele o mantinha abaixo da superfície. Ela poderia cortá-lo, pensou, então logo descartou a ideia com um aceno de cabeça. Um corte feito de qualquer jeito se destacaria. E então, o quê? Outro acidente? Um simples erro na escolha de um vestido que havia esquecido que existia? Isso teria que servir. Mas então como ele poderia ter levantado o machado contra ela, se não conseguia ver o que estava fazendo?

Ela deu um passo para trás, seus joelhos e pernas tremiam. Fechou os olhos e se forçou a respirar fundo. Os detalhes não importavam, disse a si mesma. Obteve sucesso no que se propôs a fazer. Ele estava morto. Vingara seu verdadeiro marido e seus filhos assassinados e seus filhos vivos estavam seguros. Era Rainha por conta própria agora e ninguém estaria em posição de questionar o que havia acontecido. Seus batimentos cardíacos se estabilizaram uma fração e depois um pouco mais. Governaria até que Orestes estivesse pronto para ocupar seu lugar no trono como rei legítimo, alguém que seria gentil, bondoso e justo com todos os seus súditos.

Visões de um futuro melhor estavam se passando por sua mente quando um rangido fez com que seus olhos se abrissem. Lá, na porta, estava Cassandra.

– O que está fazendo aqui? – Clitemnestra disparou pelo banheiro. – Saia. Saia imediatamente.

A garota não se mexeu.

– O Rei me disse que eu deveria me juntar a ele aqui – respondeu ela. – Ele disse que nós três tomaríamos banho juntos.

Clitemnestra teria sentido repulsa por tal ideia, mas teve pouco tempo para pensar no assunto.

– O Rei está ocupado – disse, colocando as mãos no peito da garota para empurrá-la para trás. Mas Cassandra era ágil, seus pés secos estavam mais firmes nos ladrilhos do que os molhados e encharcados de sangue de Clitemnestra. Em um instante, a jovem estava de pé ao lado da banheira, olhando para o machado e o Rei morto no qual a arma estava enterrada. O coração de Clitemnestra deu um salto.

– Foi um acidente – balbuciou. – Foi apenas um acidente.

Uma risada surgiu de Cassandra, suave a princípio, então cada vez mais alta, até que as lágrimas escorreram por seu rosto. Era a primeira vez que Clitemnestra a ouvia rir, ou via o menor sinal de emoção em seu rosto, mas o som não lhe trouxe nenhum conforto.

– Não, não foi, mas, ah, como eu gostaria de que tantos homens em meu curto tempo nesta terra tivessem um acidente como este – declarou a moça, inclinando-se sobre o corpo. – Você conseguiu. Você fez o que sempre faria.

– Você está falando coisas sem sentido!

– Estou? Por favor, não pense que sou ingênua. Não pense que não pensei em matá-lo eu mesma. Matar todos e cada um deles. Mas, para mim, isso significaria uma sentença de morte imediata, mesmo que eu tivesse sucesso. Isso não foi um acidente, mas o que vai acontecer a seguir… – Ela ficou séria. – Me entristece. Fico triste que minha jornada termine agora. Acho que, talvez, se as coisas tivessem sido diferentes, você e eu poderíamos até termos sido amigas. Afinal, eu teria dito o que você quisesse, *Minha Rainha*. Qualquer história que você quisesse contar, eu teria concordado. Eu poderia até ter sido uma testemunha a seu favor. Eu teria feito isso por você.

A pele de Clitemnestra formigou com arrepios.

– Sinto muito pelo que aconteceu com sua filha – continuou Cassandra, caminhando na direção dela. – Não sou capaz imaginar como deve ter sido.

– Você está certa, você não é capaz, então, por favor, não me adule com suas tentativas.

A moça assentiu devagar, como se apenas ouvisse pela metade.

– Deuses são seres estranhos, não são? Tão, tão poderosos que faz você se perguntar por que eles se importam conosco. Mas suponho que somos como animais de estimação para eles. Seus filhos, eles criam animais, não é? Acredito que Ifigênia os amava.

– Não fale da minha filha!

– Seu marido não falava muito comigo – continuou ela, ignorando Clitemnestra. – Ele não me escolheu pela minha capacidade de conversação. Ninguém nunca o fez. Ele me achava incapaz de entender qualquer coisa importante. Mas eu entendo. Entendo tudo. Tudo mesmo. Mais do que você ou ele jamais entenderão.

– Você é louca.

– Não. – Cassandra olhou com fúria para a rainha. – Embora fosse mais fácil para você se eu fosse. Ele me contou sobre o templo e como foi difícil para ele. Como a criança ficou satisfeita, uma vez que soube o verdadeiro propósito da visita, de obedecer à vontade da Deusa.

– Você está escolhendo palavras perigosas agora, mesmo para uma mulher louca.

– Não, louca não. Já sei o que está por vir. Assim como sua filha, Ifigênia, também sabia.

– Está mentindo.

– Nunca. Agamêmnon só me falou dela uma vez, depois de muito vinho, o que, suponho, não é de se surpreender. Mas foi com a maior ternura que eu já o ouvi se referir a alguém. Ele estava tão orgulhoso dela. Da força que ela demonstrou, ao se ajoelhar diante do altar, sabendo que seria sua última oração. Ela tornou o ato muito mais fácil para ele.

– Não! Não! – O sangue subiu à cabeça de Clitemnestra e ela sentiu o aposento girar. – Você está mentindo. Ela não sabia o que estava por vir. Ele não teria contado a ela. Ele não poderia ter sido tão cruel a ponto de deixar a própria filha saber que estava caminhando para a morte.

– O que há de cruel em conhecer seu destino? Ela escolheu como aceitá-lo. Assim como estou escolhendo agora. Sem gritos, sem temor, mas da mesma maneira que ela viveu a vida dela. Com tranquilidade.

A náusea revirou as entranhas de Clitemnestra.

– Ela não sabia. Ela não poderia saber.

– Por que você está tão chateada com essa notícia? – Cassandra franziu a testa. – Isso deveria ser um enorme consolo para você. Sem dúvida, foi melhor assim. Que ela tenha se entregado por vontade própria à Deusa, pela causa do pai, em vez de ser arrancada da vida, sem esperança de fazer as pazes com o mundo? A honra foi muito maior.

– A honra? Não há honra na morte de uma criança.

– Lamento que pense dessa forma.

A condescendência em sua voz levou a Rainha a novas alturas de raiva. Como ela ousava, uma mulher, não, uma mera menina sem filhos, falar com ela sobre tais coisas?

– Você fala de honra – cuspiu ela. – Você, que se vendeu pela oferta mais alta.

– Acha que tive escolha? Você não é tão ingênua, cara Clitemnestra. Minhas irmãs, minha mãe, fomos o espólio da guerra. Não finja ignorar o que acontece, quando nós duas sabemos que isso está longe da verdade.

Mal podia ouvi-la agora, por causa do sangue que latejava em seus ouvidos.

– Você usou o manto cor de açafrão. Você se sentou no *meu* trono e olhou para *os meus* súditos, como se fossem seus. Você tomou *meu* aposento, sem um pingo de remorso. Você pode não ter escolhido quem a levou, mas escolheu representar o papel.

– Diga-me então, como eu deveria ter me comportado? Eu tinha um papel a desempenhar. Com certeza você entende isso. Tudo o que temos são os papéis que nos forçam a desempenhar.

– Eu não acredito nisso.

– Então o que queria que eu fizesse? Que recusasse as ordens? Recusasse a me sentar ao lado dele?

– Sim! Sim, você poderia ter feito isso.

– E se eu tivesse. Você teria ficado ao meu lado? Quem teria me protegido? Você tem uma família. E um amante. Eu, como você insiste em apontar, sou apenas um espólio de guerra. Temos travado a mesma batalha, Clitemnestra, contra deuses, e reis, e pessoas com poder e privilégio. Eles têm tanto medo de perder o controle sobre nós que nos esmagam ao menor sinal de nossa própria independência ou felicidade. Estou do seu lado, Clitemnestra. Sempre estive.

– Existe apenas um lado no qual estou, e você não está nele.

Cassandra deu um passo à frente, estendendo as mãos, mas a Rainha golpeou com o braço para bloqueá-la, empurrando a garota para o lado. Não foi um golpe forte, muito mais moderado do que teria usado mesmo em uma brincadeira com os filhos. Mas a garota não era como eles, e o chão de ladrilhos estava escorregadio com água e sangue derramados. Ela começou a se desequilibrar, os braços sacudiram em uma tentativa de recuperar o equilíbrio. Mas quando seus pés escorregaram e ela caiu para trás, sua cabeça bateu com força contra a borda da banheira com um estalo repugnante e ela caiu no chão. Morta.

PARTE II

CAPÍTULO 27

— Orestes! Orestes!

Ele sentiu os ombros sendo sacudidos e ouviu a voz em seu ouvido, mas havia um desligamento, causado pelo manto de um sono profundo em que desejava permanecer.

– Orestes, você precisa se levantar agora! Agora! Pegue suas coisas. Precisamos ir.

– Electra?

Ele abriu os olhos, encontrando a irmã debruçada sobre ele, com os olhos arregalados em alarme.

– O que foi? O que você está fazendo?

– Você deve se levantar imediatamente. Devemos partir. Não é seguro aqui.

– Não entendo. – Piscando, ele afastou a mortalha do sono, finalmente registrando o horror no rosto da irmã. – Papai? Mamãe? Onde eles estão? O que aconteceu? Onde está Crisótemis?

– Não temos tempo para isso agora. Por favor, Orestes, tudo o que importa é você. Podemos fugir, mas temos que ir imediatamente.

Tropeçando nos próprios pés, ele olhou ao redor do aposento. Parecia o de sempre: espaçoso, mas quente e reconfortante. Naquelas quatro paredes, nada havia mudado, mas então ele ouviu os gritos distantes, ecoando pelo corredor.

– Electra, o que aconteceu?

– Vou lhe dizer assim que estivermos seguros.

Com isso, ela o agarrou pelos ombros e o forçou a sair. Os servos corriam de um lado para o outro, muito pálidos e chorando, enquanto alguns se reuniam em grupos, confortando uns aos outros com palavras sussurradas. Nas sombras, ele viu uma figura familiar, agachada junto à parede, acenando para eles.

– Laodâmia? O que está acontecendo? – perguntou ele. – O que está acontecendo?

Sem nem sequer responder à pergunta, a criada falou com Electra.

– Não sei se isso é a coisa certa a fazer – disse a mulher, entregando-lhe uma trouxa de roupas. – Talvez devêssemos esperar.

– É a coisa certa a fazer – assegurou a moça. – A única coisa que podemos fazer. Está tudo arranjado?

Pálida e insegura, Laodâmia assentiu depressa.

– Orrin está esperando na Porta dos Leões. Ele vai levá-los a partir de lá. Não parem. Não falem com ninguém. Apenas cheguem ao portão o mais rápido que puderem.

– Obrigada. Obrigada.

Electra fez menção de partir, mas Laodâmia a segurou pela mão.

– Isso não será por muito tempo, será? Ela ama todos vocês, sabem disso. Quanto tempo vão ficar longe?

– O quanto for necessário – respondeu a garota.

Juntos, com mantos puxados sobre a cabeça, eles correram para fora do palácio e atravessaram a cidadela. Fosse qual fosse a tragédia que acontecera, parecia estar confinada ao palácio. As ruas estavam vazias, as janelas, fechadas, e as lâmpadas, acesas em uma imobilidade sinistra. Tremendo de frio, Orestes correu adiante, mais depressa que podia enquanto era arrastado por Electra, cuja mão agarrava dolorosamente seu pulso. Onde estava Crisótemis, ele quis perguntar de novo. E onde estavam a mãe e o pai no meio disso tudo? Havia coisas que ele deveria fazer. Protocolos para mantê-lo seguro, se a cidadela estivesse sob ataque. Fugir assim com Electra nunca foi um deles. Quando chegaram à Porta dos Leões, Orrin estava lá em seu cavalo, exatamente como Laodâmia havia dito; ao lado dele esperava uma segunda montaria.

– Precisamos nos apressar – insistiu ele. – Estão à sua espera.

Sem dizer uma palavra, Electra empurrou Orestes para a sela, depois subiu atrás dele e colocou o animal em movimento com um chute dos calcanhares. Eles galoparam para longe da cidadela. Longe de casa.

Quando as luzes diminuíram, virando pontinhos ao Sul, Orestes tentou mais uma vez.

– O que aconteceu? – exigiu. – Para onde estamos indo?

– Vamos atravessar o mar.

– Para onde?

Ela não respondeu, mas agarrou-o com mais força e incitou o cavalo a se mover ainda mais rápido. Então, de alguma forma, sem que lhe contassem, ele soube.

– Nosso pai está morto? – As palavras saíram de seus lábios. Quando ela não respondeu outra vez, ele perguntou: – E a mamãe? Ela foi poupada? Eles a mataram também? Quem foi? Quem fez isso?

– Não há tempo para isso agora – retrucou ela. – Conversaremos mais tarde. Primeiro, devemos embarcar no navio.

Ela bateu com os calcanhares de novo e eles aceleraram rumo ao Norte na noite.

*

O golfo de Corinto que quase separava a parte sul da Grécia do resto do país estava calmo, mas Orestes não estava acostumado a navegar, mesmo que por um curto período. Nos dias anteriores à guerra, quando ainda era um bebê nos braços da mãe, ele viajou pelo Egeu. Ele havia visitado as casas de reis e primos em toda a região, mas não se lembrava disso. Nos meses de verão mais recentes, quando a família – que na época incluía Egisto – ia até a praia para nadar nas frescas águas rasas, viam as crianças locais saindo sobre as ondas, em jangadas que elas mesmas haviam construído, tentando pescar com pão velho e redes grosseiramente montadas. Ele ouvia seus gritos de alegria nas raras ocasiões em que Poseidon lhes concedia uma captura, e doía de decepção por elas quando seu troféu escorregava por entre seus dedos e caía de volta no mar, antes mesmo que tivessem a chance de avaliar o tamanho. Ele adoraria participar da diversão delas, mas não era uma criança local e, se algo lhe acontecesse, as repercussões teriam sido mais do que apenas o coração partido de uma mãe. Então, como agora, ele tinha que ser protegido a todo custo.

Assim que embarcaram, ele foi levado para baixo do convés e trancado em uma cabine minúscula, com apenas uma cama pequena e dura para seu conforto. O ar estava úmido e cheirava a sal marinho e peixe seco, e ele se esforçou para saber se o suor era devido ao calor ou ao seu medo. Tantas vezes, ansiara pelo dia em que poderia estar em um navio e lançar seu olhar sobre uma grande extensão de água, como tantos príncipes haviam feito antes dele. Tantas vezes, imaginara zarpar e ver Micenas desaparecer no horizonte. Mas nunca havia sonhado que seria assim.

O som das ondas contra o casco de madeira o deixava nervoso: a irregularidade do martelar; os constantes crescendos e diminuendos. Era impossível não se sentir ansioso e relaxar. Ele estava seguro ali, repetia para si mesmo. Navios zarpavam todos os dias. Centenas, provavelmente.

Mas quantas vezes partiram como aquele, em uma noite coberta de nuvens sem luz para guiá-los?, ele se perguntou.

Ele se posicionou na beirada da cama, com os pés apoiados no chão, e tentou acompanhar o movimento do balanço, mas logo percebeu que não adiantava e se deitou de novo. Quantas horas de sono teve antes que Electra o acordasse? Não muitas. E nenhuma desde que zarparam. Quanto tempo havia se passado?

Enquanto debatia consigo mesmo se deveria tentar se sentar mais uma vez, a porta de sua cabine se abriu e a irmã entrou.

– O monte Parnaso está à vista – declarou ela. – Atracaremos em breve e seguiremos para a Fócida.

– Fócida? – Ele franziu a testa.

– O Rei Estrófio reina lá. Ele nos protegerá. Ele é irmão do nosso pai. Estaremos seguros lá, até que estejamos prontos para agir.

– O que você quer dizer?

Sua pergunta foi recebida mais uma vez com silêncio. Um nó estava se formando em sua barriga. Ele tinha outra pergunta, que não conseguiu fazer. Uma que ele temia já saber a resposta.

– Foi a mamãe, não foi?

Electra fechou a porta.

– Sinto muito, Orestes. Sei que você ainda tem sentimentos por ela.

– Sentimentos? – Ele franziu a testa. – Ela é nossa mãe. Ela nos criou. Ela nos ama.

– E, no entanto, ela matou o próprio marido para dar o trono ao amante.

– Não! – Ele se moveu para ficar de pé, mas o navio deu uma guinada e ele quase caiu. Segurando uma viga, levou um momento para se equilibrar. – Você viu como nosso pai abusou dela. Ela fez o que fez para se proteger. Para nos proteger.

Ela fungou com desdém.

– Não, ela fez o que fez porque é fraca e facilmente manipulável. Porque se deixou dominar pelo desejo por um homem que não era seu marido. Ela o colocou acima da própria família. Egisto veio a Micenas com uma intenção: tomar a coroa de nosso pai, da mesma forma que tirou a de nosso avô. Acredite em mim, ele pretende destruir nossa família. Ele nunca se importou com ela. Com qualquer um de nós.

– Não é verdade. – Orestes sentiu o calor crescer atrás de seus olhos. Ele adorava a irmã. Ela era sua irmã mais próxima e maior confidente, mas nunca entendera por que ela tinha sido tão contra Egisto, quando tudo o que ele fazia era lhes demonstrar bondade. Ele se recusava a pensar mal do homem que o tratou como um filho pelos últimos quatro anos.

– Você precisa me levar de volta – disse ele, lutando para manter-se de pé. – Há coisas que você não entende.

– Coisas que não entendo? – A mandíbula dela enrijeceu e suas sobrancelhas se arquearam. – Ah, por favor, irmãozinho, por favor, diga: o que você pode saber, que eu não sei? Aos doze anos de idade, que percepção você tem da mente de nossa mãe traiçoeira e assassina que de alguma forma me escapou aos dezoito anos?

Orestes sentiu-se encolher com a explosão dela. Ele havia jurado segredo, por nenhum outro motivo além de proteger as irmãs. Mas como ela poderia entender as ações da mãe, quando ela não sabia a verdade?

– Por favor, vamos voltar. Estou seguro com ela. Nós *dois* estamos seguros com ela.

– *Não vamos* voltar! – O olhar dela se estreitou. – O que você não está me contando, Orestes? Você sabia do plano?

– Claro que não! Eu nunca teria sonhado com tal ato.

– Então, o que é? Há algo que você não está me contando.

Parecia não haver maneira de se esquivar. Com a tenacidade de Electra, ele sabia que ela obteria a resposta dele, de uma forma ou de outra. Engolindo em seco, ele voltou a agarrar a viga para se firmar.

– Só soube disso no ano passado, no Festival de Targélia. Você sabe como nossa mãe sempre achou difícil rezar para a Deusa Ártemis depois que ela levou Ifigênia.

Ela revirou os olhos.

– É a mesma desculpa que ela usa o tempo todo para sua má atitude. Mulheres já perderam muito mais do que um único filho, mas não escolheram se aproveitar do luto da maneira que ela fez nos últimos dez anos.

– Mas é exatamente isso. É isso que você não entende. Ela perdeu mais do que isso.

– Do que você está falando?

Não havia como voltar atrás agora. Egisto entenderia. Orestes estava apenas quebrando sua palavra para que ele pudesse voltar para o lado da mãe.

– Na última Targélia, mamãe mandou o encantador de serpentes nos ver, lembra? Ela disse que foi para todos nós, mas eu sabia que, na verdade, foi para mim. Você sabe como eu amo cobras.

– Por favor, vá direto ao ponto.

– Bem, ela mal conseguiu sair do quarto naquele dia. Ela sabia que a profecia de Calcas estava perto de se concretizar, que a guerra logo terminaria e nosso pai voltaria. Fiquei com raiva dela por não ter passado mais tempo comigo, mas Egisto ficou ao meu lado. Ele comeu, e bebeu, e segurou as cobras comigo. E quando chamei nossa mãe de nomes desagradáveis por estar ausente, foi quando ele me contou sobre o que havia acontecido com o primeiro marido e o primeiro filho dela, nosso meio-irmão. Eles foram mortos, Electra. Nosso pai os assassinou, para que pudesse tomá-la para si.

Ele esperou, imaginando que ela fosse ficar chocada, talvez até derramar uma lágrima por seu irmão perdido. Em vez disso, ela apenas deu de ombros.

– E daí? – perguntou ela.

– E daí? – Ele procurou no rosto dela por qualquer traço de compaixão ou compreensão, mas não encontrou nenhum. Ela apenas ficou ali, com a mão no cabo da adaga que sempre mantinha embainhada no quadril. – Sem dúvidas você consegue entender que ela tinha pavor dele. Depois ele tirou Ifigênia dela também. Agora você entende que ela só fez o que fez, porque achou que não tinha outra escolha? Ela estava com medo de que não demoraria muito até que ele levasse outro de nós.

Sem um momento de hesitação, ela descartou isso com um bufo.

– Essas foram as palavras de Egisto, um homem que já havia usurpado o trono uma vez.

– Elas eram a verdade, Electra. Ele jurou pelos deuses que era verdade.

À menção dos deuses, a irmã fez uma pausa. Outra onda ergueu o navio e o derrubou de repente mais uma vez. Enquanto Orestes lutava para se manter de pé, Electra parecia nem perceber o movimento.

– E ela estava com medo da garota, Cassandra, também? – por fim, perguntou.

Um novo nó se formou nas entranhas dele.

– O que quer dizer?

– O que acha que quero dizer? Acha que ela tinha pavor de uma garota pouco mais velha do que eu?

– O quê? Por quê?

– Não foi só nosso pai que ela matou, Orestes. Nosso pai não foi o único que foi encontrado assassinado. Ela matou a prostituta dele também. Diga-me, irmão, você acha mesmo que nossa mãe, com seu sangue espartano, que treinou você e eu e era capaz de se defender contra qualquer guarda em Micenas, estava com tanto medo de uma jovem cativa, que sentiu que não tinha outra escolha senão partir a cabeça dela?

– Eu... eu... – O calor sufocante havia retornado e Orestes se viu sentado na cama mais uma vez, o balanço do navio aumentou a instabilidade de sua mente.

– Nossa mãe matou nosso pai por uma única razão, Orestes. Ela queria ficar livre dele para que pudesse dar a coroa para o amante. Esse era o plano deles o tempo todo.

– Não, você não o conhece como eu.

– Marque minhas palavras, ele já estará sentado no trono quando chegarmos ao monte Parnaso, se ele já não estiver.

– Ele não faria isso.

– Sem dúvida já há um filho bastardo nadando na barriga dela, pronto para ocupar *o seu* lugar de direito.

As palavras dela reverberaram pelo seu crânio. Ele estava ficando mais confuso a cada segundo.

– Não. Não, Electra – gaguejou ele. – Precisamos voltar. Você precisa me deixar falar com ela.

Mas ela já estava à porta. Ao sair, ela se virou para uma despedida.

– A próxima vez que você pisar em Micenas, Orestes, será quando estiver pronto para matar os dois.

CAPÍTULO 28

Quando, mais tarde, Clitemnestra se lembrava daquele primeiro ano, com mais dois de seus filhos perdidos, considerou inacreditável que tivesse sobrevivido. Cada momento acordado de sua vida era tomado por uma dor tão crua que alguns dias mal saía da cama. Orrin os levara; era só o que sabia. Um homem que considerara leal a ela havia roubado a pessoa que ela considerava mais preciosa no mundo. No entanto, não podia culpá-lo de todo. A verdadeira lealdade dele era para com Micenas e, por extensão, para com o verdadeiro rei, Orestes. No caos da morte de Agamêmnon, não teria sido difícil para Electra convencê-lo a agir como agiu.

Como sua única filha restante, Crisótemis tentou consolá-la. Lutando contra a própria dor, visitou o quarto da mãe todos os dias, levando pães ou flores, até mesmo a tapeçaria em que estava trabalhando, na esperança de que algo pudesse lhe trazer a menor migalha de felicidade. Mas a mãe estava além de qualquer consolo e suas aparições serviam apenas para lembrá-la ainda mais do que havia perdido.

Dois meses após a morte de Agamêmnon, ela ordenou que um navio levasse a filha restante para o templo de Atena.

– Por que está fazendo isso, Clitemnestra? Ela nunca desejou a vida de uma sacerdotisa – perguntou Egisto, quando soube do plano.

– Ela não deveria ter que suportar o peso da minha dor, junto com a dela.

– Você sabe que isso não a deixará feliz. Pense bem, pelo menos até a próxima lua.

Quaisquer dúvidas que ela sentisse foram superadas por sua certeza de que esse seria o melhor caminho para Crisótemis. Era melhor para ela estar longe daquela família e da maldição que a atormentava.

– Eu já decidi. Um navio partirá para Atenas amanhã. Crisótemis estará nele.

– Clitemnestra…

– Esta conversa acabou. Eu sou a Rainha aqui, lembre-se disso. Ela partirá amanhã.

Ela ouviu os lamentos da filha do próprio quarto e mais tarde soube que os guardas precisaram arrastá-la para fora do palácio. Ela não era capaz de entender agora, disse a si mesma, enquanto as lágrimas brotavam de seus olhos, mas era para o bem dela. Para sua segurança. Um dia, ela entenderia.

E com Crisótemis, última de seus filhos, longe, não precisava mais fingir ou tentar esconder sua dor.

A administração do reino, algo de que outrora se orgulhara, agora recaía sobre os ombros de Egisto, um fardo que ela sabia que ele não desejava, mas que carregava por ela do mesmo jeito. Os dias se fundiram em semanas. As mulheres não vinham mais ao pátio para fofocar e ouvir música. Os homens passavam correndo por ela, desviando o olhar, como se ela talvez possuísse o poder da Medusa. A tapeçaria era sua única distração e ela passava horas ao tear, tecendo os fios lentamente – e mal – para dentro e para fora, sentindo a falta do jeito como Crisótemis costumava ajudá-la e guiá-la. Mas a repetição que não exigia reflexão entorpecia um pouco a dor.

Tão diferente de Agamêmnon, Egisto foi paciente com ela naquele momento de luto e, à medida que suas forças foram voltando aos poucos, ela permitiu que ele retornasse para sua vida e, por fim, para seu quarto. Mesmo assim, o que aconteceu depois foi uma surpresa completa.

A princípio, ela pensou que era o sofrimento que causava as ondas de náusea que a atingiam a qualquer hora do dia. E a sensibilidade de seu corpo, ela atribuiu com facilidade à idade avançada. Mas então, outros sinais reveladores se mostraram. Outros que ela não encontrava havia mais de uma década, como uma súbita aversão à carne e uma sensação de cãibra na pélvis.

Com Egisto ocupado com assuntos de estado, Clitemnestra aproveitou todos os momentos de silêncio que pôde com seu bebê ainda não nascido. Aos poucos, afrouxou suas vestes, sabendo que havia um limite para o tempo em que conseguiria disfarçar sua condição.

– Vou mantê-lo seguro – declarou ela, passando a mão sobre a pele esticada de sua barriga. – Vou proteger você de tudo. Não há ninguém que possa machucá-lo agora.

Alguns dias, ela se dirigia para a cidadela ao nascer do Sol e não voltava até que o Sol do meio-dia estivesse brilhando acima dela. Outras vezes, ela se sentava no pátio, murmurando baixinho, enquanto beliscava azeitonas e nozes temperadas. À noite, fingia estar com dor de cabeça ou reclamava do calor para desencorajar Egisto de se aproximar demais. Como tal, foi só depois que ela já tinha sentido os primeiros movimentos que ele finalmente percebeu a verdade.

– Você tem me evitado – comentou ele –, se afastando de mim à noite.

– Tive dificuldade para dormir nas últimas semanas.

– Não é verdade, Clitemnestra. Você acha que sou cego ou apenas um tolo? Temos que conversar sobre isso. Você não pode mais esconder.

– O que há para falar? Esconder o quê?

Ele ofereceu a ela um olhar fulminante.

– Você está carregando meu filho, Clitemnestra. Não percebe o que isso significa? Se Electra descobrir que você está grávida, ela vai pensar que esse era o nosso plano o tempo todo. Que esse era *o meu* plano. Ela vai pensar que vim para roubar o trono e vai querer minha cabeça por isso.

– Este bebê é um presente – respondeu ela, com a voz gentil, enquanto esfregava a protuberância crescente. – Ele é um presente dos deuses, em retribuição por todas as minhas perdas, por tudo pelo que passei. Não entende? É por isso que o deram para mim. Não vou falhar com este. Não vou decepcioná-lo.

Egisto empalideceu.

– Por que você diz "ele"? Você visitou o vidente?

Ela negou com um gesto de cabeça, o movimento da mão continuou, agora em círculos.

– É a forma como ele está posicionado. A maneira como ele se senta para fora, vê? As meninas nunca foram assim, mas meus dois meninos foram. Meu querido Alesandro. Meu abençoado Orestes e agora meu belo Aletes.

Egisto deu um passo à frente, abaixando-se no chão e colocando as mãos nos joelhos dela.

– Minha querida, espero que esteja errada sobre isso. Ter um menino... Electra não teria misericórdia dele.

– Electra não vai chegar perto dele.

– Ela vai pensar que ele vai tirar o trono de Orestes.

– E qual o problema se ele fizer isso? Você vê Orestes aqui ao meu lado, aprendendo a governar o reino? Você o vê me agradecendo por tudo o que fiz para protegê-lo? Quantos mensageiros mais tenho que enviar até ele? Quantas vezes mais terei que pedir para ele voltar para casa e me ouvir, ouvir o meu lado do que aconteceu? Eu me ofereci para viajar para encontrá-lo, do Olimpo ao Hades, se necessário, mas ele não quer saber. Ele abandonou a mãe, a família. E agora... agora você quer que eu faça o quê? Que eu dê nosso filho? Deseja que eu jogue fora o que provavelmente será a última esperança de algo bom em minha vida para me recompensar por todo o mal? Este menino é um príncipe, Egisto.

– Sim, mas um bastardo. Eu não sou um rei aqui.

– Não, mas eu *sou* a Rainha e terei este filho e vou mantê-lo e criá-lo, com ou sem você ao meu lado.

Havia um fogo ardendo nela, um que esteve ausente por muito tempo. E agora que havia retornado, ela estava ainda mais certa de que faria o que fosse necessário para proteger o bebê.

Ainda de joelhos, Egisto apoiou a cabeça na sua barriga. Quando enfim a levantou de novo, ele a olhou direto nos olhos.

– Eu já disse antes e vou repetir, a única coisa que me importa é mantê-la segura. Se você não pode viver sem esta criança, ficarei ao seu lado e a criarei com todo o amor do meu coração. Mas estou preocupado com isso, Clitemnestra. Estou preocupado com o que virá disso.

– O que virá disso é alegria – declarou ela e, naquele momento, de fato acreditava nisso.

*

Assim como Electra previra, o tio deles, o rei Estrófio, fora muito receptivo a ela e a Orestes. Logo após sua chegada ao palácio, eles foram levados para seus novos aposentos, que eram mobiliados com quase tanto luxo quanto os que haviam desfrutado em Micenas. Estrófio instruiu o filho, o príncipe Pílades, a fazer companhia a Orestes, enquanto Electra discutia com ele e com o Conselho Real os meandros da traição.

Embora o garoto fosse apenas dois anos mais velho que Orestes, ele era muito mais sábio em assuntos do coração e um espadachim muito mais talentoso, mas, ainda assim, tomou-o sob sua proteção, como um irmão. Tolerava as peculiaridades e fraquezas do menino muito mais do que Electra, demonstrando interesse quando Orestes parava em um dos passeios que faziam para apontar um pássaro colorido, ou desmontar de seu corcel para inspecionar um lagarto que tinha visto na vegetação rasteira. Embora preferisse falar de poetas e dramaturgos, ouvia a conversa de Orestes e nunca se intrometia em sua chegada à Fócida. Não que Orestes fosse ingênuo a ponto de achar que ele não sabia o que havia acontecido. Todo mundo sabia.

Embora Pílades não pressionasse Orestes para reviver os detalhes dolorosos de sua fuga de Micenas, Electra se recusava a deixá-lo em paz.

– É a lei dos deuses – repetia ela – que os pais devem ser vingados.

– Então, vingue-o você – respondia ele –, pois estou cansado de ouvir isso.

– Não é meu papel a desempenhar. Deve ser feito por você. Você é o herdeiro legítimo.

Quando não aguentava mais, ele ia para outra parte do palácio, na esperança de que ela não o seguisse. Ou, então, juntava-se a Pílades, que ela não ousava aborrecer, por medo de que o pai dele soubesse, o que, por sua vez, poderia afetar sua bondade para com eles.

Um dia, cerca de um ano após a chegada deles, ela o encontrou nos terrenos do palácio e recomeçou. Ele estava desenhando, contente, um sapo que estava empoleirado em uma folha de lírio e que não se movera por mais de uma hora, exceto para mostrar a língua ou piscar.

– Você já soube? – questionou ela, assustando a pequena criatura.

– Soube o quê? – questionou ele, embora soubesse muito bem o que estava por vir. Pílades conversara com ele na noite anterior, depois do jantar, preocupado com a reação do amigo se a notícia chegasse a ele por meio de fofocas. Mas não precisava ter se preocupado. Orestes não tinha problemas em relação ao novo irmão.

– Ela está grávida, Orestes – rosnou Electra. – Ela e o amante assassino geraram um usurpador para o seu trono.

– É mesmo? – perguntou ele, voltando-se para a vegetação rasteira para ver se encontrava algum sinal do pequeno anfíbio.

– É mesmo? Isso é tudo que você tem a dizer? Não entende o que isso significa? Você sabe que ela baniu Crisótemis.

– Baniu? Ouvi dizer que ela estava doente e que mamãe a levou ao templo de Atena para buscar ajuda.

– Sua audição é muito seletiva – zombou ela.

– E a sua não é? Você acreditaria em um boato que diz que nossa mãe se transformou em uma serpente de três cabeças, se pensasse que isso me faria voltar a Micenas e enfiar uma adaga no coração dela.

O rosto da garota se contorceu.

– Quantas vezes preciso dizer? Você não pode fugir disso. O reino de Micenas está escapando de suas mãos. A criança reivindicará o trono!

Abandonando todas as esperanças de reencontrar o animal, ele se levantou e a encarou.

– A criança ainda nem nasceu, Electra. Pode ser que nunca nasça. Pode nascer menina. Pode nascer doente. Mesmo com a chance de que nossa mãe tenha outro filho saudável, o que quer que eu faça? Que o mate? Quer que eu mate um recém-nascido? Não sou o monstro que nosso pai foi e nunca serei.

– Defender um trono que é seu por direito não faz de você um monstro.

– Cinco anos… dez anos. Vejamos qual é a situação então. Pelo menos, deixe-me descobrir se essa criança é uma ameaça, antes de exigir que eu esmague o crânio dela.

O cenho franzido era algo tão permanente no rosto de sua irmã que ele se perguntou se ela conseguiria fazer qualquer outro tipo de expressão agora. Ele com certeza não conseguia se lembrar da última vez que a vira sorrir.

*

Quando receberam a notícia de que a criança havia nascido, e era um menino, Orestes descobriu que ela havia pedido um navio ao rei Estrófio para retornarem a Micenas. Mas ele se recusou a partir e até mesmo Electra sabia que não poderia fazer nada sem ele.

Ela ameaçou ir e realizar o ato ela mesma. Mas ele sabia que era apenas bravata. Aos olhos dela, a vingança era dele, quer ele quisesse ou não.

– O problema de Electra é que ela se recusa a acreditar que existam áreas cinzentas na vida – disse ele a Pílades. – *Todos os filhos devem vingar seus pais*. Isso é o que ela está sempre repetindo. Bem, e quanto a mães vingarem os filhos? Foi o que minha mãe fez, mas ela se recusa a aceitar isso, ou que talvez possa estar errada.

Ele traçou uma linha na areia com a espada. Nos últimos anos, tornou-se irreconhecível da criança magricela que chegara à Fócida. A combinação da puberdade e o tempo passado treinando com o amigo formaram músculos que ondulavam ao longo de seus braços e costas. Não que ele fosse comparável em estatura a Pílades, ou mesmo à maioria dos outros jovens do palácio. Mas ele não se importava. Todos sabiam que o que lhe faltava em físico, ele compensava em raciocínio rápido e compaixão.

– Eu só queria que ela desse um passo para trás. Relaxasse um pouco. Ela está obcecada com um dia que talvez nunca chegue.

Percebendo que a sessão de treinamento havia terminado, Pílades também abaixou a espada. Não era mais exigência do pai que ele passasse seu tempo livre com Orestes e, no entanto, depois de tanto tempo juntos, ele não conseguia imaginar outra pessoa com quem preferisse estar. A cada lua que passava, o par se tornava cada vez mais inseparável.

– Existe uma maneira – comentou Pílades – de você saber que está certo em sua decisão de não querer vingança.

– Eu *estou* certo.

– Nós sabemos disso, mas Electra não. Existe uma maneira de tirá-la do seu pé, para sempre. Uma maneira de fazê-la nunca mais questioná-lo.

Com a espada agora frouxa na mão, Orestes estudou o rosto do amigo. Ele já tinha, ali na Fócida, o que sempre sonhara: uma vida simples, sem o temor constante do futuro para ofuscá-lo.

– Como posso fazer isso? – perguntou.

– Vamos até Delfos. Perguntamos à Pítia.

– O oráculo?

– Ela é mais do que apenas um oráculo. Ela é a suma sacerdotisa do deus Apolo. A palavra dela equivale à dele. Se ela disser que nenhuma vingança é necessária em nome de seu pai, então não há como Electra discordar. Não sem provocar a ira do próprio Apolo, o que suponho que ela não gostaria de fazer.

Era uma resposta tão óbvia para seu problema que Orestes não sabia como não havia pensado nisso. Quase parecia bom demais para ser verdade.

– Posso fazer isso? Posso simplesmente pedir a ela a opinião de Apolo sobre o assunto?

– Claro que pode. Você é o futuro rei de Micenas. Você estará procurando o conselho dela sobre uma questão de vida ou morte. Os homens a procuram por coisas muito mais triviais do que isso, posso garantir.

A ideia estava se tornando mais atraente a cada segundo.

– E tem certeza de que eles mostrariam compaixão para com minha mãe?

Pílades vacilou agora.

– Estamos falando dos deuses, Orestes. Ninguém pode ter certeza de nada. Mas, se acredita em seu coração que ela não merece punição, então, eu também acredito. Além disso, que outra escolha você tem? Se não for falar com a Pítia, Electra nunca vai parar de atormentá-lo. Não há como ela contestar as palavras da suma sacerdotisa.

Uma onda de frio fez seu estômago revirar. Ele poderia voltar para casa, para Micenas, conhecer o irmão, ver a mãe e Egisto. No entanto, a ideia tinha uma grande desvantagem. Mas talvez se ele pedisse, Pílades o acompanharia. Balançando a cabeça, voltou a se concentrar.

– Quando poderemos partir? – perguntou.

– Amanhã seria cedo demais?

CAPÍTULO 29

Era a primeira vez que Orestes fazia uma viagem longa sem a irmã. Naturalmente, ela havia exigido fazer a viagem com eles, mas Pílades havia conversado com ele nos últimos tempos sobre a necessidade de enfrentar Electra e fazer com que os próprios desejos fossem respeitados. E foi o que ele fez.

– A viagem é um dia de ida e um dia de volta – informou a ela. – Pílades e eu partiremos ao nascer do Sol e devemos estar de volta pelo anoitecer do dia seguinte.

– E se vocês forem atacados?

– Por quem? Estarei viajando com o príncipe da Fócida. Não poderia estar mais seguro se o próprio Rei me acompanhasse.

– Mas deve levar guardas com você. Pessoas para protegê-lo. Não, *eu* vou. –Presumindo que a conversa estava acabada, ela se virou, mas ele a segurou pelo braço.

– Pílades fez essa jornada sozinho pela primeira vez quando tinha onze anos, Electra. E ele a tem feito de novo todos os anos desde então. Tenho quinze anos e é você quem está me dizendo para crescer, querendo que eu me prepare para o trono. Suponha que a Pítia de fato exija que eu corte a cabeça de nossa mãe e retome Micenas, você estará ao meu lado todos os dias em que eu for Rei? Vai fazer todas as viagens comigo? Porque, se for esse o caso, posso muito bem lhe dar a coroa agora.

A expressão exasperada dela foi tão parecida com a da mãe que ele quase comentou sobre. Felizmente, conteve-se a tempo.

– Está certo, faça isso, mas se os deuses lhe disserem para vingar a morte de nosso pai, então deve me jurar que o fará. Entende? Sem mais desculpas.

– Posso ser jovem, Electra, mas não sou tolo. Não tenho intenção de incorrer na ira dos deuses.

– Ótimo – respondeu ela. – Então ficarei esperando seu retorno.

Parecia que ele estava finalmente se tornando dono de si, quase um homem.

Embora a decisão inicial tivesse sido ir a cavalo e fazer a viagem o mais rápido possível, os dois jovens mudaram de ideia poucos minutos antes da partida. Com tão pouco para carregar e a predileção de Orestes por parar para observar todas as criaturas que encontrava, decidiram ir a pé.

A primavera fizera o reino ganhar vida com as cores. As mariposas-beija-flor, com suas asas delicadas e feições alongadas, pairavam sobre os arbustos de lavanda, enquanto os lagartos se aqueciam ao Sol, esperando que seus raios os energizassem. E ele se demorou, observando e estudando, enquanto Pílades ficava ao seu lado, na maior parte do tempo o observando.

– Acha que vai voltar direto para Micenas? – o garoto mais velho perguntou, quando eles pararam depois de uma hora para se deliciarem com pêssegos frescos. – Se a Pítia disser que sua mãe não tem culpa, você vai para casa imediatamente?

Orestes fez um gesto de negação com a cabeça.

– Acho que posso viajar um pouco primeiro. Sei que Electra odeia admitir isso, mas pelo que ouvi, Egisto está governando bem o reino em nossa ausência. E tenho certeza de que ele ficaria feliz em continuar fazendo isso, até que eu esteja pronto para voltar.

– Para onde você vai?

Ele rolou na grama, apoiando-se nos cotovelos enquanto falava.

– Você sabia que existem cobras tão grandes que podem engolir um homem inteiro? E aranhas cujas pernas são tão grandes que não cabem na sua mão?

– Não parecem coisas que eu procuraria. – Pílades riu.

– Desejo trazer essas criaturas de volta para Micenas. Quero que tenhamos todas elas.

– Talvez você seja mais adequado para ser Rei dos Animais, em vez de Rei dos Reis.

– Sim, acho que preferiria isso – concordou Orestes.

Quando terminaram de comer, continuaram sua caminhada rumo ao Leste, por caminhos íngremes, embora bem percorridos. Pouco depois do meio-dia, o calor fez com que parassem de novo para tomarem banho num riacho. Orestes já vira Pílades nu uma centena de vezes ou mais, mas não conseguia desviar os olhos dele. Um dia, criaria coragem para pegar em sua mão, enquanto caminhavam, ou tocar-lhe os lábios com os próprios, quando ele estivesse falando, ou simplesmente afastaria os cabelos molhados dos olhos dele, enquanto se banhavam. Mas aquele não era o dia. Naquele dia, tinham uma tarefa mais importante a realizar.

Situada em um vale ondulante, foi apenas quando chegaram ao topo da última colina que a cidade apareceu.

– É aqui? – sussurrou, seus olhos se perderam na paisagem diante de si. – É magnífica!

Enquanto Pílades apontava os distantes templos e estádios que ficavam dentro dos limites de Delfos, parecia mais um mundo próprio do que apenas uma cidade. Os edifícios equilibravam-se nas bordas das encostas e continuavam descendo até a bacia do vale, onde o verde vívido da grama verdejante se misturava ao amarelo pálido da rocha. Ele podia ver tantos tesouros da natureza lá embaixo. Árvores, não apenas as frutíferas, mas também salgueiros e bétulas, carvalhos e choupos, floresciam por toda parte. Tantos espécimes, ele poderia ter passado meses apenas catalogando-os e esboçando-os. Sem dizer uma palavra a Pílades, percebeu que seus pés se moviam cada vez mais rápido.

– O que é aquilo? – perguntou ele, parando para apontar para uma estrutura empoleirada em uma das colinas, da qual três grandes pilares se erguiam em direção ao céu sem nuvens.

– Aquele é o santuário de Atena Pronaia – respondeu Pílades, sorrindo diante do deleite de seu companheiro.

– E aquilo lá, o que é? Um teatro?

– Não, o teatro é mais adiante. Aquele é o estádio.

Orestes continuou a correr em direção à cidade, pela primeira vez tão distraído que nem percebeu os milhafres de asas negras que voavam acima deles. Logo, mas não rápido o suficiente para ele, estavam de pé no meio de tudo.

– Por que você não me trouxe aqui antes? – perguntou ele, já com água na boca pelo aroma das carnes que chiavam e respingavam nas fogueiras.

– Vejo que foi um erro. – Pílades riu. – Vamos voltar todo ano, se desejar, prometo.

– Gostaria disso. – Orestes suspirou.

Pessoas, de todas as compleições e trajes, negociavam e gracejavam enquanto circulavam, com os braços cheios com todos os tipos de itens, desde frutas e ovos até incenso e prata. Algumas usavam lenços na cabeça, outras usavam os cabelos soltos até a cintura. Algumas tinham marcas de tinta na pele, traçadas em faixas grossas ou padrões delicados. A pele nua de outras não tinha adornos. E, entre elas, vagavam animais. Não apenas burros e camelos, mas também um grande bando de cisnes, que esticavam o pescoço, exigindo pão de quem o estivesse carregando. Seus sibilos eram abafados pelos trinados intermináveis dos músicos que, apesar do número e da distância, pareciam não ter dificuldade em acompanhar o compasso uns dos outros.

Hipnotizado, Orestes absorvia tudo. É claro que as pessoas viriam ao templo de Apolo e se sentiriam inspiradas, pensou. Ele era o deus da música e da dança, não apenas da profecia. Como alguém poderia deixar de sentir felicidade em um lugar tão bonito e cativante como aquele?

– Todas essas pessoas estão aqui para ver a Pítia? – perguntou, virando-se para Pílades, que estava observando suas reações com prazer cada vez maior. – Estão todas buscando o conselho dela?

– De jeito nenhum. Muitas estão aqui apenas para prestar homenagem ao deus. Algumas esperam encontrar trabalho. Outras vieram vender seus produtos. Podemos olhar tudo isso mais tarde. Mandei avisar à suma sacerdotisa que estávamos chegando. Deveríamos ir direto para vê-la. Não seria bom deixá-la esperando. O templo é para lá.

Uma fileira de enormes pilares de pedra marcava a entrada do templo de Apolo; um muito maior que qualquer outro que Orestes tinha visto em Micenas. Um dia, viajaria para todos os grandes templos, disse a si mesmo, enquanto eles abriam caminho entre a multidão que fazia fila ao pé da escadaria. Atenas, Afaia, visitaria todos eles e se inspiraria, assim como ali.

– Venha, siga-me – chamou Pílades –, vou lhe mostrar para onde precisamos ir.

Eles subiram ao templo. Um aroma delicado de frutas cítricas e canela enchia o ar fresco, o que proporcionava um alívio bem-vindo do calor do dia. Embora a luz fosse fraca, Orestes teve pouca dificuldade em ver as centenas de oferendas que já haviam sido colocadas no altar do deus, incluindo uma lira delicadamente marchetada que logo o fez pensar na irmã Crisótemis.

– Príncipe Pílades, já faz algum tempo. – Uma sacerdotisa se aproximou deles, vestida com uma túnica laranja.

– Perdoe-me, sacerdotisa, é verdade. Por favor, aceite minha oferenda. – De sua pequena bolsa, ele tirou uma fina pulseira de ouro, que a sacerdotisa pegou com um aceno de cabeça. – Tenho certeza de que sabe que não estou aqui por mim mesmo – continuou ele. – Este é meu primo, Orestes, príncipe de Micenas. Ele busca o conselho da Pítia. Ele precisa da orientação do próprio Apolo.

– Claro. Por favor, siga-me. – Ela apontou para os fundos do templo e eles se dirigiram para dentro, para onde grandes faixas de tecido pendiam do teto, criando sombras ondulantes no chão, como cobras em constante movimento, porém não iam a lugar algum.

Desde sua chegada à Fócida, os sentimentos de Orestes em relação a Pílades haviam crescido cada vez mais. No entanto, sabia que sempre estaria ligado a Micenas. Mas a exigência de Electra pelo assassinato da própria mãe seria silenciada agora, ele tinha certeza. Foi quando o amigo pigarreou que ele percebeu que a sacerdotisa havia voltado a falar e o conduzia adiante.

– Você não vem comigo? – questionou.

– Você não precisa de mim para isso – respondeu Pílades. – Não se preocupe. Vai ficar bem. E, quando voltar, passaremos a noite inteira comemorando.

Um sorriso hesitante cintilou nos lábios de Orestes.

CAPÍTULO 30

Não havia nada de delicado no aroma da câmara da Pítia. Nuvens de fumaça subiam do incenso fumegante e dos óleos aquecidos, tão espessas que obstruíram os pulmões dele e faziam seus olhos arderem. O ar fresco também se fora, substituído por um calor abafado que queimava sua garganta a cada respiração. Não havia janelas e nenhum espaço para qualquer luz entrar. As poucas e pequenas lamparinas a óleo espalhadas adicionavam seu próprio odor e calor à mistura. Enquanto seus olhos demoravam para se ajustar à penumbra, ele viu a mulher, de olhos fechados, sentada em um banquinho ao lado de duas grandes tigelas com um líquido brilhante. Enquanto as sacerdotisas do lado de fora estavam vestidas com uma túnica laranja-queimado, a da Pítia era de um vermelho-flamejante, a parte superior estava sobre a cabeça para formar um capuz de seda, enquanto a parte inferior se acumulava como um líquido no chão.

– Suma sacerdotisa – saudou, dando um passo à frente, em direção a uma almofada colocada na frente dela. – Grande Pítia, venho buscar a orientação de Apolo.

Ele se ajoelhou, perguntando-se por um instante se iria desmaiar por causa da fumaça. Como era possível pensar com clareza em tal ambiente, não sabia. No entanto, ele não temia pela sua segurança. Pílades não o teria levado a nenhum lugar onde pudesse ser ferido.

– Doce Orestes. – A voz da Pítia era quase infantil e seu sotaque não era familiar para ele, nada parecido com os locais de Delfos e monte Parnaso. – Doce príncipe. Tão jovem de coração, mas sobrecarregado com o fardo de um homem.

– Preciso da palavra de Deus – começou ele. – Preciso de...

– Sei porque está aqui, meu filho. Mas devo ser honesta, não é minha grande sabedoria que me diz isso. Imagino que metade de toda a Grécia saiba o motivo de você vir e se ajoelhar neste altar. Incluindo sua mãe – acrescentou ela.

Suas bochechas coraram, mas ele permaneceu em silêncio. Sentia-se muito mais calmo do que esperava, sem dúvida devido ao efeito dos óleos que queimavam ao redor. Notando o ritmo constante de seu coração, ele esperou as próximas palavras da Pítia.

– Sua mãe assassinou seu pai. Os pais devem ser vingados – declarou ela, com os olhos ainda fechados.

Não foram as palavras de um deus que ele ouviu, apenas a mesma frase que Electra repetia quase todo dia.

– Eu sei – respondeu ele. – Mas nem todos os atos de assassinato exigem retribuição, certo? Minha mãe matou meu pai em vingança pelo assassinato de seu primeiro marido e filho. Sem mencionar minha irmã, a própria filha dele.

– Sua irmã foi morta para a Deusa. Sacrifício não é o mesmo que assassinato.

Embora Orestes tivesse dificuldade em aceitar que isso fosse verdade, ele não queria invocar a raiva da suma sacerdotisa e apenas repetiu seu argumento anterior.

– Ainda assim, o primeiro marido e filho dela. Eles mesmos eram um rei e um príncipe. Quem deveria tê-los vingado, além de minha mãe?

– Eu compreendo. O que sua mãe fez foi um ato que imagino que seria aplaudido por qualquer mulher que já perdeu um filho dessa forma, pelas mãos de outro. O que poderia ser mais digno de vingança do que o sangue derramado de um inocente? Meu coração está com todos que sofreram tal perda.

– Então a senhora entende – disse ele, sentindo-se aliviado. – Os deuses percebem que ela já suportou o suficiente, mais do que qualquer um deveria. Minha mãe não precisa de punição e não seria certo que eu tirasse a vida dela.

Os olhos da sacerdotisa se abriram. Mais frios que o gelo, eles o perfuraram. Ela era, como lhe haviam dito, o receptáculo de um deus. Um canal para meros mortais ouvirem suas palavras, e agora ela as transmitia direto a ele.

– Deuses, não deusas. Homens, não mulheres. Zeus, não Hera – declarou ela. – Este é o caminho, Orestes. Agamêmnon, não Clitemnestra.

Mesmo o calor da sala não conseguia deter o frio que o percorria.

– O que está dizendo?

– Estou dizendo, Orestes, que o deus Apolo falou. São os pais que devem ser vingados, sejam quais forem as circunstâncias. Agamêmnon foi morto pelas mãos de sua mãe. Agora, sua mãe deve morrer pelas suas.

*

Quando ele finalmente voltou para o pátio aberto do templo, mal conseguiu ficar de pé.

– Orestes! – Pílades correu para o seu lado, segurando um odre de água, que levou aos lábios de seu amigo. – O que ela disse? Apolo deu seu perdão?

Orestes só conseguia beber. Beber e chorar.

A sacerdotisa lhe havia dado mais instruções sobre a maneira como ele deveria acabar com a vida da mãe. Embora estivesse ouvindo, a única coisa em que conseguia pensar era no rosto da mãe. Em seus olhos, tão cheios de vida. Em seus lábios, curvados para cima em um sorriso, enquanto ela bagunçava o cabelo dele. Como ele seria capaz de fazer isso? Ele mal conseguia aceitar a ideia de matar um rato.

Depois que terminou com a água, Pílades meio que o conduziu, meio que o carregou para fora, onde descansaram sob um pequeno dossel de junco. Ele não precisava perguntar mais sobre o governo dos deuses.

– Quando? – Foi a única pergunta que ele finalmente fez. – Quando fará isso?

Orestes balançou a cabeça.

– Ainda não. Não estou pronto. Tenho que treinar primeiro. Deve ser... limpo.

Pílades assentiu devagar.

– Vou ajudá-lo. Eu me prepararei com você.

– Eu sabia que você o faria. Também virá comigo até Micenas? – perguntou Orestes. – A Pítia disse que eu deveria viajar até lá com outro homem. Você irá comigo?

– Claro que irei. Sempre irei com você, para onde precisar de mim. Para o que quiser que eu faça.

Em qualquer outro momento, seus olhos estariam na mão de Pílades, que segurava a sua, a outra enxugava as lágrimas as quais Orestes desejava ser forte o suficiente para conter. Mas ele não era forte. Ele era fraco. Ele era apenas um menino, mas logo seria um assassino também.

CAPÍTULO 31

Em Micenas, Aletes estava desabrochando. Ele tinha a natureza reflexiva e hesitante de Egisto. Era curioso, como Orestes e Ifigênia, mas tinha a paciência de Crisótemis. Na aparência, ele se parecia com Ifigênia, desde a suave ondulação de seus cabelos até seus membros longos e esbeltos, que pareciam feitos mais para dançar do que para lutar. Clitemnestra nunca se cansava de observá-lo ou ouvi-lo. Ela estava aproveitando ao máximo não sua segunda, mas terceira chance de felicidade.

– Como foram as negociações na pólis? – perguntou a Egisto quando ele voltou ao palácio uma noite depois de um longo dia presidindo discussões lá. Ela comparecia de vez em quando, mas o tempo com Aletes era precioso demais para ela desperdiçar em disputas mesquinhas. Ele tinha acabado de completar seis anos e já era uma fonte de conhecimento. Naquele dia em particular, discutiram sobre as estrelas. Ela contou a ele sobre as Híades, que lamentaram tanto a morte de seu irmão que Zeus os colocou juntos no céu noturno para vigiarem o mundo. Quando a noite caiu, eles saíram para ver por si mesmos.

– Houve novas notícias de Orestes – respondeu ele, pegando um pouco de pão de uma cesta. – Alguns dizem que ele está planejando zarpar antes da próxima lua. Que ele retornará a Micenas para fazer a vontade do Deus.

– É mesmo? E de onde veio essa informação? Alguém no Conselho dele em Fócida? Alguém que o conhece? Ou alguém que espera lucrar ao espalhar rumores de uma invasão a Micenas?

– Não importa de onde veio, Clitemnestra.

– Claro que importa. Até que eu o veja parado na minha frente com uma adaga na mão, posso garantir que estamos todos perfeitamente seguros. É Orestes. Ele preferiria ficar no exílio por toda a eternidade a me machucar. Ou a você, aliás.

– Só espero que você esteja certa, meu amor – respondeu ele, com uma expressão preocupada no rosto.

De vez em quando ele fazia isso. Começava a entrar em pânico, porque Orestes estava prestes a chegar às suas praias a qualquer momento, uma criança totalmente diferente da que havia partido. Mas ela conhecia seu filho, conhecia seu coração, e nunca tinha levado isso a sério.

– Há quanto tempo ouvimos sobre sua viagem à Pítia em Delfos? – questionou ela.

– Dois anos? Três? Os deuses não têm paciência infinita. Ele sabe disso também. – Egisto não ia deixar o assunto de lado.

Sentindo que a aflição dele não seria aliviada apenas pela conversa, ela atravessou a sala e passou os dedos pelos cabelos grisalhos dele. Ele era um homem velho agora; mais velho do que Agamêmnon quando encontrou seu fim, mas qualquer um que olhasse nos olhos dele poderia ver o fogo que ainda ardia intenso lá. O fogo e o amor.

– Egisto, por favor, como você disse, já se passaram anos. Não acha que se Apolo tivesse dito a Orestes para me matar, eu já estaria morta? Confie em mim, estamos seguros. Estamos todos perfeitamente seguros.

*

As nuvens eram pouco mais que pinceladas fracas no céu cerúleo enquanto a brisa as arrastava pelos campos e pelo mar. O nascer do Sol tinha sido espetacular – ocres queimados e mesclados com magentas vívidos e mil outras cores, tão únicas que Orestes se perguntou se elas até mesmo teriam nomes. Seria possível, pensou ele, saber o nome de todas as cores que os deuses haviam criado?

– No que está pensando? – perguntou Pílades, entrelaçando os dedos com os de Orestes.

Os jovens príncipes estavam deitados juntos em cima de um cobertor, com a cabeça de Orestes apoiada no peito de Pílades. A essa hora do dia, o cheiro dele era mais fresco que o orvalho da manhã. Fresco e novo. Orestes inspirou fundo e fechou os olhos.

– Gostaria de que me dissesse no que está pensando – disse Pílades mais uma vez. – Sinto que nunca sei o que se passa nessa sua cabeça.

– Há pouco a dizer – respondeu Orestes. – Sobretudo, minha mente está preenchida por você.

Rolando, ele deu um beijo nos lábios do rapaz.

Eles se apaixonaram com tanta delicadeza, com tanta facilidade, que era como se sempre tivesse sido assim. Agora, Orestes não imaginava uma vida sem ele.

– Bem, eu gostaria de pensar que estou sempre em primeiro plano na sua mente – comentou Pílades quando a dupla se separou –, mas suspeito que não seja o caso hoje. Sabe que nunca vou julgá-lo, quaisquer que sejam os pensamentos que você possa ter.

Seguiu-se um silêncio familiar. Um que surgia com mais frequência quando Orestes era forçado a discutir assuntos em que se tornara excepcionalmente hábil em evitar.

– Diga-me – falou ele, por fim, sentando-se e mudando de assunto antes que a tensão pudesse tomar conta. – O que faremos hoje? Pescar?

Parece que faz meses desde a última vez que fizemos isso. Poderíamos pegar nosso jantar e prepará-lo na praia.

– Se o que você gostaria de fazer é pescar, então vamos pescar – respondeu Pílades. – Embora o jantar talvez tenha que esperar. Prometi ao meu pai que estaria no palácio esta tarde. Ele está com alguns convidados os quais deseja que eu conheça.

– Tudo bem. Comeremos o peixe no almoço então, não no jantar. E então eu ficarei no palácio até que você termine seus deveres e tenha tempo para mim de novo – respondeu Orestes, com um beicinho propositalmente provocador.

– Sempre terei tempo para você. Mas vivemos sob o teto de meu pai. Devemos pelo menos prestar atenção às regras dele.

Orestes soltou um suspiro apenas em parte de brincadeira.

– Mas, por enquanto, estou à sua disposição.

Satisfeito de que seu tempo juntos não seria interrompido por algumas horas, Orestes baixou a cabeça para o peito de seu amante e fechou os olhos. Seria possível viver com tanta simplicidade assim para sempre?, ele se perguntou. Apenas pescando, dormindo e fazendo amor na grama. O que mais se poderia querer da vida do que isso? Ele ainda estava pensando na possibilidade de tal futuro quando um chamado estridente cortou seu devaneio.

– Orestes! Aí está você! Tenho procurado por você por toda parte.

– Rápido – sibilou para Pílades. – Vire-se. Esconda-me. Não deixe que ela me veja.

– Como? Estamos em campo aberto. Ela já viu você.

– Então mande-a embora. Você é o príncipe aqui.

Rindo, ele deslizou, afastando-se de Orestes, fazendo com que a cabeça de seu amante quicasse no chão.

– Essa batalha é sua. Não vou enfrentá-la por você.

Ao mesmo tempo gemendo e esfregando a nuca, Orestes se levantou e se preparou para enfrentar a irmã.

Pela carranca em seu rosto e pela maneira como seus braços sacudiam enquanto caminhava em direção a eles, Electra estava com seu mau humor de sempre. O rei Estrófio tinha sido excepcionalmente complacente, permitindo que ela treinasse com seu exército. Mas o treinamento consumia apenas algumas horas do dia, o que significava que ela tinha tempo mais do que suficiente para importuná-lo. E sempre havia apenas um assunto sobre o qual ela queria falar.

– Você tem me evitado.

Não havia saudações agradáveis no que dizia respeito a ela. Nada de gentilezas, ponto final.

– Irmã – cumprimentou ele. – Por que eu faria uma coisa dessas? Você é minha irmã favorita em toda a Fócida.

– Não é engraçado – respondeu ela, embora ele pudesse jurar que ouviu Pílades rir com o comentário. – Você prometeu que discutiríamos assuntos depois das Panateneias. Isso foi na lua cheia passada.

– Você tem razão. Talvez devêssemos esperar até a próxima. É a cada quatro anos, não é?

A carranca dela se aprofundou. Ele percebeu que qualquer tentativa de leviandade continuaria a ser recebida com um silêncio de pedra e soltou um longo suspiro. Quanto mais cedo ela falasse o que pensava, mais cedo iria embora, e mais cedo ele poderia ter Pílades para si novamente. Sentindo o abrandamento de sua determinação, Electra continuou seu discurso retórico.

– Já se passaram oito anos, Orestes. Oito anos desde que deixamos Micenas. Quero voltar para casa. Você teve seu tempo. Cumpri minha promessa. Permiti que você tivesse uma infância. Dei-lhe tempo para treinar, para se preparar. Quanto tempo mais pretende que isso continue?

Ela nem tentou introduzir o assunto com calma. Claramente, aquele não era um dia em que ela estaria aberta ao debate.

– Podemos conversar sobre isso no palácio? – perguntou ele, arrancando uma folha de grama. – Para falar a verdade, eu estava tendo uma manhã bastante agradável antes de você aparecer.

– Você vai me evitar como sempre faz no palácio.

– Não vou não. Pílades tem negócios com o pai dele esta tarde. Convidados que tem que conhecer. Estarei livre para falar com você então. Juro.

– Promete? Não vai mais evitar isso?

– Prometo – respondeu ele, com toda a sinceridade que conseguiu reunir. Ela não parecia convencida, o que devia ser compreensível, dado o número de vezes que ele fizera essa promessa, apenas para encontrar uma desculpa de última hora para se ocupar com outra coisa.

– Se você não aparecer, vou caçá-lo e arrastá-lo eu mesma para um navio para Micenas. E, antes de partirmos, talvez eu mencione ao rei Estrófio por que Pílades demonstrou tão pouco interesse em casamento, apesar de todas as tentativas de arranjar um para ele.

Com isso, os dois jovens coraram.

– Já falei que estarei lá e estarei – retrucou ele para ela. – Agora, planeja arruinar apenas parte do meu dia ou todo ele?

Com um bufo final, ela girou nos calcanhares e correu de volta pela encosta.

– Então, sobre aquele barco – disse Orestes, deitando-se sobre o cobertor. – O que acha de nadar até a praia quando terminarmos de pescar? Acho que preciso ficar fora um pouco mais do que planejei a princípio.

Ele esperava uma risada, ou pelo menos um sorriso com essa piada. Em vez disso, o comentário foi recebido com silêncio e quando se virou para Pílades, viu que o outro estava de pé com uma expressão preocupada gravada no rosto.

– O que foi? – perguntou.

Devagar, Pílades voltou a se ajoelhar sobre o cobertor.

– Ela tem razão sobre isso – respondeu. – Sobre o que você tem que fazer.

Orestes enrijeceu.

– Você não pode estar falando sério? É a Electra. Tudo o que ela quer é vingança. Vingança por um homem que ela mal conhecia e sobre o qual ninguém jamais teve uma palavra bondosa a dizer.

– Sei disso.

– E você concordou que matar minha mãe seria errado, que era certo eu ficar aqui.

– Concordei na época, mas as coisas mudaram no último ano.

– Quais coisas?

Pílades passou a língua pelos lábios, enquanto a pergunta de Orestes pairou no ar entre eles. Os dois jovens compartilhavam tudo. Ou pelo menos Orestes pensava que sim. No entanto, o fato de os olhos do amante se recusarem a encontrar os dele e a forma como os dedos se enroscavam no cinto lhe diziam que havia algo que ele não estava dizendo.

– Houve conversas – começou ele. – Sobre Micenas.

– Que conversas?

Pílades ergueu os olhos para o céu, como se pedisse força aos deuses. Não era um gesto que Orestes estava acostumado a ver em seu primo.

– A notícia de seu encontro com a Pítia se espalhou. As pessoas sabem o que Apolo exigiu de você e sabem que você está se recusando a fazê-lo.

– Como alguém pode saber disso com certeza?

– Uma sacerdotisa de língua solta, talvez? Uma serpente com ouvidos aguçados? O que importa? Eles sabem, ou pelo menos acreditam que sabem, que você recebeu a ordem de vingar seu pai, e sabem que isso não foi feito. Você é considerado um príncipe fraco.

Orestes bufou.

– E desde quando me importo com boatos? Você, de todas as pessoas, deveria saber que não me incomodam nem um pouco. Deixe-me ser um príncipe fraco. Serei o príncipe mais fraco, se quiserem, pois não me importo em ser um.

– Mas isso não envolve apenas você, Orestes. Envolve todo o reino. E sua mãe.

– Por que ela deve ter qualquer papel nisso? Já lhe disse mil vezes, não vou machucá-la.

Pílades pegou as mãos dele.

– Acha que está fazendo um favor a ela com sua recusa; eu entendo. Mas sem o verdadeiro herdeiro do trono, as pessoas verão Micenas como vulnerável e a invadirão. Atacarão e tentarão conquistar tudo. Acha que os invasores seriam tão misericordiosos com ela quanto você seria ao acabar com a vida dela?

– Não vamos falar disso. – Ele tentou soltar as mãos, mas Pílades as segurou com força.

– Você não pode mais evitar isso, Orestes – insistiu Pílades.

– Está certo. Se é assim, simplesmente vou voltar para Micenas e assumirei o trono com minha mãe ao meu lado.

– E desafiar Apolo abertamente? Como acha que isso vai acabar? Outros ainda invadirão e, com a bênção dos deuses, matarão o fraco Rei Orestes e sua mãe assassina.

Orestes lançou um olhar suplicante a Pílades.

– Não posso fazer isso.

– Sim, você pode. Pense nisso como uma misericórdia. Você já ouviu as histórias de Troia, as histórias do que aqueles homens fizeram com as mulheres que capturaram, fossem elas camponesas, sacerdotisas ou princesas. Todas tiveram o mesmo destino.

– Pare com isso, Pílades. É golpe baixo.

– É a verdade, Orestes, que temos nos recusado a encarar. Sinto muito. Estou angustiado de verdade por você ser forçado a isso. Por favor, por favor, acredite em mim quando digo que se houvesse outro caminho, eu lhe diria para tomá-lo. Eu amo você. Sabe disso. E só quero o que é melhor para você.

– Você não pode acreditar que seria isso – respondeu Orestes, enquanto uma lágrima perdida escorria por sua bochecha. Pílades a secou com o polegar.

– Acredito. De todo o coração.

– Ela não merece isso. Ela não merece morrer.

– Não, mas ela merece ainda menos a alternativa. Fariam dela um troféu. Sabe que o que digo é verdade. E seria ainda mais difícil para você conviver com isso.

Uma dor intensa latejou no peito de Orestes. Se fosse verdade, que Micenas era vista como fraca, então o inevitável aconteceria.

– Jura que isso é um fato? – Olhou Pílades nos olhos e não precisou ouvir a resposta. Sabia disso pelas lágrimas que agora escorriam pelo rosto do amado, o espelho exato do seu próprio.

– Estarei ao seu lado – respondeu ele. – Mas está na hora, meu querido. É hora de você obedecer ao comando de Apolo. Devemos navegar para Micenas.

CAPÍTULO 32

O céu estava cinza e o vento soprava acima deles quando o navio mercante deixou o porto. Um mês havia se passado desde que Orestes e Pílades discutiram o problema que Micenas enfrentaria se Orestes não cumprisse o decreto de Apolo. Um mês de novas discussões e recriminações, de lágrimas e desculpas. Mas não importava o quanto ele lutasse contra a irmã e o amigo, Orestes sabia, do fundo do coração, que eles estavam certos. Ele tinha visto como escravos eram tratados, como suas vidas geralmente eram menos valorizadas do que a de um animal. Se não agisse, o mesmo destino poderia estar aguardando sua mãe.

Orestes olhava para o mar. Ele trouxe consigo a adaga de Electra, dada a ela anos atrás pela mãe. Parecia acrescentar insulto à injúria, usar o presente dela para executar o ato, porém Electra havia insistido e, dada a sua recusa em deixá-la se juntar a eles, parecia justo. Além disso, seu tamanho pequeno facilitava ocultá-la.

Sem mais nada a dizer, ele continuou a olhar, em silêncio, para o horizonte. Não tinha mais protestos a oferecer. Havia dado tudo de si.

Agora, tudo o que podia fazer era esperar. Electra queria que ele voltasse até a Pítia para buscar mais orientações, caso sua memória do que ela havia dito, tantos anos atrás, tivesse se desvanecido. Isso mostrava o quão pouco ela o conhecia. As palavras da mulher permaneceram gravadas em sua mente como se a tivesse visto apenas no dia anterior. Ele sabia o que tinha que fazer.

Havia sido informado de que eles deveriam se vestir como mensageiros, a fim de se infiltrar no palácio. Eles deveriam esconder as armas sob as capas e quando sua mãe chegasse para ouvir o que tinham a dizer, ele deveria matá-la. Tão simples, tão direto. Matá-la, partir o próprio coração e continuar com sua vida como se nada tivesse acontecido.

– Você já pensou sobre o que vai fazer com Egisto? – perguntou Pílades, enquanto o monte Parnaso desaparecia a distância.

Era uma pergunta que não precisava ser feita. Claro que tinha pensado nele. Pensara em todos eles. Seu único desejo era cumprir seu destino, com o mínimo de derramamento de sangue possível.

– Ele pode fazer o que quiser. É o lar dele. Meu irmão também.

Pílades pareceu perturbado com a resposta.

– O que foi? A Pítia não mencionou Egisto, apenas minha mãe. Ela é a única que precisa morrer.

– Ela pode não o ter mencionado, mas isso não significa que seria sensato deixá-lo viver. Há pessoas em Micenas que são leais a ele. São seus súditos agora. E então, há o exército. Contaram para meu pai que muitos acham que ele é o maior rei que já governou lá.

Orestes deu as costas ao mar para encarar o amante.

– Por que precisamos falar sobre isso?

– Porque temo que você não veja que não será tão simples quanto apenas matar sua mãe. Se não matar Egisto também, ele pode se levantar contra você.

– Ele não faria isso. Eu o conheço.

– Você o *conhecia*. Muito tempo se passou e ele se tornou um rei. Ele experimentou o verdadeiro poder.

– Ele não está interessado nisso. Ele nunca quis isso.

– Você não tem certeza disso. Ele é pai de um filho agora. Talvez tenha ambições de que Aletes seja rei um dia. Talvez até pense que ele é mais merecedor do título, que você abandonou sua reivindicação ao trono por tantos anos, que não é mais digno dele.

– Não, ele não é assim. Ele é melhor que nós. Ele entenderá este fardo que carrego mais do que qualquer outra pessoa.

– Então, vai fazer com que ele se ajoelhe e jure lealdade a você?

Orestes abriu a boca antes de balançar a cabeça e atravessar até o outro lado do convés. Eram detalhes demais. O que precisava era de paz e sossego. Mas Pílades o seguiu, sua tenacidade agora rivalizava com a de Electra, ao que parecia.

– Não pretendo continuar pressionando você sobre este assunto, mas pense nisso. Egisto deve dobrar o joelho e proclamá-lo o verdadeiro Rei. Ou você deve matá-lo.

– Essa não é uma opção. Nunca foi uma.

– Tudo bem então, ele terá que jurar lealdade a você.

Um momento se passou. Um pequeno bando de aves marinhas circulava acima do navio, provavelmente na esperança de que fosse um barco de pesca e aguardando que a tripulação levantasse as redes para se alimentarem. Ele quis lhes dizer que precisariam encontrar outro navio para seguir, ou se contentarem em morrer de fome, esperando por um banquete que nunca viria.

– Venha, devemos ir para baixo do convés – chamou Pílades, abandonando sua discussão. – Essas nuvens estão ficando mais escuras a cada minuto.

– Vá você. Daqui a pouco eu vou.

Com um único aceno de cabeça, Pílades apertou o ombro de Orestes e desapareceu, deixando o príncipe sozinho com o grito das gaivotas.

Orestes ficou parado na amurada, olhando para o redemoinho quase monocromático de mar e céu. A chuva caía em seus braços e roupas, mas ele não percebeu. Mesmo quando o vento aumentou, chocando-se contra as velas e chicoteando as cordas, ele permaneceu, com o foco em um futuro que não desejava encarar. Apenas quando o capitão finalmente gritou com ele para sair do convés, ele se retirou para a cabine, onde tudo o que pôde fazer foi se sentar e esperar o inevitável.

A tempestade era uma mistura violenta de vento e chuva, com as ondas batendo sem parar contra o navio, provocando rangidos nas madeiras. Os relâmpagos eram tão brilhantes que faziam com que as juntas da madeira reluzissem com um tom queimado de marrom-avermelhado. Orestes, no entanto, sabia que estava seguro. Zeus estava cuidando dele. O Pai dos Deuses garantiria que ele sobrevivesse para desempenhar seu papel.

Quando amanheceu, a chuva tinha passado e o vento, diminuído, mas agora havia uma névoa espessa que escondia o resto do mundo daqueles no convés. Assim, foi uma surpresa quando o vigia avisou que havia avistado terra e Orestes percebeu que Micenas estava próximo. Algo profundo e visceral se agitou dentro dele, como um pombo-correio ao chegar ao fim da jornada.

Enquanto os mercadores observavam suas mercadorias sendo descarregadas, ele recuou.

– Precisamos ir direto para lá – declarou Pílades. – O navio não vai ficar aqui. Devemos desembarcar. Alguém pode nos ver vestidos como mensageiros da Fócida, e se a notícia de nossa vinda chegar ao palácio antes de nós, podem suspeitar e enviar guardas para investigar.

– A Fócida enviou muitos mensageiros a Micenas desde que parti.

– Estou ciente disso, mas não viemos aqui para ver como o palácio os recebe, que precauções extras implementam. Precisamos ser espertos, Orestes. E esperteza quer dizer rapidez. Vou buscar cavalos para nós, então cavalgaremos para lá imediatamente. Se nos apressarmos, poderemos chegar lá antes do anoitecer.

Como ficava tão ao norte da cidadela, ele nunca havia passado muito tempo nesse movimentado porto; estava longe de ser um lugar adequado para um príncipe, em especial, um com uma mãe tão preocupada com sua segurança quanto a dele. Agora, gostaria de ter tido a chance. Tanta coisa devia ter mudado em sua terra natal, ele pensou. No entanto, quando começaram o trajeto até a cidadela, parecia que ele nunca havia partido: as tílias, cheias de frutas, ainda se estendiam acima das estradas; a terra rochosa, quase vermelha em alguns lugares, mas pálida como o luar em outros; as oliveiras, com seus troncos pintados de branco. Ali era tão diferente da Fócida. O céu parecia de um azul mais pálido, a grama, de um tom mais profundo de verde.

Quando o Sol da tarde estava começando a amainar, as paredes da cidadela surgiram.

– Está preparado? – perguntou Pílades. – Lembre-se, eu vou falar. É melhor que você não fale, caso alguém reconheça sua voz.

Ele assentiu, temendo em silêncio o que estava por vir. Em uma última tentativa de fazer Pílades reconsiderar o plano, explodiu:

– Talvez eu devesse falar com ela primeiro. Se eu pudesse explicar.

– Acha que seria mais fácil para ela assim? Claro que não. Sem discussão. Sem deliberação. Assim como praticamos na Fócida.

Praticado em cabras, Orestes pensou consigo mesmo com um estremecimento. Era isso de fato tudo o que sua mãe era para ele agora, outra criatura a ser abatida?

Em silêncio, tomaram o caminho sinuoso entre as muralhas, em direção à Porta dos Leões, onde, ao chegarem, dois guardas se adiantaram.

– O que fazem aqui? – exigiu um deles.

Orestes sentiu o sangue se esvair de sua cabeça.

– Temos notícias para a Rainha Clitemnestra. – declarou Pílades sem um pingo de hesitação. – Notícias sobre o filho dela, do rei Estrófio. – Ele entregou um pergaminho com o selo do pai, que o guarda verificou, antes de devolvê-lo.

– Ele vai levá-los ao palácio – disse, indicando o outro. – Podem esperar pela Rainha lá.

– Ela poderá nos ver em breve? – perguntou Orestes, esquecendo-se de sua instrução de ficar em silêncio.

– Como vou saber? – Os olhos do soldado se estreitaram.

Ele baixou a cabeça em resposta. O guarda não podia ser mais velho do que ele, então a chance de ser reconhecido era pequena, mas um nó apertou seu estômago enquanto eram conduzidos para a cidadela e em direção ao palácio.

Apesar do pavor que o dominava, havia tantas visões familiares que sentiu seu coração disparar, detalhes que gostaria de poder compartilhar com Pílades. A árvore da qual caíra e quebrara o braço, quando tentava inspecionar um ninho de pássaros. O assento de pedra onde a mãe lia para ele à noite. Mas caminhou em silêncio, com o coração batendo forte. Era isso o que os deuses haviam destinado para ele?

Quando chegaram aos altos pilares de pedra, o guarda parou.

– Vou informar a Rainha sobre sua chegada. Esperem aqui.

Não houve oferta de assento, nem mesmo um copo d'água e ele se perguntou se a mãe sabia como seus homens tratavam os mensageiros. Não era assim que ele a vira agir com eles no passado. Mas, como Pílades sempre o lembrava, o passado foi há muito tempo. Talvez as coisas tivessem mudado mais do que ele desejava acreditar.

– Onde estará ela? – sussurrou Pílades em seu ouvido, interrompendo sua linha de raciocínio.

– Por quê? Ele nos disse para esperar aqui por ela.

– Estamos aqui para matá-la, Orestes, não para tomar vinho e trocar lembranças. Se ela vier ao seu encontro, tudo será muito mais sangrento do que qualquer um de nós deseja. Agora, depressa, pense. Onde ela estaria?

Não demorou muito para que ele deduzisse a provável localização dela. Duvidava que algo pudesse mudar sua rotina. Abriu a boca para dizer isso quando o som de passos apressados chamou sua atenção. Virando a cabeça, ofegou.

– Laodâmia.

Poderia ter jurado que disse o nome apenas em sua mente, mas os olhos da velha, no mesmo instante, se voltaram para ele. Ele piscou, por um segundo, duvidando de si mesmo, mas não, estava certo. Sua velha ama estava parada a poucos metros dele. Sempre fora tão frágil?, ele se perguntou. Não, claro que não. Ela apenas envelhecera, como todos eles. Mas a mulher destemida de sua memória, que cuidara de cada corte e contusão, que os ajudara a fugir do palácio e escapar naquela noite terrível oito anos atrás, estava muito longe da velha senhora à sua frente. Aquela que agora estava olhando diretamente para ele.

– Orestes – chamou Pílades. – Onde ela estará?

Ele não conseguia se mover, seus olhos ainda estavam fixos em Laodâmia. Ela gritaria, ele tinha certeza, para alertar os guardas. Mas, em vez disso, ela pressionou a mão no coração e desapareceu, entrando de novo no palácio.

Com a aparente bênção, surgiu uma estranha sensação de paz. Como se outra pessoa estivesse falando através dele, ele se virou para Pílades e disse com calma:

– Ela deve estar na varanda.

CAPÍTULO 33

Sombras longas não faltavam entre as colunatas abertas do palácio, e eles se moveram por elas o melhor que podiam. Esgueirando-se pela cozinha e pelas escadas que levavam à despensa, onde, tanto tempo antes, ele se escondera de Electra. Atravessaram o amplo espaço interior, evitando os pórticos com colunas e mantendo-se agachados. A cabeça de Orestes girava. Era surreal. Com certeza alguém interviria, algo aconteceria para detê-los. Talvez o teste fosse simplesmente chegar até ali. Talvez mostrar que estava disposto a obedecer ao comando de Apolo bastaria. *Por favor, ele rezava sem parar, por favor, permita que haja outra maneira.* Quando ele saiu para a varanda e viu a silhueta dela, soube que não havia nenhuma.

Ela estava de costas para eles, observando o Sol poente, como gostava de fazer. Ele não precisava ver o rosto dela para saber que aquela era a mulher que o havia dado à luz.

– É ela? – Pílades sussurrou.

Ele nem teve forças para assentir. Não conseguiu tirar os olhos dela – a inclinação familiar de seus ombros e a maneira como suas costas se arqueavam de leve, enquanto ela permanecia em silêncio. Não poderia ser mais ninguém. Os cabelos agora tinham mechas grisalhas, embora à luz do entardecer pudessem ser fios de prata pura trançados ali.

Pílades empurrou a faca em sua mão.

– Agora – murmurou ele. – Faça agora.

Ele permaneceu enraizado no local. Como poderia fazer isso com ela aqui? Aquele era o lugar tranquilo dela, seu santuário. Se ao menos pudesse ser em outro lugar. No entanto, talvez isso fosse uma bênção. Ela partiria dessa vida contemplando seu reino, a vista que ela tanto amava.

Sua mão tremia tanto que ele temeu que pudesse deixar a adaga cair. Uma sensação de náusea aumentava cada vez mais rápido e ameaçava dominá-lo. O que quer que a mãe estivesse observando, ela estava tão concentrada que ele tinha certeza de que ela não fazia ideia de que ele estava ali.

Ele estava a apenas um passo de distância, quando o aroma repentino do perfume dela no ar da noite quase o descontrolou e encheu seus olhos de lágrimas. Fechando-os, ele ergueu a faca e estendeu a mão, em um movimento tão automático que seu corpo não precisou de instrução. Com um só gesto, a mão esquerda segurou a boca dela e a puxou para ele, expondo-lhe o pescoço, e a mão direita arrastou a adaga bruscamente por sua garganta.

Era sangue, como ele nunca tinha visto antes. De cor mais profunda que a papoula mais escura, espirrou para cima e para a frente, cobrindo os braços dele. A cabeça da mãe mal se virou, mas foi o suficiente para ele vislumbrar o horror nos olhos dela.

Então a gritaria começou.

Enquanto o corpo dela caía ao chão, uma pequena figura apareceu atrás dela. Pouco mais alto que a cintura de Orestes, estava parado bem na frente dela, de costas para a balaustrada.

Era por isso que ela estava tão absorta, tão concentrada. Ela estava observando o menino.

– Oh, deuses! – Ele recuou, horrorizado, quando a criança, com o rosto salpicado com o sangue da mãe e os olhos arregalados de terror, continuava a gritar, e gritar, e gritar.

– Pílades! Pílades! – O choque sequestrou todo o seu corpo. – O que faremos agora? O que faremos? Eles vão ouvir. Você disse que eles não deveriam saber que estávamos no palácio até chegarmos à sala do trono.

– Dê-me isso – gritou Pílades, avançando depressa e arrancando a adaga da mão flácida de Orestes.

– Não! – gritou ele, percebendo o que seu amante pretendia. Ele investiu, mas seu corpo estava fraco e abalado demais para alcançar o irmão a tempo, e a faca o atingiu bem no coração.

Os gritos do menino se transformaram em um gorgolejo quando os pulmões se encheram e ele caiu para a frente, agora seu sangue se misturava ao da mãe no chão de mosaico.

– Não! Não! – Orestes se ajoelhou, dividido entre o corpo da mãe que vivera para protegê-lo e o do irmão que deveria ter salvado. – Por quê? Por quê?

– Era o único jeito, Orestes.

– O que nós fizemos? Não era para ser assim! Isso não deveria ter acontecido!

– Orestes, por favor. – Pílades puxou seu manto, tentando arrastá-lo para longe, mas o príncipe não se moveu. – Os guardas estarão a caminho. Deve fazer sua reivindicação imediatamente. Deve se declarar verdadeiro Rei de Micenas, antes que Egisto tenha tempo de descobrir o que aconteceu aqui.

Mas aos ouvidos de Orestes as palavras pareciam abafadas, como se ele estivesse debaixo d'água, se afogando.

– Por favor, Orestes, não podemos ser encontrados assim!

Sua mente foi aos poucos clareando e ele se permitiu ser puxado para ficar de pé. Seguiria o plano deles e iria para a sala do trono para se declarar Rei. Mas, quando os dois homens se aproximaram da porta pela qual haviam chegado, viram que o caminho não estava mais livre.

Uma única pessoa estava em seu caminho.

– Egisto.

CAPÍTULO 34

Ele parecia um rei, majestoso, e altivo, e mais bem-vestido do que Orestes jamais o vira, em mantos roxos, bordados com costura dourada. Os olhos dele se arregalaram ao ver o príncipe, um sorriso começou a se formar em seus lábios, apenas para seu rosto se contorcer em descrença, enquanto seu olhar se concentrava nas mãos encharcadas de sangue do enteado.

– Não, você não fez. Você não seria capaz.

Orestes recuou.

– Eu não tive escolha, Egisto. Os deuses me obrigaram.

– Não, ela me prometeu que estaria segura. Que você nunca seria capaz de machucá-la.

– Por favor, Egisto. Preciso que você entenda...

O velho rosnou, enquanto se aproximava dele.

– Foi a vontade dos deuses – argumentou Pílades, agarrando-o pelos ombros. – Orestes vingou o pai, como eles exigem. Deve servi-lo agora como seu legítimo rei ou partir. A escolha é sua.

Mas Orestes percebeu que Egisto não estava ouvindo. Seus olhos se moveram além dos dois homens, até mesmo para além do corpo da esposa morta.

– Nããão! – Seu grito foi tão terrível que pareceu abalar o próprio mármore em que pisavam. –Não! Aletes não! Não, não, não!

Empurrando-os para passar, ele caiu no chão e pegou o filho. O corpinho da criança ficou flácido em seus braços como um cordeiro morto.

– Aletes – sussurrou Egisto, pressionando os lábios na testa do menino. – Aletes. Aletes. Meu filho querido. Puxando a lâmina e atirando-a longe com desgosto, ele apertou a criança junto ao peito.

– Vamos embora – sussurrou Pílades no ouvido de Orestes. – Deixe-os aí.

Mas ele não podia ir. Esse crime era seu, seu erro que precisava ser corrigido.

– Eu... eu sinto muito – gaguejou.

A cabeça de Egisto girou em sua direção, a dor em seus olhos foi substituída por fúria.

– Você o matou – declarou ele, baixando suavemente o filho de volta ao chão antes de se levantar. – Você matou meu filho.

– Não era a minha intenção. Eu não planejei isso. Não queria matar ninguém, Egisto. Você me conhece.

– Fui eu – declarou Pílades, colocando-se entre eles. – Eu não sabia quem era a criança. Por favor, fui eu. Isso não foi obra de Orestes.

Mas Egisto não lhe deu atenção.

– Meu menino. Meu querido menino. – Seus olhos se fixaram em Orestes. – Isto é obra sua!

– Sei que é. Por favor, por favor, perdoe-me.

Os olhos de Egisto brilharam; nenhum traço de humanidade restava neles. Tudo o que restava era puro ódio.

– Perdoar você? – cuspiu ele.

– Eu não queria vir para cá.

– Então por que veio? – questionou Egisto.

– Os deuses… foram os deuses…

– Acha que o castigo de um deus é pior do que isso? Acha que algum dia encontrará paz agora?

– Não… não… eu…

– Sua mãe confiava em você. *Eu* confiei em você. – Egisto estava se aproximando de Orestes, e ele não via saída. – Ele era uma criança, Orestes. Um garotinho. Seu irmão. Contei a ele sobre você. Contei-lhe sobre todo o tempo que passamos juntos, estudando pássaros e animais. Ele sabia o seu nome e queria ser como você. Ele queria que você fosse um irmão de verdade para ele.

As lágrimas embaçaram a visão do rapaz.

– Perdão. Perdão.

– Por favor, vingue-se de mim. Fui eu quem matou seu filho. – Pílades tocou o braço de Egisto, mas o velho o repeliu como um inseto irritante. Nunca antes Orestes o vira levantar a mão, nem mesmo contra um animal, mas, naquele momento, lembrou-se de que aquele era um homem que matara um rei. Havia um guerreiro dentro dele. Um que agora queria sua própria retribuição.

– Você não é diferente de seu pai. Você não é melhor do que Agamêmnon.

Essas palavras feriram mais fundo do que qualquer faca poderia cortar.

– Eu não queria que isso acontecesse. Eu só queria paz.

– Paz? Através da morte? Tudo o que você trouxe é dor. Só dor.

– Egisto…

– Pare de falar comigo como se você me conhecesse. Eu nunca vi você antes na minha vida.

Orestes lutou para manter o corpo ereto, enquanto a respiração do velho soprava quente em seu rosto.

– Nunca fingi ser Rei aqui em Micenas, mas, com os deuses como minhas testemunhas, não permitirei que um cruel assassino de crianças tome o trono que eu estava protegendo para um homem justo. Um homem que não existe mais.

– Sinto muito. Sinto muito. – Orestes caiu de joelhos.

– Levante-se! Levante-se para que eu possa matá-lo como o assassino que você é.

– Por favor! – Ele de fato não sabia pelo que estava implorando: se para Egisto poupar sua vida, ou para que ele acabasse com ela. Ambas e nenhuma das coisas. Orestes só sabia que não podia viver assim, com uma dor que parecia garras a lhe arrancar as costelas, uma a uma.

Egisto o ergueu pela gola de sua túnica e o jogou contra a parede.

– Ela confiou em você – disse o homem, acertando-lhe um golpe no queixo. Sangue encheu a boca do rapaz. – *Eu* confiei em você. – Egisto o atingiu de novo e mais uma vez em seguida, Orestes nem mesmo levantou um braço para bloquear o ataque.

Pílades estava de pé novamente, tentando afastar o homem mais velho do amigo. Deixando Orestes cair ao chão, Egisto se virou e agarrou o príncipe e o jogou contra a parede. Pílades bateu contra ela com força e caiu no chão, assim como o primo. Egisto voltou sua atenção para a fonte de sua raiva. O sangue que enchera a boca de Orestes agora pingava de seu queixo.

– Orestes! Orestes!

Ele olhou para onde seu amante estava. Pílades apontava para a adaga, agora a apenas trinta centímetros da mão de Orestes. Ficou claro que Egisto havia esquecido a lâmina. Se não tivesse, com certeza já a teria cravado no coração de Orestes. Egisto apontou um chute brutal em suas costelas.

– Por favor, Orestes – chorava Pílades. – Faça isso por mim. Por favor! Eu não posso viver sem você.

Dessa vez, quando Orestes se voltou para o amante, foi para se despedir. Para tentar dizer a ele com um olhar que estava arrependido por ter falhado com ele. Desculpar-se pelo que fizera, arrastando-o para dentro disso. Mas, quando viu as lágrimas brilhando nos olhos de Pílades, seu coração se partiu de uma nova maneira e ele entendeu. Egisto era um velho quebrado agora. Ele sempre seria aleijado pela perda de seus entes queridos e consumido pelo ódio. Não haveria mais vida de verdade para ele. Naquele exato momento, Orestes sabia que se ele se deixasse matar, Pílades passaria o resto de seus dias buscando vingança. Se tivesse a chance. Quem poderia dizer que uma vez que Egisto terminasse com Orestes, não se voltaria contra Pílades?

E assim, com toda a força que lhe restava, ele pegou a lâmina e a enfiou no estômago de Egisto.

PARTE III

CAPÍTULO 35

Ele não conseguia se lembrar do que aconteceu naqueles primeiros dias após a morte da mãe. Tomara a coroa; sabia disso pela maneira como fora conduzido à sala do trono e colocado no que havia sido o assento de seu pai. Pílades falara por ele e aceitara os presentes, bênçãos e votos de felicidades, os quais Orestes quis atirar contra quem os trazia. Seus rostos sorridentes faziam seu estômago revirar. Eles sabiam a verdade: ele não merecia nada daquilo.

Então chegou um navio, e Electra retornou ao palácio. Ela o cumprimentou com um afeto que ele não sentia desde antes de terem fugido de Micenas, tantos anos atrás. Ela o abraçou e disse que ele era forte e digno, que ela soubera o tempo todo que ele cumpriria seu dever e que os deuses ficariam muito orgulhosos dele.

Ficariam mesmo?, ele se perguntou. Eles realmente ficariam orgulhosos de um homem que matou as mesmas pessoas que o criaram, tudo por um título que ele poderia apenas ter pedido, se o desejasse tanto? Se os deuses estavam orgulhosos de uma pessoa assim, ele não tinha certeza se queria continuar a agradá-los.

Ele se sentia como um pária na própria casa. Ao mesmo tempo, sabia como sua mãe devia ter se sentido depois que Ifigênia morreu, incapaz de andar pelos corredores por causa das lembranças que guardavam. Seu quarto de infância, o pátio central onde ele e as irmãs brincavam do amanhecer ao anoitecer, a cozinha, os jardins, eram todos lugares que ele não podia visitar, com medo de que o rosto da mãe aparecesse para ele. Sem vida. Assassinado. Na maior parte do tempo, ele se escondia no antigo aposento do pai, não porque era o Rei agora, mas porque era um lugar onde não passara nenhum tempo quando criança. Não havia fantasmas para assombrá-lo ali.

Enquanto o restante dos habitantes do palácio cuidava de seus afazeres, ele costumava ficar na cama, embora não encontrasse paz no sono. Seus sonhos eram cheios de sangue e gritos, enquanto Aletes implorava por sua vida. Sempre que acordava, encontrava Pílades sentado ao seu lado, pronto para lhe oferecer água ou comida, que raras vezes aceitava.

– Eu os matei. – Eram sempre as primeiras palavras que saíam de sua boca. Na maioria das vezes, Pílades o silenciava, acariciando gentilmente seu cabelo, até que ele voltasse a cair em outro sono agitado. Mas, outras vezes, ele discutia com Orestes.

– Você não fez nada errado. Você só fez como os deuses instruíram.

– Mas o menino. O garotinho. Meu próprio irmão.

– *Eu* o matei, Orestes, não você. Se alguém deve ser punido pelo assassinato dele, sou eu. E Egisto foi uma questão de legítima defesa.

– Egisto. Ele me criou como se eu fosse filho dele.

– Da mesma forma que o avô dele o criou como filho, sem saber que era seu sobrinho. E o que Egisto fez para recompensar Atreu? Ele o matou e tomou o trono para o próprio pai, sem pensar duas vezes, Orestes. Ele matou seu avô e, pelos rumores que ouvi, persuadiu sua mãe a matar seu pai também.

Ele balançou a cabeça, causando um latejar atrás de suas têmporas.

– Eu não acredito nisso. Você sabe que não.

– Você não cometeu nenhum crime contra os deuses ao realizar esses atos, Orestes, o que é a parte importante. Você não precisa deixar isso pesar em sua mente.

Com o suor escorrendo pela espinha, ele rolou na cama e deixou Pílades parado em silêncio, observando-o. Os deuses não importavam, Orestes queria dizer. Que importavam os crimes contra os deuses? Eles não o criaram. Não estavam ali com ele agora. O que importava eram os crimes contra sua família. A família com a qual ele havia falhado.

– Venha até a cidadela. – Electra tentou várias vezes. – Este é o seu reino agora. Você precisa mostrar a sua cara.

– Talvez amanhã – respondia ele, e ambos sabiam que era mentira. Ali, confinado às quatro paredes do aposento do pai, ele não poderia causar mais danos. Deixou que Electra comandasse o reino. Ela sempre o quis. Ou Pílades. Ele não se importava. Havia feito sua parte e eles não tinham o direito de pedir mais nada a ele.

Apenas quando um mês se passou, ele finalmente foi levado à ação, por medo de mais uma perda.

– Meu pai veio visitar – informou Pílades, abrindo as cortinas do quarto e inundando o ambiente com luz. Partículas de poeira dançavam no ar estagnado. – Você vai precisar se encontrar com ele para mostrar seus respeitos. Afinal, ele o abrigou por oito anos.

Gemendo, Orestes protegeu os olhos.

– Deixe que Electra fale com ele – respondeu. – Ele sempre gostou muito mais dela do que de mim, de qualquer maneira.

– Electra está ocupada. Além disso, ela não é a Rei de Micenas. Você é. E eu disse a ele que você o receberá na sala do trono.

– Então eu abdico de todos os meus direitos para você. Você deve falar com ele.

Como alguém podia dormir tanto e ainda assim se sentir tão exausto que mal conseguia manter os olhos abertos era um mistério para ele. Nunca havia sentido tamanho peso em seu corpo. Resistiu a qualquer tentativa de levantar a cabeça do travesseiro.

– Você não abdicará em favor de ninguém – declarou Pílades, puxando os lençóis. – E com certeza não em meu favor.

– Então faça outros arranjos. Diga que estou doente.

Ele esperou pelo som habitual dos passos de Pílades se afastando, mas, em vez disso, ouviu um suspiro pesado.

– Se for esse o caso e você não se encontrar com meu pai, então, quando ele for embora, irei com ele. Voltarei a Fócida. Para sempre.

Demorou alguns instantes para a névoa se dissipar e as palavras de Pílades o acertarem em cheio.

– Tudo bem – respondeu ele, por fim. – Se é isso que você quer, então vá. Não vou impedi-lo.

– Não é isso que eu quero! Você sabe que não é! – Pílades gritou com ele. – O que eu preciso dizer para que você entenda? Quero estar ao seu lado. Para ajudá-lo. Mas como faço isso, Orestes? Como posso ajudá-lo?

Mesmo essa explosão não adiantou. Ele apenas estendeu a mão para os lençóis e os puxou de volta sobre os ombros. Talvez estivesse doente, pensou, pois sentia tanto frio como se o inverno tivesse chegado mais cedo.

– Eu não mereço sua ajuda – sussurrou.

– Sim, merece, Orestes! Eu amo você de todo o coração, mas não posso simplesmente ficar parado e vê-lo assim. Não sei como alcançá-lo, como puxá-lo de volta. E eu sou um covarde, sei disso, mas não posso passar meus dias vendo você desaparecer diante dos meus olhos. Aguentei tudo o que pude.

Um nó se formou na garganta de Orestes com essa declaração sincera. Ele se virou, ainda incapaz de encarar Pílades enquanto falava.

– Eu sinto mui…

– Não! Nem mais uma palavra! Não quero ouvir mais nada, Orestes. Se você sente tanto pela dor que causou, faça mudanças. Ajude as pessoas. Ajude aqueles em seu reino que vêm ao seu palácio todos os dias em busca de seu conselho.

– Não sei aconselhar.

– Então aprenda!

Pílades estava furioso de uma forma que ele nunca tinha visto antes. E isso o assustou.

– Eu teria ficado ao seu lado por qualquer coisa, Orestes – continuou ele. – Eu teria ficado ao seu lado se você tivesse cometido mil assassinatos. Mas não para isso. Não vou mais assistir a isso. – Ele parou e deixou a cabeça cair nas mãos. Quando levantou o olhar, não havia nada além de desespero em seus olhos. – Acho que não seja sensato eu ficar aqui. Na verdade, acho que piorei as coisas. Acho que você de fato me culpa.

– O quê? Por que você diria isso? – Pela primeira vez em dias, Orestes se levantou. – Não é verdade. Você sabe que não é.

– É mesmo? Em algum lugar, no fundo da sua mente, acho que sim. Os deuses sabem, eu me culpo o bastante. Se eu não tivesse matado o menino. Se eu tivesse apenas coberto a boca dele para abafar os gritos, então você não teria sido forçado a matar Egisto.

Com os olhos agora cheios de lágrimas, Orestes balançou a cabeça.

– Não é verdade, Pílades. Você estava me ajudando, sei disso. Sei que você só tentou me ajudar.

– Mas eu falhei. E não aguento mais.

Orestes não tinha certeza se havia caído em uma armadilha ou sido encurralado em um canto, talvez fosse os dois, ou nenhum. Mas sabia que se Pílades partisse naquele navio com o pai dele, então a escuridão que ameaçava consumi-lo logo completaria seu trabalho.

– Eu vou. Vou com você para ver seu pai – sussurrou.

A postura de Pílades mudou.

– E vai se sentar na sala do trono e ouvir seus súditos? Aceitará as homenagens deles, como o Rei?

Só de pensar nisso fez seu peito se apertar. Ele engoliu em seco e respondeu:

– Se você ficar.

– Eu ficarei, contanto que você esteja tentando viver sua vida como os deuses planejaram –respondeu Pílades.

Os deuses. O próprio som da palavra fez com que a bile subisse em sua garganta. Mas sabia que não tinha escolha.

– Então é melhor alguém preparar um banho para mim – declarou. – Pois não estou em condições de receber ninguém.

*

Pela camada de sujeira que flutuava na superfície, ele temia pensar quanto tempo fazia desde a última vez que se lavara. Seu corpo parecia anguloso, suas costelas, mais proeminentes, enquanto estava ali. Pôde ver que não havia uma sobra de carne nele. Inspirando o calor da água, fechou os olhos por um momento e se deixou relaxar pelo aroma dos óleos adocicados. Isso estava ajudando, ele pensou.

– *Assassino!*

Seus olhos se abriram e a água correu de seu corpo, conforme ele pulou para ficar de pé.

– Quem está aí? – questionou ele, seus olhos examinavam o cômodo. Esse era o banheiro que ele usava quando criança, amplo e aberto, sem lugar onde alguém pudesse se esconder. Sem telas ou recessos. Mas a voz tinha sido tão clara, como se estivesse a apenas um braço de distância dele. Seu coração batia forte.

– Não há ninguém aqui – disse ele em voz alta, como se quisesse se assegurar. Pegando o sabonete, sentou-se de novo e começou a trabalhar na sujeira nos joelhos.

– *Você a assassinou!*

Dessa vez ele saltou da banheira, deixando um rastro de água enquanto disparava para a janela. Havia uma queda abrupta e nenhum lugar onde uma pessoa pudesse se esconder, a menos que arriscasse a vida e se equilibrasse em uma das saliências. Até que ponto alguém chegaria para provocá-lo?

– Quem é? Quem está aí? – gritou. – Eu ouvi você. Há guardas aqui. Guardas em todos os lugares. Quem é?

Suas perguntas se perderam na brisa.

– Vossa Majestade, está se sentindo bem?

O Rei nu girou e se viu diante de sua velha ama. Ainda encharcado, correu para pegar a mão dela.

– Laodâmia, você ouviu isso?

– Ouvi o que, Meu Rei?

– Alguém falando. Alguém me acusando.

– Vamos, Rei Estrófio está aqui. Não se preocupe, ainda temos muito tempo para prepará-lo.

– Ele esteve aqui? Fora desta sala?

Laodâmia franziu a testa.

– Não, Meu Rei, ele espera sua presença na sala do trono. Deixe-me secar o senhor. – A velha jogou uma toalha sobre os ombros dele e começou a esfregá-lo, como se ele ainda fosse uma criança. – Agora, precisamos encontrar algo para o senhor vestir – disse ela, conduzindo-o gentilmente para fora.

Ao chegar à porta, ele olhou para trás, para verificar se a sala estava de fato vazia, então se virou para seguir a criada. Um passo depois e a voz voltou, agora acompanhada por outras.

– Nós sabemos quem você é!

– Nós sabemos o que você fez!

– E você vai pagar!

CAPÍTULO 36

Ele não bebeu o vinho, apenas agarrou a taça. Até que percebeu que o líquido estava espirrando em sua mão. Não podiam vê-lo tremer, ele se deu conta, e colocou-o ao seu lado. Rumores de uma demonstração de fraqueza como essa poderiam levá-los a planejar sua queda antes do fim da noite. Não que já não houvesse muitos.

A sala do trono estava muito mais movimentada do que ele esperava.

Os degraus de pedra estavam lotados, enquanto os homens se reuniam para ver seu Rei. Electra cumprimentou Estrófio em sua chegada e agora se moveu para se sentar ao lado do trono do irmão. A expressão dela estava pétrea como sempre. Orestes esperava mais dela naquela ocasião. Era muito provável que ela também esperava mais dele. Talvez todos esperassem.

– Viemos lhe dar os nossos cumprimentos – anunciou Rei Estrófio. – Você fez o que muitos homens teriam tido dificuldade para realizar e também agradou aos deuses.

Ele se sentiu mal, mas forçou um sorriso.

– Fui guiado pelas palavras do próprio Apolo – declarou.

– E pensa muito pouco de si mesmo – respondeu Estrófio. – Sempre o fez, desde que era aquele menino que desembarcou em minhas praias tantos anos atrás. Tenha orgulho de quem se tornou. E caso não se importe, eu gostaria de assumir a responsabilidade de lhe ter ensinado algumas coisas eu mesmo. Afinal, acho que posso me considerar uma figura paterna para você, não posso?

– Também gosto de pensar assim – respondeu Orestes, diplomático.

– *Tanto quanto Egisto era?* – alguém questionou do fundo do salão. – *Você o considerava como um pai, não é? E ainda assim o assassinou!*

– *Depois de ter assassinado sua mãe!*

Orestes levantou-se de um salto, olhando por cima do mar de cabeças à frente.

– Quem disse isso? – questionou.

Olhares de preocupação foram trocados.

– Quem disse o quê? – sibilou Electra. – Só o Rei falou.

– Eu... eu ouvi.

Ele olhou para todos reunidos ali. Cada par de olhos que encontrava os dele não demonstrava nada além de preocupação ou confusão, pensou. Mas as vozes. Poderia algo tão claro estar apenas em sua cabeça?

– Sinto muito, devo ter me enganado – disse ele, voltando a se sentar no trono. Pegou a taça de vinho da mesa ao lado, sem se importar agora se as mãos tremessem enquanto levava a bebida aos lábios e a tomava de um só gole. Ele não se lembrava da última vez que havia bebido água, muito menos comido. Talvez essa fosse a causa das alucinações.

– Esperávamos poder discutir sobre terras com você – começou Estrófio, um tanto cauteloso.

– Terras?

– Sim. Após a batalha de Troia, seu pai fez muitas promessas aos que o cercavam, presentes que daria a seus aliados, seus súditos e suas famílias também, à luz de sua vitória histórica. Agamêmnon foi um grande líder. Um homem inspirador. E muito generoso também.

Perverso e orgulhoso, Orestes pensou consigo mesmo. Talvez outros considerassem isso inspirador. Primeiro, o comentário sobre ele ser como um filho, agora isso. Podia ser a primeira vez que se sentava no trono, mas já esteve naquela sala muitas vezes para saber quando um homem estava tentando obter algo que provavelmente não merecia.

– Não sei nada sobre isso.

– Promessas foram feitas, posso garantir. Muitos podem testemunhar.

– Muitos que, suponho, também ganhariam com essa suposta generosidade?

Ele se surpreendeu com a maneira como falou. Forte e imponente. Pílades tinha razão. As pessoas o viam como fraco e mesmo aqueles que o conheceram antes, que o ajudaram, estariam prontos para testá-lo.

– Só porque eles se beneficiariam, não torna a palavra deles indigna de confiança.

– Não, porém, menos crível. Agora, há mais alguma coisa que queira, ou está aqui apenas para desperdiçar meu tempo e testar *minha* generosidade?

Um silêncio caiu sobre a câmara. Orestes enfiou as mãos nas laterais da cadeira para evitar que tremessem. Talvez tivesse julgado mal. Talvez Agamêmnon de fato tivesse feito tais acordos, e os homens tivessem esperado quase uma década para que alguém cumprisse as promessas do Rei morto. Enquanto os presentes olhavam de um rei para o outro, um pequeno sorriso apareceu no rosto de Estrófio.

– Acho que lhe ensinei bem, Orestes – declarou Estrófio, quebrando a tensão. Uma onda de risadas nervosas percorreu a assembleia. – E você não é o líder relutante que disseram que era.

– Não, ele é um rei! – gritou uma mulher.

Ao lado dele, Electra sorriu e uma centelha de calor o percorreu.

– *Ele é o Rei!* – Surgiu outra voz. – *E aprendeu tudo o que sabe com a mãe. A mãe, a quem ele assassinou, para obter o trono. Não é verdade, Orestes? Você não a abateu só para que pudesse se sentar aí?*

A mesa de vinho caiu no chão quando ele saltou de pé de novo, com os olhos fixos na porta, de onde a voz parecia ter vindo. Mas, assim que se levantou, outra voz veio do outro lado da sala, do alto da escada.

– *Diga-me, a cor vermelha combinou com ela? Lembra-se, enquanto ela estava deitada no próprio sangue.*

– O que está fazendo? Por que está dizendo essas coisas para mim? – Ele caiu de volta no trono. – Por quê? Por quê? – Ele mal conseguia respirar, muito menos falar.

– Qual é o problema? – Pílades estava ao seu lado. – Está ferido? É veneno? – Ele olhou para a jarra de vinho no chão, mas Electra balançou a cabeça.

– Eu mesma bebi.

– Então o quê?

Os que estavam mais perto do trono começaram a se afastar, enquanto os que estavam atrás esticavam o pescoço para ver melhor. No tumulto, pessoas estavam sendo empurradas e começaram a gritar umas com as outras. Mas, acima de tudo, as vozes continuaram.

– *Você é um assassino!*

– *Um assassino de crianças!*

– *Maligno!*

– O que foi? O que há de errado? – perguntou Pílades mais uma vez, enquanto Orestes tapava os ouvidos.

– Não as está ouvindo? Faça-as parar!

– Parar quem?

– *Ah, está falando de nós?* – O riso encheu o ar.

Enquanto seus olhos disparavam ao redor do salão, de repente ele a viu parada ali, no meio de todo o caos, calma e orgulhosa, mas hedionda. Ela era branca como as colunas de mármore, mas seus olhos eram mais escuros que obsidiana. Era como se cada raio de luz que caía sobre ela fosse absorvido por sua pele escamosa. Ela não era humana. Só sua boca, com suas fileiras de dentes pontiagudos, bastava para indicar isso a ele, assim como o brilho das chamas vermelhas que pareciam engolfá-la. Era como se a própria mulher fizesse parte de um fogo eterno.

– Orestes! Orestes! O que está acontecendo? Não pode se comportar assim, irmão. O que está fazendo? – Electra estendeu a mão para ele.

Mas ele não pôde responder. Ele não conseguia tirar os olhos da aparição, a língua bifurcada tremeluziu à luz do fogo quando ela voltou a se dirigir a ele.

– *Então, você tem a coroa* – sibilou ela. – *Tudo o que precisa fazer agora é permanecer vivo tempo suficiente para fazer uso dela.*

CAPÍTULO 37

Laodâmia trocou a compressa fria na cabeça dele.

– Não há febre. O que você está fazendo é inútil – disse Pílades.

– Se for veneno, o frio pode afastá-lo do cérebro dele – respondeu Laodâmia.

– Começou na noite em que meu pai chegou. Deve ter sido administrado naquele momento – sugeriu Pílades.

– Que bobagem – falou Electra agora. – Como poderia ser veneno, se ele não comeu nada e bebemos o mesmo vinho? Além disso, demos a ele todos os remédios que conhecemos. Que veneno faz um homem chorar assim? Já faz duas semanas que isso está acontecendo. Duas semanas. E ele ficou no templo por três dias inteiros. Isso deveria ter remediado qualquer doença. Isso é outra coisa. Só pode ser.

– Então o que pode haver de errado com ele?

– Por favor, vocês dois precisam ficar calmos. Ele precisa de silêncio.

Orestes sabia que estavam falando sobre ele, preocupando-se com ele como com uma criança, mas manteve as mãos sobre os ouvidos, para bloqueá-las. Balançar para frente e para trás o ajudava a se concentrar em outras coisas, como tipos de peixes ou espécies de insetos. Falar em voz alta também ajudava a abafar as vozes, mesmo que apenas por um momento. Pássaros aquáticos. Isso o manteria focado por algum tempo. Diferentes aves aquáticas. Isso impediria que os espíritos malignos se fizessem ouvir.

– Ganso-de-faces-negras, frisada, êider-edredão. – Ele recitou os nomes, cada vez mais alto, embora sua voz não fosse a única que aumentava de volume, pois ele e a família extendida não eram os únicos no cômodo.

– *Ele não acredita de verdade que pode nos silenciar, não é?* – perguntou um dos demônios. Ela estava sentada na ponta da sua cama, a apenas alguns centímetros de distância. De pele mais escura e olhos amarelos, tinha aquela mesma língua bifurcada da primeira que ele vira, os mesmos dentes afiados, aquele mesmo olhar raivoso. Suas pernas estavam esticadas e um pé estava a apenas alguns centímetros de onde Electra torcia as mãos. Mas a irmã não fazia ideia.

– *Acho que ele já percebeu que não é capaz de nos bloquear, não é, Orestes? Você sabe que não somos algo que pode ignorar.*

– *Somos algo que você merece.*

– Vocês são monstros! – gritou ele para elas, embora sua explosão só as fizesse rir ainda mais.

– *Nós, você diz? Você acha que nós somos os monstros?*

– *Nós não matamos nossa própria mãe. Nós nunca seríamos capazes de fazer uma coisa dessas.*

– *Diga-nos, Orestes, como se sentiu, quando a faca cortou a carne dela?*

– Ganso-de-faces-negras, êider-edredão, merganso... – Suas palavras saíam ofegantes e fracas, mas ele continuou.

– *Foi como você sonhou que seria? Nem ao menos para olhá-la nos olhos. Nem mesmo dar a ela a chance de se despedir de seu amado menininho.*

– Corvo-marinho, biguá...

– *Mas você garantiu que eles se reencontrassem, não foi, Orestes? Você garantiu que toda a pequena e feliz família estivesse reunida de novo. Como é a sensação de ter tanto sangue nas mãos?*

– Parem com isso! – Ele abriu os braços, derrubando Laodâmia e fazendo a bacia voar das mãos dela. A velha ofegou em choque. – Eu... eu... desculpe, desculpe. – Orestes se arrastou para o chão, tentando enxugar a água com seu manto.

– *Ah, ele pede desculpas por isso, não é? Eu achava que ele não se desculpava por bater em mulheres idosas.*

– *Achávamos que ele as matava.*

– *Especialmente aquelas que o criaram.*

– *Aquelas que o amaram.*

– *As que o mantiveram a salvo de todos os demônios que dormiam embaixo da cama dele à noite.*

– Deixem-me em paz!

Ele bateu a cabeça no colchão, agarrando o travesseiro e enrolando-o ao redor das orelhas.

– Precisamos levá-lo a algum lugar. Ele precisa de ajuda. – Era a voz de Laodâmia agora. – Temo que não podemos salvá-lo aqui.

– Para onde *podemos* levá-lo? – perguntou Electra. – Ele está delirando como um lunático. Podemos ter sido capazes de justificar o primeiro episódio como estresse, mas isso já dura quase meia lua. Se ele não se recuperar logo, todo o reino saberá que têm um louco no comando. Onde isso nos deixará então?

Era difícil negar a insanidade dele, já que ela o encontrara no dia anterior, encolhido atrás de sacos de farinha na despensa embaixo da cozinha. Mas os demônios conheciam esse esconderijo. Elas conheciam todos.

– Para ser justo, muitos reinos tiveram reis loucos, mas esse não é o ponto. – Pílades assumiu a posição de Laodâmia ao lado da cama e estava acariciando os cabelos de Orestes. – Se esse tormento não é de veneno ou doença, então não pode ser de origem mortal.

As duas mulheres enrijeceram.

– Então o que acredita que seja? – perguntou Electra. – E por quê? Por que os deuses desejariam ferir Orestes? Ele fez exatamente o que lhe foi pedido.

– Não sei por que alguém amaldiçoaria um homem dessa maneira. Alguém tão bom quanto ele. Ele cumpriu as ordens de Apolo, embora isso tivesse partido o coração dele.

– Então o que está dizendo? – questionou ela. – Não tenho tempo para enigmas e temo que nem meu irmão tenha.

Pílades assentiu, descendo a mão para as costas de Orestes.

– Acho que devemos ir aos deuses para obter a resposta – declarou ele. – O sono no templo não fez nada para melhorar a condição dele. Acho que devemos levá-lo de volta para Delfos. Voltar para ver a Pítia.

*

Pílades e Orestes estiveram em Delfos várias vezes desde seu primeiro encontro com a Pítia, embora nunca para pedir mais conselhos. Eles foram pela música e a dança, as festas e os festivais; às vezes para os jogos no estádio. Mas sempre pela chance de ficarem sozinhos, longe dos olhos curiosos do palácio.

A última visita deles havia sido tão alegre, tão cheia de paixão e esperança para o futuro. Mas eles estavam ignorando a verdade de que, um dia, Orestes precisaria retornar a Micenas. Haviam prometido um ao outro não mencionar Electra ou Clitemnestra ou qualquer coisa desagradável durante seu tempo juntos. Eles se beijaram em olivais, tomaram banho no mar e observaram cervos bebendo água em um lago. Eles dançaram, e cantaram, e riram até doerem os flancos.

Para o bem ou para o mal, Pílades se apaixonara por Orestes no momento em que viu Electra apresentá-lo a seu pai após a fuga de Micenas. O menino trazia as emoções tão à flor da pele, as marcas de lágrimas ainda manchavam suas bochechas. Os contemporâneos de Pílades teriam considerado isso um sinal de fraqueza, mas ele entendia que era o contrário. O que mais importava na vida senão aqueles a quem se ama? Como o pai havia exigido, Pílades tomou o menino sob sua proteção. Um primo a quem deveria tratar como um irmão. Mas ele não era seu irmão e, a cada dia que passavam juntos, um vínculo mais significativo crescia.

Pílades pensara que talvez ter sido criado como filho único em uma família de mulheres o tivesse tornado tão compassivo. Mas isso não importava. Tudo o que sabia era que, quando algo tão precioso surgia na vida de uma pessoa, você deveria fazer todo o possível para mantê-lo. Mesmo assim, tentou suprimir seus sentimentos. Ambos eram príncipes, suas parceiras de casamento seriam escolhidas para eles após anos de negociações estratégicas. E, enquanto Orestes não sentisse o mesmo por ele, não arriscaria arruinar a amizade dos dois, nem manchar sua reputação. Mas, como se revelou, Orestes se sentia exatamente da mesma maneira.

Quatro anos haviam se passado, antes que chegasse o dia em que se beijaram pela primeira vez. Eles passaram o dia longe no mar, em um barco de pesca. Orestes passara a maior parte do tempo olhando para cima, observando as águias-rabalvas atacarem e mergulharem, enquanto Pílades fazia a maior parte do trabalho. Tinham pegado o jantar e desembarcado para cozinhá-lo em uma pequena fogueira. Conversaram sobre tudo: passado, futuro, animais – sempre animais com Orestes. Enquanto as estrelas surgiam acima deles, Orestes rolou na areia e comentou que não conseguia imaginar um dia mais perfeito do que aquele.

– Eu consigo – respondeu Pílades, inclinou-se para a frente e pressionou os lábios nos do primo. Tudo naquele beijo pareceu tão natural. Quando finalmente se separaram, Pílades tirou o manto.

– O que está fazendo? – perguntou Orestes.

– Indo dar um mergulho. Quer se juntar a mim?

Na água, eles se beijaram de novo, suas mãos exploraram o corpo um do outro, enquanto o luar se estilhaçava nas cristas das pequenas ondas. Ele desejou carregá-lo de volta para o palácio em seus braços naquela noite. Mas jamais imaginara que precisaria carregá-lo dessa forma. Nem em todos os seus piores pesadelos.

– Ele precisa de roupas limpas – disse a Electra, enquanto sacudiam de um lado para outro com o balanço do navio. – Ele as sujou de novo.

– Então cuidaremos disso quando chegarmos à costa. Já o trocamos três vezes e quase gastamos tudo o que embalamos. Não sobrou quase nada que esteja limpo.

– Então lave alguma coisa, ou use uma de suas vestes ou roube uma, não me importo, mas não vamos levá-lo para Delfos assim. Ele é um rei, Electra.

A mandíbula dela se enrijeceu, e ele se preparou para mais discussão, mas nenhuma veio. Em vez disso, ela saiu da cabine, com sorte buscaria mais roupas e um pouco de água também. Orestes desaprovaria a maneira como ele estava falando com a irmã, mas Pílades a responsabilizava tanto quanto a si mesmo pela condição do amado. Tinha sido dela o desejo que ele tomasse a coroa e sua fome inata de vingança que os forçara a isso. Se Orestes fosse um pouco mais velho, um pouco mais experiente no mundo, talvez tivesse aceitado que o que fizera não era pior do que os feitos de muitos que o precederam, e isso talvez nunca tivesse acontecido.

– Não se preocupe, meu amor – declarou ele, usando uma das mangas para limpar a boca dele como a de um bebê. – A Pítia nos dirá como consertar isso. Ela nos dirá o que fazer, e logo você estará de volta conosco. Apenas mantenha a força. Estou aqui por você.

A porta se abriu.

– Um manto – disse Electra, atirando-o para ele. – E a cor é horrível. Troque-o depressa. A costa está à vista.

CAPÍTULO 38

O navio era pior do que ele poderia ter sonhado. Pior do que quando elas o perseguiram pelos corredores do palácio, com os dentes pingando sangue, com os uivos constantes ressoando em seus ouvidos, enquanto ele procurava inutilmente algum lugar para escapar delas. Ele tentou se esconder, como fazia quando criança, em cantos e recantos que acreditava que só ele conhecia. Mas elas sempre o encontravam. E agora, em mar aberto, não havia para onde ir.

Conseguia sentir o hálito fétido delas, engrossando o ar da pequena cabine. Em um lugar tão apertado, mal havia espaço para os três humanos e três monstros passarem um pelo outro e com certeza nenhum lugar para onde correr. Ele havia parado de pensar nelas como mulheres. Não havia nada de feminino nelas. Nada maternal ou caloroso. Agora que haviam sido suas companheiras constantes por tanto tempo, conhecia cada uma pelo tom de voz, os sons guturais que rangiam em suas gargantas antes de começarem a zombaria, o padrão de suas escamas e o raspar de suas vestes rasgadas, enquanto se arrastavam ao longo do chão.

– *Rei forte e assassino. Olhe para você agora.*

– *Você provou o sangue dela? O sabor ainda está na sua língua?*

– *Por que você não voltou a adaga contra si mesmo? Isso seria a coisa mais fácil de fazer. Vamos, Orestes. Vire a adaga contra você mesmo.*

Suas farpas começavam baixas, como o estrondo distante de cascos dos cavalos. Mas nunca paravam por aí. A cada palavra, o veneno crescia em volume e rancor, até atingirem um clímax tão vociferante que ele tapava os ouvidos e gritava de dor.

– *Você costumava deixar sua mãe tão orgulhosa.*

– *Ela estava tão orgulhosa de seu principezinho especial.*

– *Até você cortar a garganta dela.*

Os outros nada sabiam dessa presença maligna. Não entendiam que demônios andavam entre eles. Ele conseguia perceber pelo menos isso. Se discutissem, as criaturas eram forçadas a gritar seus insultos para que fossem ouvidos.

– *Sua mãe deseja que você saiba que ela ainda o ama. E que ela vai ver você muito, muito em breve.*

– *Seu irmão deseja retribuir toda a bondade que você mostrou a ele.*

– *E Egisto. Ah, Egisto tem toda uma recepção esperando por você.*

– Parem com isso! Parem com isso agora! Não ouvirei vocês!

– *Você não tem escolha.*

E, em um instante, ela estava lá, agachada ao lado dele, o fedor pútrido do hálito dela enchia-lhe as narinas. Ele fechou os olhos com força, desejando que ela se afastasse, mas os dedos dela rastejaram sobre sua pele e o fizeram gritar novamente.

– Saia de perto de mim!

Quando tornou a abrir os olhos, a fera havia sumido e, em seu lugar, Pílades estava ajoelhado, com a testa franzida e os olhos escuros de preocupação.

– Está tudo bem, Orestes. Chegamos a Delfos. Só preciso levantar você.

– Não! Não! – Orestes encolheu-se, puxando os joelhos para junto do peito, com os olhos correndo de um lado para o outro. – Elas estão aqui! Elas estão se escondendo agora! Elas nunca vão embora! Elas nunca vão me deixar em paz!

– Sou só eu.

Orestes ficou rígido quando Pílades se moveu para tomá-lo nos braços. Eles podem mudar de aparência. Talvez fosse um deles, fingindo ser ele! Ele atacou, afastando-o com os punhos.

– Por favor, primo, fique quieto.

– Por que está fazendo isto comigo?

– A Pítia irá ajudá-lo. Por favor, meu amor, por favor, fique quieto.

– Vá embora! Deixe-me em paz!

– Estou aqui para ajudar.

– Vá! Por que você não me deixa em paz?

– Por favor, fique quieto.

– Já chega!

A voz era tão aguda e estridente que poderia muito bem ser uma das criaturas, mas Orestes conhecia o tom da irmã, mesmo nas profundezas de sua insanidade. Ele puxou os braços para trás, embora continuasse a chutar.

– Pegue uma corda. Vamos amarrá-lo. Será mais seguro e rápido.

– Não! Não! – Ele se esforçou e lutou com todas as forças, mas mesmo com saúde, ele não era páreo para a irmã, muito menos com o amigo a ajudando. Em minutos, eles o amarraram e jogaram por cima do ombro de Pílades. Por mais que se contorcesse, não havia como escapar, nem das cordas, nem dos monstros que o esperavam no convés.

– *Que apropriado.* – Uma delas riu.

– *Você parece pronto para o abate* – cacarejou outra.

– *Talvez esse seja o plano deles, embora seja gentil demais. Você merece sofrer. Ela merece ver sua agonia.*

Enquanto Electra foi encontrar transporte, Pílades baixou-o de leve até o chão e segurou um odre de água em seus lábios.

– A Pítia resolverá isso, meu amor – sussurrou ele, afastando o cabelo do rosto de Orestes. – Ela falará com os deuses. Eles vão acabar com isso.

Orestes encostou o queixo no peito e fechou os olhos, com medo do que Pílades poderia se transformar se olhasse muito de perto.

– Depois levarei você para casa, onde quer que seja. Podemos ficar aqui, ir para Fócida ou voltar para Micenas. A decisão será sua. O que você escolher.

O que eu escolher?, Orestes pensou com amargura. Quando ele teve alguma escolha em qualquer coisa?

Electra logo voltou com mulas. Ela e Pílades afrouxaram suas restrições para que ele pudesse montar em uma. Subiram os caminhos sinuosos da montanha e, de alguma forma, com o movimento de balanço e os braços de Pílades o segurando perto, ele fechou os olhos e caiu no sono.

Mesmo assim, não estava livre. A lembrança das mortes ficava se repetindo, sem interrupção, sem pausa. Ele se forçou a acordar do pesadelo. Mas quando fez isso, elas estavam lá, esperando por ele, com suas bocas grotescas ainda em provocação.

– *Talvez devêssemos empurrá-lo para fora da mula, para que você quebre o pescoço.*

– *Quero ouvi-lo estalar.*

– *Quero que ele ouça o estalo.*

Fechando os olhos de novo, ele invocou os nomes das borboletas sobre as quais Egisto lhe ensinara.

– Treliça-marrom, borboleta-de-rabo...

– Estou com você, meu querido, não vai levar muito tempo agora. – Pílades o segurou com firmeza para impedi-lo de cair.

Ele não tinha ideia de para onde estavam indo. Talvez tivessem contado a ele, mas muitas vezes agora as palavras humanas eram registradas como nada mais do que um zumbido distante. Talvez pretendessem se livrar dele, a quilômetros da civilização, para que ninguém soubesse a verdade sobre sua loucura.

Quando seus olhos se abriram por um momento e ele viu os grandes pilares de pedra amarela do templo de Delfos, ele teve um breve lampejo de reconhecimento, apenas para voltar a esconder a cabeça junto do peito de Pílades quando um grito violento rompeu o ar. Ele se preparou para outro ataque.

– Está tudo bem, meu amor. Não há nada a temer. Veja. Chegamos.

O barulho voltou, embora agora ele percebesse que não era a voz de um de seus algozes, mas o grasnar de um cisne. Um vislumbre de esperança faiscou em seu coração. Eles estavam em Delfos. Pela primeira vez em muito tempo, ele percebeu seus arredores. Delfos significava a Pítia e a palavra de Apolo. Talvez houvesse a esperança de redenção, afinal.

– Pílades – chamou ele, com a voz falha e rouca de tão pouco uso. Tentou virar o pescoço para olhá-lo, mas teve dificuldade para manter o equilíbrio.

O amigo o segurou com ainda mais força.

– Estamos quase lá, Orestes. Estamos quase lá.

– Posso levá-lo se você quiser – ofereceu Electra, de sua mula. – Você tem cuidado dele por todo esse caminho.

– Está tudo bem. Temos apenas uma curta distância a percorrer. Só precisamos subir os degraus.

– Eu... eu posso andar.

Pílades parou sua mula.

– Orestes? Você pode nos ouvir? Beba um pouco de água.

– Elas vão voltar – respondeu ele, com os olhos passando dos pássaros para os humanos. – Elas estão me atormentando. As mulheres. Elas estão aqui por vingança.

– Quem são elas? Elas já lhe disseram quem são?

– Ignore-o – disse Electra, desmontando. – A mente dele está confusa. Metade do tempo ele fala sobre cobras, não sobre mulheres. Precisamos levá-lo ao templo agora.

– Línguas bifurcadas. Era disso que eu estava falando. Não cobras, apenas línguas bifurcadas.

– Eu sei. Eu sei. – Pílades continuou a falar baixinho com ele. – Só mais um pouco. Por favor, fique conosco. A Pítia fará tudo ficar certo. Só precisamos chegar ao templo.

Mesmo em seu estado atual, ele conseguia se lembrar de cada momento de sua primeira visita à Pítia, incluindo o fato de que teve que comparecer ao encontro sozinho. Hoje, tinha problemas para ficar de pé sozinho, mesmo no ar fresco da encosta da montanha. Quer ela gostasse ou não, teria que aceitar que Pílades o acompanhasse simplesmente para mantê-lo de pé na atmosfera sufocante de incenso queimando.

Eles o baixaram até o chão. Hordas de pessoas dançavam, moviam-se e passavam ao redor deles. Orestes já havia se maravilhado com o caos de tudo isso. Agora, ele tinha medo. Mais pessoas significavam mais lugares para os demônios se esconderem. Assim que pensou nisso, o discurso recomeçou.

– *Você acha que vai encontrar refúgio aqui? Acha que um deus vai salvar você? Nenhum humano ou deus pode fazer isso.*

– *Estávamos aqui antes que esses deuses mesquinhos pusessem os pés na terra.*

– *Não vamos nem deixar você entrar lá. Você não merece paz. Você acha que eles estão em paz? Acha que sua mãe está?*

– *Orestes?*

Uma mão com garras se estendeu para ele, e ele saltou para trás.

– Não! – gritou ele, virando-se, apenas para se ver cara a cara com outra das feras. – Não! – Ele se virou de novo. Dessa vez, uma delas estava esperando para agarrá-lo pelo lado. E depois à frente. As três o cercaram. Cobrindo os ouvidos, ele cambaleou até a multidão, onde gansos e cisnes enxameavam. – Por favor, deixem-me em paz! Deixem-me em paz!

Metade das pessoas se afastou, enquanto outras se aproximaram, querendo ajudar, inconscientes das figuras entre elas, com presas à mostra e línguas estalando.

– Vão embora! Vão embora! – Orestes as enxotou.

– Agarre-o! – gritou Electra. – Pegue-o e suba os degraus.

Vasculhando o mar de rostos, Orestes procurou por Pílades, mas havia monstros em todos os lugares para os quais ele virava. Monstros e estranhos eram tudo o que conseguia ver. As pedras escorregavam sob seus pés. O mundo estava desabando, e Orestes quis desabar com ele, mergulhar no que quer que o esperasse. Quaisquer que fossem as torturas e tormentos que Hades tivesse preparado para ele, nenhum poderia ser pior do que isso.

– Sim, sim... está certo. Desista. Será mais fácil assim, muito melhor.

– Uma boa rachadura no crânio.

– Venha conosco. Você de fato não quer mais esta vida.

Seus olhos rolaram para trás, enquanto seus pensamentos se transformavam em água. E então, com um calor mais maravilhoso do que a luz do Sol de verão, ele foi levado para cima e para longe de tudo.

CAPÍTULO 39

Ele não precisava abrir os olhos para saber onde estava. Aquele cheiro, tão forte, tão envolvente, abria caminho por sua mente, borrando seus pensamentos, enquanto lançava uma profunda sensação de calma. Seus membros estavam pesados, muito pesados, mas não oprimidos. Era como se tivesse caído no sono mais profundo, do qual não tinha intenção de acordar. No entanto, assim que o pensamento o atingiu, sua mente despertou de seu estado nebuloso. Inspirando uma lufada de incenso, abriu os olhos, apenas uma fração a princípio. Laranja. A cor que esperava ver. Isso o encheu de paz, com pensamentos sobre o lar, mas ele não conseguia entender por quê. Ainda lento para se mover, abriu um pouco mais os olhos, e as imagens borradas ao seu redor se tornaram formas e depois objetos.

Uma luz familiar, suave e cor de tangerina brilhava no chão de mármore. Várias sacerdotisas em mantos laranja estavam reunidas ao redor deles. O incenso queimava em suportes de cobre martelado, gavinhas da fumaça perfumada subiam no ar, apenas para perder sua forma nas sombras. O templo estava mais silencioso do que da última vez que ele estivera ali. Mais silencioso, na verdade, do que em qualquer outro lugar em que estivera ultimamente. Ele podia ouvir os pássaros em seus ninhos no topo dos pilares e o farfalhar de tecido quando as sacerdotisas faziam o menor movimento. Silencioso. Seu corpo ficou rígido com a percepção. Era outra armadilha; ele tinha certeza. A qualquer minuto os monstros saltariam das sombras para voltar a atormentá-lo. Mas foi a voz de Pílades que veio do silêncio.

– Não precisa se preocupar, primo. As erínias não vão importuná-lo aqui.

Ele sacudiu a cabeça, ainda tremendo, enquanto esperava o ataque delas. Um cobertor havia sido colocado em cima dele enquanto dormia. Era outro estratagema; tinha certeza. Levantou-se com dificuldade, seus olhos dispararam ao redor enquanto puxava os joelhos para junto do peito.

– É o que você acha. Acha que estou seguro, mas elas vão me encontrar. Elas sempre me encontram.

– Aqui não, meu amor. As erínias não vão alcançá-lo aqui.

Orestes balançou a cabeça e prendeu a respiração. Um momento se passou, e depois outro. Ainda assim, nada de vozes. Nenhum sibilo ou grito. Tampouco havia o calafrio ao qual ele se acostumara tanto na presença delas, como se estivessem sugando cada fragmento de calor e vida de seus arredores. Ainda sem ousar acreditar que estava seguro, ele olhou aos poucos ao redor do templo. As almofadas em que se deitara moldaram-se ao seu corpo. Fazia quanto tempo que estava ali? Ele estava pensando nisso quando as palavras de Pílades o atingiram de repente.

– As erínias? As fúrias? – Ele se virou para seu amante. – É isso que elas são? Não estou ficando louco, afinal? Eram elas que estavam me torturando? – Lágrimas encheram seus olhos.

– Eram elas – confirmou Pílades, com um sorriso triste e lágrimas similares. – Sinto muito por não sabermos. Sinto muito por nós...

– Por você pensar que eu tinha enlouquecido.

– Não. Bem, talvez um pouco. – A voz dele falhou com o esforço de lutar contra as lágrimas. – Consegue me perdoar?

– Claro. Sempre. – Com o coração quase explodindo, ele passou os braços em volta do pescoço de Pílades. O calor de sua pele, a barba por fazer em sua bochecha, o cheiro de almíscar que o envolvia; percebeu que pensou que nunca mais experimentaria isso.

– Como você sabe? – perguntou, afastando-se. – A Pítia lhe contou?

– Não exatamente – respondeu Pílades, nervoso.

– O que há de errado? – O sentimento de esperança estava desaparecendo depressa.

– Nada. Não há nada de errado – respondeu Pílades, sentando-se e olhando para cima.

Orestes pôs-se de joelhos e seguiu o olhar do amigo.

– É… não… é possível que seja?

Uma figura estava ali, uma que deveria estar perdida nas sombras, mas reluzia com uma luminosidade que parecia vir de dentro. Sua cabeça era coroada por uma massa de cachos dourados que, por sua vez, eram adornados com uma simples coroa de louros. Sem parecer mais velho que o próprio Orestes, era tão magnífico e perfeito quanto em qualquer história já contada sobre ele. Mais ainda, se isso fosse possível.

– Apolo – sussurrou Orestes.

O jovem continuou a sorrir por mais algum tempo, antes de franzir profundamente o cenho.

– Sinto muito pela situação em que se encontra, Orestes. Acho que precisamos encontrar uma solução juntos. Aceita tomar uma bebida comigo para podermos discutir sua situação?

Se não fosse pelo olhar de admiração de Pílades, ele teria considerado sua insanidade confirmada. Electra estendeu a mão e apertou sua mão.

– Ele está aqui por você, irmão. Ele veio para resolver tudo.

Depois de ser ajudado a se levantar, ele seguiu Apolo, enquanto ele deslizava para a próxima câmara, onde um banquete digno do Deus da Luz havia sido preparado. A irmã e o amante de cada lado dele, agora com mais tempo para se ajustar à situação, trocaram um sorriso compreensivo.

– Ele é um deus. Estamos na presença de um deus – sussurrou Orestes para nenhum dos dois em particular.

– Nós sabemos, irmão, nós sabemos.

A mesa estava posta com comida suficiente para cem homens – carne e peixe, e frutas tão frescas que ele podia sentir sua doçura. Orestes ficou com água na boca só de ver o banquete. Pela primeira vez desde a morte da mãe, ele sentiu o apetite voltar, embora tenha pegado um copo de água primeiro.

Enquanto os outros começavam a encher seus pratos, Orestes pigarreou para falar.

– As Erínias – começou, dirigindo-se a Apolo. – Quem são essas mulheres? De onde elas vêm?

– As Erínias não são mulheres – corrigiu-o o deus, enquanto uma das sacerdotisas lhe servia uma taça de vinho. – Elas vêm do recanto mais escuro, na região mais profunda do Submundo e são mais malignas do que qualquer um que perseguem. A vingança é sua única vocação. Elas assumem a causa daqueles que acreditam ter sido prejudicados. Então elas atormentam o aparente malfeitor, em geral até à morte.

– Então elas estavam falando sério sobre querer me matar? – Orestes agora comeu um bocado de pão.

– O Submundo, você disse? – Electra mostrou respeito suficiente para remover sua adaga na presença de um Deus, no entanto, ainda achou por bem passar por cima da pergunta do irmão. – E elas foram enviadas aqui para infligir vingança? Por quem? Por nossa mãe? Isso é culpa dela? É claro que seria – respondeu a si mesma.

Apolo deu de ombros.

– Não posso lhes dar muita informação. As Erínias são antigas. Mais antigas que o pai do meu pai. Como são convocadas é algo que nem mesmo nós, deuses, sabemos. Pode ser que sejam enviadas, ou apenas atraídas para atos de transgressão, aqui na terra.

– Tais como matricídio – sussurrou Orestes. O deus baixou os olhos no que ele só poderia entender como concordância.

– Mas não houve nenhuma transgressão aqui. – A voz de Electra estava aumentando de volume. – Ele estava apenas seguindo as instruções dos deuses, sua própria exigência de que um filho deve vingar a morte do pai.

– Estou bem ciente do que está dizendo, Princesa, mas a verdade é como já declarei. Elas são mais antigas do que nós e trabalham de maneiras que nem mesmo nós entendemos.

– Então foi você quem o amaldiçoou!

Arquejos ecoaram pelo salão e as sacerdotisas se encolheram. Orestes sentiu Pílades enrijecer ao seu lado.

– Electra – sibilou para a irmã.

– Você está certa – concordou Apolo. – De propósito ou não, fui eu quem trouxe esse tormento sobre você. Eu, o Deus da Música e da Luz, da Arte e da Cura. Isso não é o que eu jamais teria pretendido, para qualquer humano.

– Quando elas vão parar? O que as fará parar? O que eu preciso fazer? Fazer-lhes uma oferenda?

– Podemos dar a elas qualquer coisa que pedirem – acrescentou Pílades.

Apolo baixou a cabeça.

– Acho que não há nada. Nada que algum de nós já tenha descoberto, pelo menos. Vingança é tudo o que elas buscam.

Um nó se apertou no estômago de Orestes. Ele não podia voltar para a tortura constante delas. Seria seu fim, tinha certeza. Ele preferiria morrer.

– Mas, sem dúvida, é capaz de detê-las – disse, com esperança, que foi frustrada quando o Deus negou, balançando a cabeça.

– Não, não tenho poder sobre as Erínias.

– Mas elas não entraram em seu templo. Disse que estou seguro aqui, então deve ter algum controle sobre elas. – Seu coração estava disparado.

– Sinto muito. Não tenho. Mas elas não são tolas. Ofender um deus em seu próprio templo não seria uma atitude sábia, mesmo para elas.

– Então posso ficar aqui? – perguntou ele. Pôde ouvir o timbre quase infantil de sua voz, o desespero nela, pois essa nova ideia parecia oferecer a chance de sanidade mais uma vez. – Posso ficar aqui em seu templo, para sempre?

O Deus inclinou a cabeça e um olhar, como o de um pai preocupado com o bem-estar de seu filho, cruzou seu rosto.

– Este é o templo do meu oráculo, Orestes. Não um abrigo ou um refúgio. Não posso permitir que viva aqui entre as mulheres. Não seria apropriado. Além disso, quando eu for embora, elas simplesmente voltarão a atormentá-lo.

– E agora? Você simplesmente o deixa de lado? Assume a culpa, mas não a responsabilidade?

Essas explosões de sua irmã eram comuns, mas as palavras não vinham dela, mas de Pílades, e um novo medo surgiu em Orestes.

– Pílades, por favor. – Ele estendeu a mão e pegou a de seu amante. Enfurecer um deus àquela altura não ajudaria em nada nenhum dos dois, embora parecesse, pela maneira como os cantos dos lábios de Apolo se contraíram, que ele estava mais entretido do que ofendido. Seguiu-se um breve silêncio, durante o qual uma centelha surgiu em seus olhos.

– Eu disse que não faria nada? Nós apenas precisamos lançar um pouco de luz sobre a situação. – respondeu. – Diga-me, seus pertences ainda estão embalados? Temos uma longa jornada pela frente.

CAPÍTULO 40

O dia trouxe um vento forte que encheu as velas e permitiu que a tripulação descansasse um pouco os remos. Com o olhar perdido nas ondas espumosas, Orestes lutou para bloquear as provocações das Erínias.

– *Não vamos deixá-lo.*

– *Você vai pagar pelo que fez.*

– *Eu manteria os olhos abertos, se fosse você. Não sabe quem pode vir por trás de você e empurrá-lo ao mar.*

– *Ou cortar sua garganta. Você gosta de um bom corte de garganta, não é, Orestes?*

O Rei fechou os olhos com força, imaginando se havia cometido um erro ao sair para um espaço aberto. Contudo, mal teve tempo de considerar que alternativa tinha quando outra voz surgiu ao seu lado.

– Sem dúvida, há outras pessoas que vocês precisam atormentar. – Apolo suspirou, acenando com a mão com desdém para as megeras. – Estão atrapalhando a música. Voltem daqui a uma hora, depois que tivermos comido. Ele vai deixar vocês o atormentarem então, não vai, Orestes?

– *Buscamos apenas o que ele merece.*

– Sim. Sim. Vocês são as arautas da vingança. Já ouvimos tudo isso antes.

Orestes estava dividido entre rir e chorar. Assim como Apolo havia dito, as Erínias estavam esperando por ele quando deixaram o templo. Irritadas com o Deus por ter roubado seu brinquedo, elas, por algum tempo, fizeram o pior que eram capazes com ele. No entanto, com Apolo ao seu lado, ele se sentia mais forte. Ele se firmou ao retornar ao navio e conseguiu, na maior parte do tempo, impedir-se de chorar ao vê-las. Talvez fosse apenas o efeito de ter alguém que pudesse vê-las, alguém que não tivesse medo delas.

– Elas têm nomes? – perguntou Pílades, cutucando o ar, como se pudesse acertar uma delas com o dedo.

– Criaturas como essas não merecem tal consideração. A maneira como se comportam é repreensível. Não me admira que o pobre Orestes pensasse que tinha enlouquecido. Acho que eu enlouqueceria se tivesse que ouvir esses disparates o dia todo. Por que não tentam uma música, suas bruxas medonhas? Nunca se sabe, talvez tenham talento para isso.

– *Você ainda consegue sentir o gosto do sangue, Orestes? Você ainda consegue ver a maneira como a luz desapareceu dos olhos dela?* – Elas o encaravam enquanto falavam, e a agitação familiar de medo recomeçou no seu estômago, mas Apolo voltou a interferir.

– Por favor, pensem em algumas falas novas. Ele matou a própria mãe. Já sabemos disso. E ele está arrasado. Até um tolo conseguiria dizer. Se esse é o tipo de homem de quem vocês buscam vingança, temo que tenham errado o alvo por uma boa distância. Além disso, seu vocabulário é pouco imaginativo e repetitivo. Eu sou o Deus da Poesia, lembrem-se disso.

Com um silvo, uma das Erínias se virou, a apenas alguns centímetros de seu rosto.

– *Talvez, da próxima vez, buscaremos a vingança de um dos deuses, pelos erros* deles.

– Boa sorte com isso – respondeu Apolo.

O deboche ajudava Orestes, mas ele ainda tinha dificuldade em imaginar o que poderia ser feito por outro deus, já que o poderoso Apolo não podia livrá-lo da presença delas.

– Acha que é meu destino que elas me atormentem por toda a eternidade? – perguntou a Pílades, naquela noite. O vento ficou ainda mais forte, trazendo nuvens espessas que escureceram o céu muito antes do pôr do sol. Agora, quando a meia-noite se aproximava, uma tempestade rugia com fúria, com ondas se quebrando contra o casco e atirando o navio primeiro para um lado e depois para o outro. Eles se esconderam abaixo do convés, em uma das menores cabines, onde se abraçaram sob um cobertor fino. Mesmo assim, as Erínias ainda zombavam dele, com os olhos espiando pelas frestas da porta de madeira, as unhas apareciam entre as tábuas do assoalho.

– Apolo não vai descansar até que você fique livre delas. Ele disse isso.

– Mas se ele não pode fazer nada...

– Então marcharei até o Olimpo e exigirei que o próprio Zeus as atire de volta para o lugar ao qual elas pertencem.

Orestes tentou sorrir, mas vacilou. Outra questão estava em sua mente havia dias, desde que Electra a mencionara pela primeira vez em Delfos. Ele não queria compartilhá-la por medo de qual seria a resposta. Mas agora sentia que outra opinião sobre o assunto não poderia ser pior do que a voz na própria mente, para não mencionar as outras três.

– Acha que o que Electra disse é verdade? – perguntou. – Que minha mãe as enviou? Que ela deseja que eu seja punido? – Ele fechou os olhos, esperando a resposta de Pílades.

– Não conheci sua mãe – respondeu ele finalmente. – Mas conheço você e sei o que era dito sobre ela. Em primeiro lugar, se os próprios deuses não podem controlar essas coisas, acho difícil acreditar que sua mãe consiga, mesmo que as mulheres de sua família, bem, se Electra serve de exemplo, se considerem onipotentes. E nós dois sabemos que não é o caso.

Orestes ofereceu a Pílades o menor dos sorrisos.

– Você me contou tanto sobre ela, a maneira como ela cuidou de você e de seus irmãos. Você também me contou sobre os erros que ela cometeu. Afinal, ela era apenas humana. Não consigo imaginar a dor dela com a morte de Aletes, mas isso foi obra minha, não sua. Ela também saberá o tormento que você sofreu. Ela não tem motivos para mandar essas coisas atrás de você. Estou certo disso.

Se era verdade ou não, Orestes não sabia, mas decidiu acreditar no que Pílades lhe dizia, sobre a mãe e sobre Apolo, assim como escolhia acreditar que seu futuro seria livre das Erínias. O contrário era impensável.

Na manhã seguinte, a tempestade passou e o vento diminuiu. Mais calma do que esteve durante toda a viagem, a água estava salpicada de infinitas calotas brancas que se estendiam do navio até o horizonte. Acima deles, o céu tinha clareado para o mais pálido dos azuis e um bando de aves marinhas flutuava em círculos, tentando localizar peixes sob a superfície da água. Não que Orestes soubesse disso. Ele não conseguia ver nada disso.

Na esperança de diminuir o tormento contínuo das Erínias, Pílades sugeriu que ele usasse um lenço sobre os olhos e as orelhas para amortecer seus sentidos. A ideia não o atraíra de imediato. Já que elas buscavam sua morte, ser incapaz de ver onde estavam o enervava ainda mais. No entanto, Pílades desejou tanto que ele tentasse. E, na verdade, ajudou um pouco, ao menos porque significava que Pílades precisava segurá-lo bem perto para mantê-lo firme.

Ruídos atravessavam o tecido, abafados a princípio, depois mais nítidos, à medida que seus ouvidos se ajustavam. O grasnar das gaivotas, o chapinhar dos remos na água com um ritmo regular. Ele controlou a respiração para acompanhar seu ritmo. Logo, novos sons – o clamor de muitas vozes e o chamado dos comerciantes – o fizeram imaginar que poderia estar no centro da cidadela de Micenas. No entanto, sabia exatamente onde eles deveriam estar: Atenas.

– Chegamos? – perguntou a Pílades, com o coração pulando de ansiedade, pela primeira vez em meses.

– Sim, acabamos de chegar ao porto – respondeu ele.

– Dá para vê-lo daqui?

– Sim, meu amor. Posso vê-lo daqui.

Mesmo o medo das Erínias não conseguiu convencê-lo a manter a venda por mais tempo. Seus olhos se encheram de lágrimas, enquanto ele contemplava a grande cidade. Se as Erínias estavam lá ou não, ele não se importava, seu coração estava tão preenchido.

Quando o navio atracou, os quatro se prepararam para desembarcar, os poucos pertences dos mortais estavam em sacolas, carregadas por Pílades e Electra.

– Uau, isso faz Delfos parecer uma vila mercantil, sem ofensa – comentou Electra, rejeitando a mão de Pílades, enquanto passava para a prancha de desembarque.

– Sim, parece que os seguidores de minha meia-irmã estiveram ocupados construindo para reforçar o ego já enorme dela, sem dúvida. Lembrem-se de que ela é a Deusa da Sabedoria, não da humildade – Apolo respondeu com um sorriso. – Meus seguidores preferem passar o tempo criando arte ou compondo música. Edifícios gigantescos ou beleza atemporal? Já sei qual eu escolheria. Mas cada um com sua preferência.

Mas aqueles não eram meros edifícios, por maior que fosse a facilidade que Apolo tinha de desprezá-los. Não havia como negar a maestria no que estava diante deles. Cúpulas e arcos, intrincados e ornamentados, mas tão delicados que parecia que música poderia ter fluído através da própria pedra. Pilares esculpidos com tantos detalhes que Orestes se esforçou para acreditar que algum pedreiro pudesse viver o suficiente para alcançar tal habilidade. Sim, aquilo era arte. A cidade inteira era uma prova disso. Aquela era Atenas.

Rumores da chegada iminente do Deus, de alguma forma, alcançaram a costa antes deles. Enquanto cambaleavam para o cais, com as pernas ainda desacostumadas ao solo firme, as pessoas correram em sua direção. Orestes estava acostumado a ver tais exibições de tributo, pessoas se reunindo diante de sua mãe ou do Rei Estrófio quando caminhavam por seus reinos. Eles mal reagiam às homenagens, pois ricos e pobres, homens e mulheres, todos viriam buscar o favor de seu governante. Os presentes podiam ser simples – frutas, pães, às vezes, bugigangas dos cidadãos mais ricos – ou mais valiosos, daqueles que esperavam algo em troca. Presentes de fato grandiosos seriam reservados para cerimônias em salões públicos, onde sua exibição podia ser admirada por todos.

Como era diferente com Apolo. Mostrando o mesmo nível de cortesia com todas as pessoas que o procuravam, vestidas com trapos ou sedas, ele aceitava os presentes que traziam com elegância. Com agradecimentos sem fim, recebia as oferendas que, com itens mais modestos, incluíam peças de arte e pequenos instrumentos, vasos finos e barris de vinho. Ele ordenou que tudo fosse levado de volta ao navio, para voltar com ele ao Olimpo. Quer sua gratidão fosse genuína ou não, Orestes descobriu que não se importava. Sua admiração havia crescido bastante por um deus que agia dessa forma, que parecia de verdade se importar com meros mortais.

Quando a multidão começou a se dispersar aos poucos, ele recolocou o lenço sobre os olhos e as orelhas.

– Não saia do meu lado – implorou, pegando a mão de Pílades e a apertando com força enquanto começavam a jornada até o templo. Aquele seria o momento ideal para as Erínias o atacarem de novo. E, com caminhos tão estreitos e quedas íngremes rumo às rochas abaixo, seria o lugar perfeito para elas cumprirem sua missão.

– Sabe que nunca vou deixar você – respondeu o amante, guiando-o para cima.

– *Sim, ele vai, e quando se for, teremos você apenas para nós* – intrometeu-se uma das Erínias.

– *Um empurrão rápido é tudo o que seria necessário. Podemos fazer isso, sabia?*

Seus passos vacilaram.

– Ainda há um longo caminho até o templo – disse Pílades, preocupado. – Gostaria de que eu carregasse você? Ou devo buscar uma mula?

– Não, eu consigo fazer isso – respondeu ele, tentando bloquear as zombarias.

– Bom – comentou Apolo. – Minha irmã respeita homens corajosos.

Encontrar o equilíbrio na superfície rochosa, ignorando as zombarias das criaturas do Submundo, não deve ter sido uma tarefa fácil, mesmo com a visão, mas ele confiava em Pílades e na irmã para não o deixar cair. Com passos cuidadosos, fizeram a subida. O ar estava fresco e limpo, e ele desejou poder parar e admirar a vista que se estendia abaixo deles agora. Mas haveria tempo suficiente para isso mais tarde, era o que esperava, quando estivessem livres para aproveitar tudo.

Por fim, ofegantes, mas não derrotados, eles pararam.

– Chegamos – declarou Electra. – Chegamos ao templo.

A animação que sentira pela primeira vez ao chegar a Atenas voltou, embora com apreensão renovada. Com as mãos trêmulas, ele tirou a venda. Mesmo a presença das Erínias não diminuía a magnificência do edifício à sua frente.

A pedra cor de areia reluzia, como se estivesse impregnada com o ícor dos deuses. Luz refletia de todos os ângulos. Um calor subia da terra, fazendo sua pele formigar. Ele sentiu que algo mais poderoso do que já havia encontrado estava alojado naquelas paredes. Por mais que a humanidade pudesse falhar, ou até desmoronar, aquele lugar, aquela magnífica acrópole, sobreviveria a tudo.

– É…tudo que eu sempre sonhei que seria.

Ele se lembrou, com uma dor no peito, de sua primeira visita a Delfos, quando jurou a si mesmo que viajaria pelo mundo para ver todos os seus tesouros. Esse era o primeiro passo para cumprir essa promessa. Esperava apenas que não fosse o último.

– Acho que devemos entrar então – sugeriu Pílades, movendo-se para subir os degraus.

Apolo o pegou pelo ombro.

– É melhor você nos deixar lidar com isso – declarou ele, indicando Electra. – As coisas tendem a acabar mal quando homens entram nos templos de minha irmã. Mas não se preocupe. Vamos mantê-lo seguro.

*

Orestes vira sua vida se desenrolar com crescente descrença. O que antes parecia inconcebível – esconder-se para evitar bestas aterrorizantes, que eram invisíveis para todos, menos para ele –, agora parecia prosaico comparado à sua situação atual. Mesmo com tudo o que havia experimentado recentemente, estava tendo dificuldade em compreender essa reviravolta.

Ele não estava mais na presença de um deus, mas dois – dois imortais – que estavam discutindo o bem-estar *dele*. Parados ali juntos, sua luminosidade combinada era quase insuportável. Uma Erínia, a mais alta e pálida das Fúrias, conversava com os dois, enquanto as outras duas permaneciam com ele e continuavam a atormentá-lo, sussurrando em seus ouvidos e fazendo com que um suor frio brotasse em sua espinha. Enquanto corriam as unhas sobre sua pele e por sua garganta, elas murmuravam promessas de vingança. O frio familiar havia retornado, fazendo com que sua respiração embaçasse o ar ao seu redor. Fechando os olhos com força, ele prendeu o grito crescente.

Assim havia sido por horas; os deuses concentrados na conversa, deixando-o sozinho. Electra, de alguma forma, conseguira adormecer e Pílades permanecia do lado de fora, indesejado no santuário da Deusa. De vez em quando, um dos deuses olhava em sua direção, e as Erínias diminuíam seu tormento, apenas uma fração. Foi só quando Apolo enfim levantou a voz contra elas, alto o suficiente para assustar os pássaros do telhado do templo, que os monstros se distraíram por tempo suficiente para Orestes recuperar o fôlego.

– Isso já durou tempo suficiente! Não houve nada de errado aqui, ele estava obedecendo ao comando de um deus!

– *Essas duas coisas não são mutuamente exclusivas. Não me insulte sugerindo que os deuses são justos. Não finja estar do lado do injustiçado. Sem dúvida, alguns dos atos que ocorreram neste mesmo templo são testemunho suficiente disso.* – A Erínia mais alta encarou a Deusa Atena, mas fosse o que fosse, Orestes permaneceu sem saber e Atena pareceu estar perplexa.

A deusa de olhos cinzentos suspirou, enquanto se afastava do par. Ao contrário das efígies que Orestes tinha visto dela, ela não usava capacete. Ela também não tinha uma lança na mão. Mas seu longo quíton cinza cintilava quando ela andava, como se sua divindade se estendesse a tudo com que ela entrasse em contato.

– Já discutimos este ponto antes – declarou ela. – Pelo menos uma dúzia de vezes. E parece que nenhum de vocês tem nada de novo a acrescentar ao argumento. Apolo, sabemos que Orestes agiu sob seu comando e que a vingança de um pai é fundamental para nosso modo de pensar. Então, você não acredita que ele deva ser punido.

A Erínia abriu sua boca hedionda para falar novamente, mas Atena a interrompeu.

– Estou ciente do que está prestes a dizer, mais uma vez. É estranho como vocês dois sentem que a Deusa da Sabedoria exige tanta repetição para entender alguma coisa.

– O ato de matricídio não pode ser menosprezado. Orestes matou uma mãe que o amamentou, criou e amou, de uma forma que muitas mortais não fazem. Não há como negar que, em circunstâncias normais, isso não deveria ficar impune. Mas essas não são circunstâncias normais.

Ela fez uma pausa, unindo os dedos e os pressionando de leve no lábio superior.

– Então qual o seu posicionamento? – perguntou Apolo, quebrando a contemplação momentânea dela. – É isso que viemos aqui estabelecer.

O silêncio pairou sobre eles como uma mortalha, enquanto Orestes esperava a resposta. Contente em ouvir os outros dois, ela se envolveu poucas vezes nas discussões e respondeu apenas a algumas perguntas durante o tempo que passaram juntos. Tudo parecia insignificante em comparação com o que lhe fora perguntado agora. Ele podia sentir a mente dela trabalhando por trás daqueles olhos cinzentos, enquanto ela considerava a pergunta. Então, devagar, ela se virou para encará-lo, com a cabeça inclinada para o lado, como a pequena coruja que tantas vezes a acompanhava.

Deuses têm o poder de ouvir os pensamentos de um ser humano?, ele se perguntou, enquanto ela o observava. Se ela pudesse, então era bem-vinda a eles. Ela era bem-vinda para compartilhar os pesadelos que ele enfrentara todas as noites desde que ouvira o decreto da Pítia, a culpa que o percorria como leite coalhado. Ela era bem-vinda a tudo isso.

– Essa situação me deixa perplexa. E, com as minhas habilidades, isso não é algo que admito levianamente. O que fica evidente a partir disso é que nós, sozinhos, não podemos chegar a uma decisão. Com uma pessoa de cada lado, e cada um de vocês tão seguro de seu argumento que nunca cederia ao outro, ficaremos discutindo até o Monte Olimpo desmoronar.

– Então deve decidir – declarou Apolo. – Por isso viemos. Dê-nos a sua decisão. Olhe para esse homem, ele está tão perto da morte quanto qualquer mortal que já vi. O que elas não tiraram dele, ele já havia tirado de si mesmo. Sem dúvidas pode ver isso.

– *Não é menos do que ele merece. As vidas que ele tirou valem mais do que a dele* – rebateu a Erínia.

– Como eu disse, estamos andando em círculos – interrompeu Atena, antes que o debate pudesse ficar ainda mais fora de controle. – Sei o que vocês querem de mim. No entanto, não considero que sou capaz de julgar isso com justiça. Não posso ver a situação com os mesmos olhos dos mortais que passaram por isso. Não tenho nenhum filho meu. Não consigo imaginar a sensação de violação, de ser verdadeiramente traída por alguém a quem se amou ainda mais do que à própria vida. Mas, ao mesmo tempo, não consigo conceber as agonias que alguém deve sofrer quando incumbido de uma vingança que não deseja consumar. Sinto que apenas um mortal pode julgar este caso. Suas vidas podem ser curtas, mas estão repletas de experiências dramáticas necessárias para chegar a um ponto de vista definido.

– O que está dizendo? – perguntou Orestes, levantando-se. – Quer dizer que elas estarão comigo para sempre? Que nunca me livrarei delas?

A Deusa se virou para encará-lo e, naquele momento, ele viu mil emoções passarem pelo rosto dela enquanto ela fazia uma pausa antes de responder:

– Estou dizendo que não sou qualificada para julgar. Na verdade, esse problema é mais complexo do que pode ser resolvido por apenas uma opinião. Em suma, Orestes, devemos levá-lo a julgamento. Veremos o que a democracia pode fazer pelo seu caso.

CAPÍTULO 41

Isso nunca havia sido feito antes e levou mais tempo para ser organizado do que Orestes teria desejado. Por dois dias, Atena vasculhou a cidade para reunir um júri que ela considerava justo e honesto.

Apolo contou a ele sobre os arranjos finais às vésperas do julgamento.

– Seis homens e seis mulheres – explicou. – Ela não nos mostrou parcialidade em quem escolheu, mas também não nos fez nenhum desfavor. Isso, suponho, é tudo o que podíamos esperar.

– Então, como funcionará? – perguntou Orestes. Um julgamento por júri nunca havia ocorrido antes. Quando menino, ele observava na sala do trono, enquanto a mãe resolvia intermináveis pequenas disputas na cidadela e várias outras importantes também. Ele tinha visto fazendeiros pagarem multas em ovelhas e ouro, e inúmeras outras sentenças proferidas. Não havia debate, nem discussão. A palavra de sua mãe era lei. Mas ele não ia perder gado ou economias ali. Era sua sanidade que estava em jogo, sua vida, na verdade. Se o júri decidisse contra ele, como esperavam as Erínias, seria o fim dele.

– Atena deu a cada pessoa do júri igual posição. Elas votarão como indivíduos, mas a decisão coletiva é o que contará.

– E eu terei a chance de falar? Para explicar o meu lado das coisas?

– Terá. Falará por si mesmo, e as Erínias falarão em nome de sua mãe.

– E Egisto e Aletes? Elas vão falar sobre eles também, não vão?

Apolo balançou a cabeça.

– Não, creio que não. Claro que poderiam, mas é apenas pelo matricídio que desejam puni-lo.

Orestes ficou em silêncio.

– Só mais um pouco, meu amor – disse Pílades – e você se livrará delas.

Sim, pensou Orestes, de uma forma ou de outra.

Nas horas que antecederam o julgamento, as Erínias levaram sua perseguição a um nível totalmente novo. Nenhum momento se passou sem que elas estivessem presentes, lançando insultos ou o arranhando.

– *Você poderia salvar sua família dessa humilhação adicional, se apenas acabasse com tudo agora* – provocavam elas. – *Não acha que sua irmã já sofreu o suficiente por sua causa?*

– *Eu vi um poço lá atrás. Talvez eu devesse apenas empurrá-lo para dentro dele.*

– *Não, não precisa se dar ao trabalho de fazer isso. Ele é perfeitamente capaz de fazer o trabalho sozinho, não é, Orestes? Ou há uma boa corda grossa naquele armário.*

– *E um robusto sicômoro lá fora.*

– *Mas isso seria limpo demais. Você sabe como ele gosta de sangue.*

– *É verdade. Ele deveria usar uma lâmina.*

Ele apertou mais o lenço em volta da cabeça.

– Precisamos falar com Atena – declarou Pílades, massageando as têmporas de Orestes. – Você precisa ter permissão para descansar e se preparar, já que irá se representar amanhã.

– Acho que essa é a ideia delas – respondeu ele, pressionando os dedos nos ouvidos por um momento, antes de suspirar e afrouxar o nó na venda o suficiente para puxá-la para baixo.

– O que está fazendo? – perguntou Pílades. – Você disse que a venda ajuda.

– Sim, mas preciso ver você. Preciso ver seu rosto, falar com você.

Ele se virou para concentrar toda a sua atenção no amante. Uma das Erínias continuou a sibilar em seu ouvido, mas ele empurrou o som para o fundo da mente. Contudo, precisou de toda a sua concentração para conseguir essa façanha e descobriu que estava lutando para encontrar as palavras.

– É impossível.

– Você não pode pensar de forma negativa. Tem Apolo do seu lado.

– É verdade, mas temo que signifique menos do que você imagina. Esses demônios são mais antigos que os deuses, lembre-se disso.

– Ainda assim, você deve se manter otimista.

– Pílades – esforçou a falar –, tenho algo que devo dizer a você.

Pressionando os lábios, ele deu um aceno sóbrio.

– Prossiga.

– Se decidirem que sou culpado e que as Erínias estão justificadas no que estão fazendo, então não posso seguir em frente.

– Orestes, você não pode dizer isso.

– Sim, Pílades, por muitas razões. Eu mal consigo viver com a minha culpa como ela é. Mas com elas, com essas criaturas…

A gargalhada delas ressoou ao seu redor, pois sentiram que ele estava enfraquecendo.

– Não aguento mais um dia na presença delas.

Pílades empalideceu e as lágrimas brilharam em seus olhos, embora ele tenha ficado em silêncio e permitido que Orestes continuasse.

– Quando… Se… – Não havia como dizer isso sem que lágrimas rolassem por seu rosto. – Se eu morrer, você deve se casar com Electra.

– O quê? – disparou Pílades. – Não pode estar falando sério.

– Claro que estou. Micenas ficará fraca e precisará de um rei. Alguns podem pedir a mão dela. Outros apenas tentarão reivindicar o trono por todos os meios que puderem.

– Não! Você está delirando!

– Não, não estou, e você sabe que faz sentido.

– Pode ter passado despercebido, Orestes, mas eu não sou do tipo que se casa. E sua irmã com certeza não seria meu tipo, mesmo se eu fosse.

– E é óbvio que passou despercebido a você que um príncipe não tem escolha, o que quer que seja.

Pílades ficou em silêncio.

– Você terá que continuar sua linhagem. Vai precisar ter filhos – continuou Orestes, com a voz ficando mais forte com a certeza de suas palavras. – E eles serão perfeitos. Porque serão uma parte de você, e quase uma parte de mim, e não pode haver nada mais maravilhoso do que isso.

– Orestes...

– Por favor, diga que fará isso. Seu pai ficaria mais do que feliz com a união. Você sabe disso. Ninguém a contestaria. Prometa-me. Prometa, se eu falhar amanhã, você fará isso.

– Você não vai falhar.

– Prometa-me!

Fechando os olhos, Pílades baixou o queixo antes de segurar a cabeça de Orestes com as duas mãos e puxá-la em direção ao peito.

– Prometo – disse ele.

E, mesmo com as Erínias presentes, Orestes beijou Pílades como se estivessem sozinhos, pois temia que essa pudesse ser sua última noite juntos.

Quando amanheceu, ele acordou confuso, embora tenha demorado apenas um momento para se orientar. Eles estavam dormindo em um colchão fino e o braço de Pílades repousava sobre seu peito.

Ele gentilmente o ergueu antes de se levantar. Do lado de fora, podia ouvir os primeiros pássaros do coro do amanhecer, e só quando se virou e viu o deus de cabelos dourados pairando na porta, percebeu: os demônios haviam ido embora.

Apolo sorriu.

– Atena solicitou a presença delas no templo – explicou ele, como se estivesse lendo os pensamentos de Orestes. – Vou ser sincero, pedi a ela para mantê-las lá o máximo que pudesse, para prolongar a reunião o máximo possível, para dar a você a chance de se preparar. Gostaria de saber se há algo em que possa ajudá-lo.

Orestes negou, balançando a cabeça.

– Vou dizer a verdade e espero que seja o suficiente.

– Será.

– Rezo para que esteja certo.

– Estou. Agora, vamos tomar o desjejum. Estou com a sensação de que teremos um longo dia pela frente.

*

A audiência ocorreu no Areópago, um afloramento rochoso a curta distância do templo. O mármore natural e nu era áspero e escarpado, muito diferente dos pilares lustrosos e polidos da Acrópole, mas Orestes não estava preocupado com a estética. Tampouco havia tempo para admirar a vista que se estendia até um horizonte quase infinito de distantes e salientes picos montanhosos.

Bancos haviam sido colocados no lado sudoeste, com vista para a cidade de Atenas. Doze deles, colocados ao centro, já estavam ocupados. De pé na frente, vestida com seus trajes completos, estava Atena. Com elmo e lança, ela parecia ter o dobro da altura anterior e de fato ser a Deusa da Guerra e da Sabedoria. Orestes sentiu-se encolher ao vê-la.

Não conseguia confiar que ela permaneceria imparcial de verdade, como ela afirmava ser.

Apesar da multidão que comparecera à audiência, houve silêncio quando ele entrou. Quando se moveu para se sentar, ouviu-se um súbito arquejo de medo das pessoas.

– Orestes! Não! – Electra agarrou seu braço, segurando-o a ponto de doer e fazendo-o parar no meio do caminho. – Co… como?

Ele se virou, vendo imediatamente o motivo de seu desconforto. O que antes fora reservado apenas para ele, agora estava de pé, totalmente exposto e corpóreo, sobre as pedras de Atenas. As Erínias estavam visíveis a todos. Homens e mulheres gritaram de medo, embora pela primeira vez, ele permanecesse calmo.

– Essas… essas *coisas* são o que você teve que suportar?

– Dia e noite – respondeu ele, evitando o olhar delas enquanto o encaravam.

– Como você ainda está de pé? – perguntou ela.

A irmã não era a única incrédula diante da visão. A multidão se afastava dos monstros. As pessoas que haviam subido nas rochas para terem uma visão melhor do processo, agora voltavam a descer. Outras cobriram os olhos. Para sua surpresa, ele achou tudo isso um conforto.

– Venha – disse ele, tirando a mão da irmã de seu braço e sentando-se no banquinho ao lado de Apollo. – Vamos ver muito mais delas, acredito.

Tendo recuperado a compostura, Electra ocupou seu lugar ao lado dele.

– Você deve olhar os jurados nos olhos – aconselhou ela, ajustando seu manto, incapaz de controlar o tremor das mãos. – Você é humano. Elas são monstros. Não há como ficarem do lado delas. Veja, já sentem repulsa pelas criaturas.

– Pavor – rebateu Pílades.

De fato, parecia que sim. Os que não olhavam para Orestes conversavam entre si. Todos os olhares evitaram as Erínias. Ele estava prestes a comentar o fato quando a multidão voltou a ficar em silêncio.

– Estamos prestes a começar – sussurrou Pílades. – Olhe.

Os pelos de Orestes arrepiaram, enquanto os dois deuses se encaminharam até o centro. Apolo ficou por um momento ao lado da irmã. Sua coroa de louros parecia maior que o normal e sua presença, ainda mais imponente. Ele acenou para ela, antes de voltar para Orestes. Se sobrevivesse a isso, pensou, construiria um templo para Apolo.

– Tudo vai acabar logo. – Apolo sorriu, enquanto se sentava ao lado dele novamente. – Tudo vai acabar logo.

Atena deu um passo à frente. A bainha de seu manto pairava apenas uma fração acima do solo, sua lança e elmo reluziam à luz do Sol. O olhar dela foi primeiro para o júri, depois para as Erínias e, por fim, para Orestes. Ela então se virou para encarar a multidão.

– Nós nos reunimos aqui hoje para decidir o destino de Orestes, filho de Agamêmnon e Rei de Micenas. Vamos ouvir e aprender sobre seu matricídio. Creio que deseja se dirigir a nós, Orestes.

Sua garganta doía como se ele tivesse engolido mil punhais e o ar parecia ter engrossado ao seu redor. Era isso? Era tudo o que ela tinha a dizer. Ele sabia que a Deusa era econômica com as palavras, mas esperava um pouco mais do que isso e um pouco mais de tempo para se preparar.

– Apenas fale a verdade – sussurrou Pílades para ele.

Incapaz de responder, até mesmo para acenar com a cabeça, ele se levantou e deu um passo à frente, suando tanto que seus pés escorregaram nas sandálias.

O júri era, como Apolo já lhe dissera que seria, uma mistura de homens e mulheres, adultos de todas as idades. *Olhe para eles*, foi o que Electra lhe dissera. No entanto, era mais difícil de fazer do que tinha imaginado. Era difícil olhar aqueles doze humanos nos olhos, esperando que reconhecessem a verdade em suas palavras. Piscando para conter as lágrimas, ele começou:

– Eu não queria matá-la – disse ele, com a voz embargada. – Não queria mesmo. Eu sabia que um filho deve vingar o pai, mas não conseguia. Eu queria que ela vivesse. Fiquei longe por oito anos, mas a Pítia pronuncia a palavra dos deuses, e ela disse que minha mãe deveria morrer, que meu pai deveria ser vingado. Mas eu sou... eu era...

Ele estava lutando para manter a mente focada. De alguma forma, mesmo silenciosas, as acusações das Erínias estavam dentro de sua cabeça. Clitemnestra confiara nele e, no entanto, ele a assassinara. Cortara sua garganta.

– Ela não me viu chegando. Fiz isso o mais rápido que pude. Eu não queria que ela soubesse, que sofresse. – Ele repetiu isso em sua mente, como havia feito tantas vezes. Aquele terrível som gorgolejante quando o sangue encheu os pulmões dela. – Eu não queria fazer aquilo. Eu a amava, mas recebi ordens... Ela não deveria ter morrido. Ela não deveria ter morrido por minhas mãos. Sinto muito. Eu sinto tanto, tanto.

Não havia mais nada que ele pudesse dizer. Suas pernas fraquejaram e ele caiu.

CAPÍTULO 42

A rocha dura machucou seus joelhos quando ele caiu no chão. A multidão murmurou e sussurrou. Que exibição patética, pensou ele. Que rei devia parecer para eles, incapaz de defender até a si mesmo. Ele baixou a cabeça, chorando. Então uma mão deslizou gentilmente para a curva de seu braço e o colocou de pé.

– Estou com você, irmão – disse Electra, passando o braço dele por cima do próprio ombro. – Estou com você.

– Eu... eu sinto muito. Sinto muito.

– Estamos com você. – Pílades pegou seu outro braço.

Que lembrança para deixar para seus entes queridos, pensou, enquanto o ajudavam a se afastar do júri. E ele os deixaria, pois se não conseguia justificar suas ações, como alguém poderia desculpá-las?

Enquanto o baixavam em seu banquinho, ele se preparava para que as Erínias infligissem suas últimas palavras condenatórias, dessa vez para uma audiência. Mas foi Apolo quem agora estava diante do júri de novo.

Com a cabeça inclinada para o lado e o menor dos sorrisos nos lábios, o Deus parecia tão à vontade quanto se podia esperar que estivesse em uma peça ou apresentação musical. Ele olhou ao redor, antes de fixar seu olhar nos doze homens e mulheres.

– Senhoras e senhores do júri, perdoem-me. Como podem ver, Orestes está sofrendo muito, e já faz algum tempo. Espero que permitam que eu fale por ele.

Sussurros passaram pela multidão. Olhares preocupados e palavras apressadas foram trocadas entre os jurados, mas nenhum deles, seja por medo ou confusão, respondeu. Por fim, foi Atena quem se dirigiu ao irmão.

– Você pode – determinou ela. – Mas, lembre-se, apenas os fatos.

– Claro. – Ele sorriu. – É tudo o que tenho à minha disposição.

Ele parou por um momento e então, depois de um sorriso final, assumiu um semblante muito mais sóbrio. Fechando os olhos, ele levantou o queixo antes de esperar ainda mais com uma respiração profunda e depois um suspiro. Só então, com os olhos abertos de novo, começou:

– Um pai, nada menos que um rei, foi assassinado. – Ele fez uma pausa.

A multidão ficou em silêncio. Cada pessoa estava encantada com o Deus à frente. Pelo menos, a atenção havia sido desviada dele, pensou Orestes.

– Um pai foi assassinado e isso exige vingança. É assim que as coisas são. Sempre foram assim. Tal tarefa pode não ser fácil de realizar, como demonstrou Orestes, o Rei Orestes. Mas ele fez o que tinha que ser feito, o que foi ordenado por mim, um deus. Este rapaz não deve ser atormentado, mas celebrado, por sua capacidade de agir além de deficiências mortais como devoção materna e sentimentalismo. Ele deve ser recompensado pela força que demonstrou. O fato de estarmos aqui, hoje, discutindo isso é um absurdo. E quem concorda com as mentiras vis que essas... essas *coisas* apresentarem, viola a palavra sagrada de Zeus, tanto quanto as próprias monstras violam.

O discurso teve um fim tão abrupto que só quando Apolo se sentou ao lado dele foi que Orestes percebeu que havia acabado.

– Está vendo, você vai ficar bem – declarou o deus, cheio de uma confiança que era difícil para Orestes compartilhar. Sem dúvidas, se fosse apenas uma questão da vontade dos deuses, eles já teriam superado tudo isso. Mas não era, e as Erínias ainda teriam sua vez perante o júri.

– Aí está, um deus falou a seu favor – comentou Electra, apertando sua mão. – Isso vai acabar logo. O pior já passou.

E, no entanto, na boca do estômago, ele só podia sentir que o pior ainda estava por vir.

– Tisífone. – Atena permaneceu sentada enquanto falava. — Você falará pelas Erínias?

Tisífone. Então elas tinham nomes, ele pensou, enquanto a mais alta das criaturas se levantava. Sua boca estava fechada, as presas e a língua bifurcada, escondidas, mas isso pouco ajudava a melhorar sua aparência. Ela deu um passo lento para o centro, o tecido rasgado de seu roupão arrastou-se no chão atrás dela.

– *Não, Minha Deusa* – sibilou ela. – *Não estou aqui para falar por nós. Falo pelos assassinados. Falo por aqueles que não podem falar por si mesmos. Falo pela Rainha Clitemnestra.*

Orestes estremeceu. Vários dos jurados desviaram o olhar, mas ao contrário de antes, isso lhe oferecia pouco consolo. Eles só precisavam refletir sobre as palavras dela, não sua aparência. A passos largos, que deixariam um cavalo envergonhado, ela atravessou o Areópago e parou diante deles. Quer quisessem ou não, não podiam evitar olhar para ela agora e o olhar dela estava sobre eles. Eles se encolheram em seus assentos.

– *Vejo que minha encarnação atual os deixa pouco à vontade* – comentou ela. – *Eu odiaria que isso fosse uma distração para o que tenho a dizer a vocês. Bem, deixem-me corrigir isso.*

Em um instante a criatura repugnante havia desaparecido, e em seu lugar aparecera uma mulher idosa. Ela usava as mesmas vestes, mas agora estavam gastas em vez de esfarrapadas e era assim que a semelhança terminava. Não havia presas. Nem garras. Nada de atemorizante. Em vez de escamas, sua pele cor de oliva exibia manchas de idade e rugas ao redor dos olhos, enquanto o cabelo prateado, oleado e trançado, caía abaixo da cintura. Agora mais baixa que Orestes, seus ombros eram um pouco curvados e sua barriga, proeminente, como se ela tivesse dado à luz muitos filhos em vida, e seus dedos eram recurvados, como se tivessem visto décadas de trabalho duro.

– Espero que esteja melhor – declarou ela, com uma voz agora tão fluida quanto leite. – Onde estávamos? Ah, sim. Estávamos ouvindo como o assassinato de um pai deve ser vingado. Devo admitir, vejo como deve ser conveniente olhar a vida de um ponto de vista tão descomplicado quanto o querido Apolo. Nunca ter que se preocupar com detalhes. Presumir que, por causa da posição na qual nasceu, você não precisa fazer mais do que uma grande declaração, e as pessoas deduzirão que você está certo. Porque ele tem essa vantagem sobre mim, não é? Sua pele lisa. O brilho de menino nos olhos. Sua articulação sem esforço. O sorriso. Mas um sorriso pode ser enganoso. Pode ser usado como máscara, como cada pessoa aqui hoje bem sabe. Pode esconder a verdadeira natureza e as intenções de alguém.

– Então, vamos voltar às palavras do grande Deus. O que ele de fato disse a vocês? Havia a fala banal sobre vingança e filhos que foi vomitada por séculos, sem questionamento. Sem refutação. Suas palavras foram vagas, enquanto ele ignorava a dor que Orestes causava com as ações dele. Mas vou lhes contar a verdade sobre o assunto. Porque a verdade, como disse a Deusa, é o que estamos aqui para estabelecer hoje. Verdade e depois justiça.

Agora que ela não parecia mais alarmante do que uma velha ama, os jurados a olhavam com muita atenção. Até mesmo Orestes, que sabia o que havia por baixo, não pôde deixar de se sentir atraído por suas palavras.

– Quando esses deuses nos dizem que um pai deve ser vingado, o que eles querem dizer exatamente? Todo pai? Todo assassinato? E o pai que sempre bate no filho pelos menores erros? Esse pai deve ser vingado, quando enfim recebe a faca na garganta que tanto merece? E aquele que bebe e joga fora todo o dinheiro da família e depois se força sobre a esposa, quando chega em casa zangado e bêbado? Seu assassinato também deve ser vingado? Ou aqueles que mataram outros homens ou que mentem e trapaceiam? Aqueles que mandam os filhos pequenos trabalhar nos campos até que os pés deles sangrem e as mãos fiquem em carne viva? – Ela resmungou ao se virar para Apolo. – Todos os pais? Já considerou o que isso significa?

Com o manto esvoaçando, ela continuou:

– Então, vamos chegar à verdade do assunto aqui. Senhores de alto escalão, é disso que ele está falando. Reis. Nobres. Aqueles cuja riqueza os coloca acima de nós, meros lacaios. O dinheiro deveria ser capaz de fazer isso: absolver alguém até mesmo dos mais terríveis atos? Eu gostaria de pensar que não é o caso. Que sobrou algo que nem mesmo o ouro pode comprar.

– Alguns pais merecem morrer. Essa é a simples verdade da questão. E caso eles devam ser vingados, isso não deve ser determinado por serem reis ou escravos. O direito à retribuição na morte deve ser julgado por suas ações em vida.

– Agamêmnon foi um homem que havia assassinado o primeiro marido e filho da esposa para que pudesse tomá-la para si. Ele espancou um bebezinho até a morte e por quê? Porque estava no caminho do que ele queria. Mas esse não foi o fim de sua barbaridade.

– Clitemnestra. Lembrem-se desse nome quando pensarem no motivo de estarmos aqui hoje. Ela não é uma figura sombria e distante. Ela era uma mulher de verdade. Uma mãe. E Agamêmnon abusou dela, ano após ano. Não foram apenas os espancamentos e palavras cruéis, embora houvesse muitos deles. Ele roubou mais uma criança dela, assassinou a própria filha e arrancou o coração de Clitemnestra do peito mais uma vez, de uma forma que apenas uma mãe entenderia. E, no entanto, ela permaneceu forte e determinada. Ela não cedeu, nem tirou a própria vida, como talvez muitos teriam feito. Como ela conseguiu fazer isso? Ora, porque ela tinha que proteger seus filhos restantes: a princesa guerreira, Electra, a compassiva e maternal Crisótemis e Orestes, seu filho amado. O futuro rei. Seu assassino.

– Estou aqui por Clitemnestra. Uma mãe que deu tudo pelos filhos. Que chorou e sangrou por eles. Sim, e matou por eles também. Ela matou para salvá-los. Se vocês tivessem perdido dois filhos nas mãos do mesmo homem, não temeriam pelos que restavam? Vocês não fariam tudo o que pudessem para mantê-los seguros? Quando ela havia sido traída e em seu momento de maior necessidade, quem veio em auxílio dela? Ninguém. E o galante Orestes demonstrou sua gratidão cortando a garganta dela, por trás, covarde demais para até mesmo olhá-la nos olhos, enquanto abreviava a vida dela. E ainda assim, pelas regras dos deuses, *ela* não merece vingança. Ela *merecia* morrer. Depois de tudo o que fez, de tudo o que passou, é isso que os deuses pensam dela.

Orestes sentiu uma mudança de humor. Cada palavra que a velha disse era verdade. Apolo presumira que o povo o ouviria, que não dariam atenção ao lado da história das Erínias, por causa de quem ele era e do que elas eram. Mas estava errado. Eles estavam ouvindo uma verdade que não podia ser negada, e Orestes estava com medo.

– Estamos do lado de fora do templo de uma deusa – continuou Tisífone, ainda em forma humana. – Não foi a um deus que o poderoso

Apolo procurou para solucionar este problema, assim como não teria sido a seu pai que Orestes teria ido com seus problemas quando criança. As deusas, as mães, é a elas que recorremos. E, no entanto, é a palavra de um deus que devemos obedecer, uma que nos diz que um homem deve ser vingado, mas não uma mulher.

Ela deu um passo para trás e ergueu os braços para a multidão.

– Um não vale mais que o outro. Os homens não são mais dignos. Os pais não são mais dignos. Acham que um deus estaria aqui defendendo uma garota que matou o pai? Claro que não. Ela seria enforcada, ou pior. Não se deixem influenciar pelos cachos dourados e maneiras educadas. Sejam guiados por sua própria bússola moral. Sua própria bússola mortal e moral. É por isso que estão aqui hoje, para distinguir o certo do errado. Repudiar esta repugnante sociedade patriarcal. Podem disfarçar com belas palavras e falar de profecia, se quiserem, mas o fato permanece: Orestes assassinou a mãe. Ele assassinou Clitemnestra, que o criou e o amou e teria dado a própria vida por ele, se necessário. Se ela estivesse aqui, ela mesma diria isso a vocês, assim como ela me disse. Em vez disso, ele a tomou dela. E essa mulher merece justiça. Ela merece muito mais do que lhe foi dado em vida. Não a façam sofrer na vida após a morte também.

Lágrimas silenciosas escorriam pelo rosto de Orestes. Ao seu lado, até mesmo Electra havia perdido toda a esperança. Ele podia sentir a energia sendo drenada dela. Seria verdade o que Tisífone havia dito? Ela havia conversado com a mãe no Submundo? Será que ela mesma tinha enviado isso contra ele? Com cada fibra de seu ser, ele desejou que fosse mentira e, ainda assim, no fundo de sua alma, sabia que ela falava a verdade. Clitemnestra as enviara. Ela queria que Orestes pagasse.

– Vou deixá-los agora para tomar sua decisão. – Tisífone, ainda em forma humana, recuou. – Esta não é uma questão de regras limitadas dos deuses. Esta é uma questão de justiça para os que a merecem. Não há mais nada que eu possa lhes dizer.

CAPÍTULO 43

Os espectadores começaram a sussurrar, suas vozes aumentaram rápido de volume, até que logo ficaram tão altas que poderiam ter abafado até mesmo os uivos das Erínias. O povo estava do lado dela. Orestes podia sentir isso. Queriam seu sangue tanto quanto sua mãe, talvez até mais, pelo esporte que lhes proporcionaria.

Atena se levantou de seu assento e os silenciou.

– O júri deve decidir agora – declarou ela, virando-se para encarar os doze homens e mulheres escolhidos. – Isto não será um debate e vocês não devem ser influenciados pela emoção. Sua decisão deve ser baseada nos fatos e nas evidências que ouviram aqui hoje. Cada um de vocês se levantará e me dirá se considera Orestes, filho de Agamêmnon, Rei de Micenas, culpado ou inocente pelo assassinato da mãe, Clitemnestra. Caso seja considerado culpado, ele será deixado nas mãos das Erínias para que façam o que bem entenderem. Se não for considerado culpado, elas o deixarão e cessarão seu tormento imediatamente.

Ela deu um passo em direção a Orestes, seu manto ondulou atrás dela, então se virou para a assembleia.

– No caso de uma votação empatada, darei meu voto para decidir a questão. E que fique registrado que será definitivo. Minha decisão já foi tomada. Portanto, agora está em suas mãos, meus jurados, trazer-nos a justiça que é merecida. Este é um caso como nenhum outro. Vocês são os primeiros de sua estirpe. Não assumam essa responsabilidade levianamente.

Com o suor escorrendo pelas costas, Orestes se levantou para enfrentar seu destino. A Deusa estava bloqueando parte da visão dele dos jurados, e foi só quando ele a ouviu falar que percebeu que a primeira havia se levantado para dar seu veredicto.

– Culpado. – A voz clara da mulher foi como uma lâmina em seu estômago. Atrás dele, Pílades engasgou.

– É apenas um – sussurrou Apolo. – Faltam mais onze.

O segundo jurado levantou-se, dessa vez na linha de visão de Orestes. Ele olhou para o Rei.

– Culpado.

Era como se todo o ar tivesse sido sugado de seus pulmões. Ele não conseguia respirar. Ele nem conseguia mais ouvir. Do outro lado das lajes de pedra, as Erínias esfregavam as mãos, enquanto o terceiro jurado se levantava.

– Inocente.

Um suspiro de ar, mas o suficiente. A quarta levantou, e depois a quinta.

– Culpado.

– Inocente.

Quando haviam chegado à metade e o sexto jurado ofereceu a resposta "inocente", as nuvens encobriram o Sol, resfriando todos eles. No entanto, Orestes sentia-se como se estivesse queimando.

– Inocente.

– Inocente.

– Culpado.

– Culpado.

– Culpado.

– Inocente.

Todos os jurados estavam de pé agora.

– O que isso significa? O que eles disseram? Qual foi a decisão? – Ele não conseguia pensar direito. Ele era culpado? Ou era inocente? O que o último disse? Ele não tinha ouvido com clareza.

– Está empatado – sussurrou Electra, com a voz trêmula. – A Deusa agora decidirá.

– Ela já decidiu – ele a lembrou.

Agora ele saberia quanto tempo ainda teria naquele seu corpo, que já havia passado por tanto. Se as Erínias conseguissem o que queriam, aquele seria seu último dia no reino mortal. E com certeza Atena ficaria do lado das mulheres. Entretanto, por outro lado, será que ela desejaria contrariar o irmão Apolo?

Ele avistou uma pequena criatura em uma árvore por perto. Uma corujinha, com olhos tão grandes que pareciam não deixar espaço para outras feições. Ela agitou suas penas e o encarou.

– Eu lhes disse que já havia tomado minha decisão, mas sinto que devo explicá-la a vocês. Nossas escolhas são moldadas por nossas experiências, e nossas experiências, por aqueles que nos cercam desde o nascimento. Eu não nasci. Eu saltei da cabeça de Zeus, completamente formada, vestida e com uma lança na mão. Não tive orientação materna. Fui educada entre os deuses. Treinada para lutar com eles. Não consigo imaginar a dor de Clitemnestra. Não é possível dizer que de fato entendemos alguém se nunca percorremos o caminho dessa pessoa. Embora eu não possa de fato ter empatia, posso pelo menos me compadecer.

– Viemos aqui hoje por justiça. Assassinato, matricídio, essas são palavras sombrias e verdadeiras. Mas também existem outras verdades, como a lealdade que um homem demonstraria a um deus. O sofrimento que suportaria por ele. Por oito anos, Orestes ignorou a vontade dos deuses para tentar proteger a mãe de um destino que *ele* não havia decidido, que *ele* não queria.

– Em nossos momentos mais sombrios, devemos reconhecer não apenas o que foi perdido, mas quem continua ao nosso lado. Orestes chegou aqui na companhia de um deus, uma irmã e um amigo, e a devoção deles é inquestionável. Amor assim não vem do medo ou da coerção. Ele não é um homem mau. Seus atos não foram inteiramente de vontade própria. E, apesar de tudo, acredito que seu amor pela mãe permaneceu verdadeiro até o fim. É por isso que, em minha decisão final sobre o assunto, considero-o... *inocente*.

As palavras ecoaram ao redor deles, mas ele não podia acreditar no que tinha ouvido.

– Ela... ela...?

– Inocente – confirmou Apolo. – Veja, eu disse que não havia nada a temer.

Inocente. Enfim, livre do tormento. Era verdade?, ele se perguntou, enquanto braços envolviam seu pescoço.

– Podemos ir para casa agora – declarou Electra, com lágrimas nos olhos. – Podemos voltar para casa em Micenas, e você pode governar.

– É mesmo verdade? – Ele olhou para Pílades em busca de confirmação, como se a palavra do deus Apolo não fosse suficiente.

– É. Apenas olhe.

Do outro lado do Areópago, as Erínias, todas em sua verdadeira forma com garras e dentes à mostra, discutiam entre si. A deusa aproximou-se delas e Orestes não pôde deixar de se esforçar para ouvir o que era dito.

– *Você escolheu errado!* – uma bradou para ela.

– Nesta ocasião, creio que não. Embora tenha havido momentos em minha vida em que agi de forma irracional. Quando o fogo da raiva me fez perder a paciência muito depressa e agi ou reagi de uma maneira que mais tarde me arrependi. Mas este não é um deles.

– *Então, veio se vangloriar!* – desdenhou outra.

– Não. Não vim. Percebo que eu poderia fazer uso de sua percepção, seu senso de moralidade e código de ética.

Elas pareceram vacilar.

– *O que quer dizer?*

– Estou perguntando se vocês considerariam um ligeiro realinhamento de sua vocação?

– *Realinhamento? O que isso significa?*

Orestes se viu se aproximando das mulheres. As multidões já estavam se dispersando, era notável que algumas estavam aliviadas com o resultado, outras, decepcionadas. Mas ele as ignorou enquanto avançava devagar em direção à Deusa e às Erínias, o peso já saindo de seus ombros.

– Quando ouvi você aqui hoje – continuou Atena. – Seu argumento pareceu ponderado, bem fundamentado. Podem ter vindo aqui em busca de vingança, mas acredito que o que realmente queriam era justiça para a mãe dele. Justiça, não vingança.

– *Acredito que elas são próximas demais para serem distinguíveis.*

– Não são. Muitas vezes há dois lados para os problemas. Escolha um, e o mundo ficará melhor e se tornará um lugar mais brilhante. Escolha o outro, e só haverá escuridão e tormento. Trabalhem comigo. Façam a mudança. Vocês estiveram muito tempo no Submundo. O que me dizem?

Elas se viraram umas para as outras, embora nenhuma palavra fosse dita que ele pudesse discernir.

– *O que quer de nós?*

– Eu lhes daria um lugar na minha corte. Um lugar de luz, onde suas ações poderão trazer alívio para aqueles que foram injustiçados, mas sem o tormento.

Uma mão apareceu no ombro de Orestes e ele se virou para ver o rosto sorridente de Pílades.

– Venha, meu amor. Devemos ir. Sem dúvida, você já viu o suficiente dessas criaturas vis para durar uma vida inteira?

– Eu... – Ele se virou, mas tanto a Deusa quanto as Erínias haviam desaparecido.

– Devo ir embora também. – Apolo apareceu ao lado deles, com os cachos brilhando.

– Obrigado – disse Orestes, caindo de joelhos. – Obrigado pelo que disse e fez hoje.

– Não há nada para me agradecer. Mas se quiser oferecer um banquete ou dois em meu nome quando voltar a Micenas, saiba que eu não faria objeções.

– Farei isso. Farei mil banquetes.

– Um ou dois serão suficientes. – E com um último sorriso, ele se virou e caminhou para a multidão, que o cercou, enquanto as pessoas buscavam sua bênção.

E então, apenas os três permaneceram. Ele presumiu que Electra teria algo a dizer. Algum comentário cortante para marcar a ocasião do jeito que ela sempre fazia, mas em vez disso o que disse foi:

– Venha, vamos para casa agora. Estivemos longe por tempo demais.

EPÍLOGO

Orestes estava sentado, tranquilo, no centro do círculo tumular. Algumas vezes, ele passeava entre os monumentos, lia os vários epitáfios, mas era sempre os mesmos três aos quais voltava. Aos de uma mãe, o filho e o amante dela.

Por cinco anos, havia governado como Rei de Micenas, sempre tentando demonstrar bondade e justiça, em vez de poder e força, e até o momento estava conseguindo. Seus súditos não o viam mais como fraco, mas compassivo. Tinham entendido que ele não apenas proferiria palavras bonitas, mas as colocava em prática, e o admiravam por isso.

Outras coisas haviam mudado no palácio. Laodâmia falecera no ano anterior e Pílades também o deixara, não levado pela morte, mas por um casamento que já não podia mais adiar. Em algum momento, teria que considerar fazer o mesmo. Sabia que um rei deve ter um herdeiro, e um herdeiro significava uma esposa, mas por enquanto, lamentaria a perda do homem que amava e viveria cada dia da maneira mais simples possível.

As horas adiante seriam tomadas por reuniões e depois um jantar oficial, e ele sabia que esse momento de silêncio sozinho não duraria muito. Levantou-se, pensando na lista de deveres que o esperavam. Teria que voltar direto para seus aposentos, pensou. Talvez no dia seguinte pudesse ter um pouco mais de tempo para si mesmo. Sim, no dia seguinte construiria um novo altar para Apolo, pois o antigo parecia desgastado.

Quando começou a voltar, um laivo de vermelho na grama chamou sua atenção. Um pássaro talvez? Não tinha visto nada daquele tom por ali antes. E, no entanto, quando se moveu de novo, notou que se mantinha próximo ao chão. Era uma pena que não estivesse com seu caderno para esboçar a criatura, pensou, enquanto avançava o mais sorrateiro possível. Talvez, se desse uma boa olhada, mais tarde pudesse se lembrar bem o suficiente para desenhá-la de memória. Melhor ainda, poderia pegar o animalzinho e carregá-lo de volta para o palácio.

Mais um passo à frente e ele a viu, em toda a sua beleza. Uma víbora, com uma coroa vermelho-sangue e escamas vivas e amarelas na barriga, estava agora enrolada em uma rocha, ao sol. Egisto o ensinara a ler os movimentos das cobras desde tenra idade, e esta não parecia estar se preparando para atacar. Ele poderia pegá-la, pensou, dando outro meio passo à frente. Sim, ele iria pegá-la e levá-la de volta com ele.

FIM

APÊNDICE

A Casa de Pélope, como muitas das linhagens da mitologia grega, é complexa para dizer o mínimo, mas poucas são tão marcadas pela traição e derramamento de sangue quanto a do rei Pélope de Pisa.

Neto de Zeus, Pélope foi assassinado e servido como refeição aos deuses pelo próprio pai, o rei Tântalo, em uma tentativa de enganar os seres imortais. No entanto, eles ficaram indignados com o ato e condenaram o pai a uma existência de fome e sede eternas. O próprio Pélope voltou à vida.

Ansioso para deixar sua marca no mundo, ele foi para Pisa, onde o Rei Enomau havia lançado um desafio: se alguém fosse capaz de derrotá-lo em uma corrida de bigas, ganharia a mão de sua filha, Hipodâmia. Mas tal tarefa não seria isenta de riscos: se o desafiante não derrotasse Enomau, seria condenado à morte. Decidindo que precisava de uma vantagem, Pélope subornou o cocheiro do Rei, Mírtilo, para sabotar a carruagem de seu mestre. Cumprindo sua palavra, o cocheiro fez o que havia prometido e, durante a corrida, o eixo da carruagem do

Rei quebrou. Diante de uma multidão que aplaudia, ele foi arrastado sobre a terra e o pó pelos próprios cavalos, gritando e gemendo, até que seu pescoço se quebrou. É desnecessário dizer que Pélope venceu a corrida e se casou com Hipodâmia. Ele também, sem demora, atirou Mírtilo de um penhasco. Enquanto o traído Mírtilo afundava sob as ondas, ele amaldiçoou Pélope e seus herdeiros.

Em sua nova posição como marido e Rei, Pélope teve dois filhos legítimos com Hipodâmia, Atreu e Tiestes, e também um filho ilegítimo, Crísipo. Este menino foi concebido durante uma união ilícita com uma náiade – uma ninfa da água – e Pélope mostrava grande afeição por ele; carinho que não passou despercebido. Com ciúmes desse favoritismo e temerosos de que Crísipo pudesse tentar tomar o trono, Atreu e Tiestes assassinaram o meio-irmão, atirando-o em um poço.

Apesar de terem eliminado sua competição pelo trono, os dois irmãos falharam em considerar que o pai poderia se vingar deles, e fugiram para Micenas, onde o Rei Euristeu lhes ofereceu refúgio. Euristeu ainda estava ressentido com a humilhação que sofrera, quando Héracles completou com sucesso os famosos Doze Trabalhos aos quais o desafiara a realizar. Quando soube da morte de Héracles, Euristeu decidiu começar a eliminar seus muitos filhos. Quando se dirigiu para Atenas, deixou Micenas aos cuidados de Atreu e Tiestes. Infelizmente, ele e os filhos foram todos mortos na batalha contra os heráclidas e Atreu tomou a coroa para si e se tornou Rei de Micenas.

Tiestes, agora com ciúmes da coroa do irmão, começou a dormir com a esposa de Atreu, Érope, embora a infidelidade fosse apenas o começo de seu plano. Com a ajuda dela, ele roubou o velo de ouro de Atreu – um símbolo de autoridade e realeza – e o enganou para que renunciasse ao trono. O reinado de Tiestes como rei, no entanto, durou pouco, pois, com a ajuda de Zeus, Atreu retomou o controle de Micenas por meio de seus próprios estratagemas.

No entanto, a restauração de seu reinado não foi suficiente para Atreu. Durante o que deveria ser um banquete de reconciliação, ele se vingou do irmão de maneira derradeira e mais que desprezível. Sem que Tiestes soubesse, Atreu havia assassinado seus filhos mais cedo naquele dia. Mas a morte deles era apenas o começo. Com o banquete em andamento, ele apresentou as cabeças dos meninos e revelou a Tiestes que seu jantar era a carne dos próprios filhos.

O crime, tão horrível que dizem que até Hélio, o Deus Sol, escondeu sua face, lançou sobre a família uma maldição que viu derramamento de sangue e traição continuar até a conclusão do julgamento de Orestes.

SOBRE A AUTORA

Hannah Lynn é uma romancista vencedora de vários prêmios. Publicou seu primeiro livro, *Amendments*, um romance de ficção especulativa sombrio e distópico, em 2015. Seu segundo livro, *The Afterlife of Walter Augustus* – um romance de ficção contemporânea com um toque sobrenatural – ganhou o Prêmio Kindle Storyteller de 2018 e a Independent Publishers Gold Medal de Melhor Livro Eletrônico Adulto.

Nascida em 1984, Hannah cresceu em Cotswolds, Reino Unido. Depois de se formar na universidade, ela trabalhou por quinze anos como professora de física, primeiro no Reino Unido e depois na Tailândia, Malásia, Áustria e Jordânia. Foi nessa época, inspirada pela imaginação dos jovens que ensinava, que começou a escrever contos para crianças e, posteriormente, ficção para adultos.

Agora, mais uma vez estabelecida no Reino Unido com o marido, filha e uma horda de gatos, ela passa seus dias escrevendo comédias românticas e ficção histórica. Seu primeiro romance de ficção histórica, *O segredo da Medusa*, também foi medalha de ouro em 2020 no Independent Publishers Awards.

FIQUE POR DENTRO

Para se manter atualizado sobre novas publicações, passeios e promoções, ou tiver interesse em ser um leitor beta para futuros romances, ou ter a oportunidade de desfrutar de cópias de pré-lançamento, me siga em:

Site: www.hannahlynnauthor.com

AVALIAÇÕES

Como autora independente, não tenho os enormes recursos de uma grande editora, mas o que tenho é algo ainda mais poderoso – todos vocês, leitores. Sua capacidade de fornecer prova social aos meus livros por meio de suas resenhas é inestimável para mim e me ajuda a continuar escrevendo.

Portanto, se você gostou de ler A *vingança dos deuses*, ***por favor***, dedique alguns minutos para deixar uma resenha ou avaliação na Amazon ou Goodreads. Pode ser apenas uma frase ou duas, mas significa muito para mim.

Obrigada.